COLLECTION FOLIO

Maurice Rheims

*de l'Académie française*

# Les greniers de Sienne

*nrf*

Gallimard

Maurice Rheims est né à Versailles. Il est le fils du général Léon Rheims. Il a fait ses études au lycée Janson-de-Sailly, au lycée Lakanal de Sceaux et au collège de Saint-Servan. Il est diplômé de l'Ecole du Louvre et des Hautes Etudes de la Sorbonne.

Il a été commissaire-priseur à Paris, de 1935 à 1972, et président du Comité culturel de la Fondation de France jusqu'en 1978. Il a été élu à l'Académie française en 1976.

Son œuvre comprend beaucoup de livres sur l'art et en particulier sur les objets anciens. Il a parlé avec ferveur de son goût dans son essai *Pour l'amour de l'art* (1984). Mais il est aussi romancier; *Les greniers de Sienne* est son deuxième roman.

*A Bertrand*
*Mon ami.*

*Car tout ce que je raconte, je l'ai vu ; et si j'ai pu me tromper en le voyant, bien certainement je ne vous trompe point en vous le disant.*

Stendhal, Lettre à...

# PROLOGUE

Il descend, saute trois marches à la fois. Vraiment, il ne fait pas son âge, mon amant ! Arrivé à la hauteur des deux grands vases balustres, auxquels, selon la tradition, l'aide de camp du Bien-Aimé attacha la bride royale lors de sa visite à Livry en 1761, profitant de l'élévation de la dernière marche, Bertrand engage le pied dans l'étrier, se met en selle. Les rênes, il les porte à droite comme il s'est évertué à me l'apprendre. Puis jette un œil, celui qu'il a derrière la tête, et tel l'enfant qui, avant de pénétrer dans l'école, se retourne encore une fois vers sa mère ; rieur, il m'adresse un petit au revoir. Il sait que Catherine est là — qu'à la dérobée, dissimulée par les lourds rideaux brodés de fleurs un instant entrebâillés, elle l'observe.

Bertrand approche de la vieillesse. Qu'importe, privilège de cette engeance, à l'âge de soixante, d'en faire cinquante ! J'en ai trente-deux : encore une quinzaine d'années et je mimerai la vie, telle qu'adolescente je la concevais, de ma grand-mère ; encore bien bon si, à l'approche des quatre-vingts, mon amour devenu octogénaire ne me susurre pas — comme il me l'a dit il y a deux jours — que je lui rappelle l'aïeule qui, à la veille de la Révolution, était dame d'honneur de Madame Royale.

— Ainsi, vous avez de moi l'image d'une arrière-grand-mère.

— Ne prenez pas ça en mal, ma chère, elle était exquise, jugez-en par le portrait qu'en fit Madame Vigée Le Brun.

— Merci beaucoup, elle fait un peu tapée !

Il m'embrasse, me baise, réitère, comme s'il n'en revenait pas, l'hypocrite, de me sauter ; avec ça salaud : un vrai bonhomme ! Il spécule : avec le temps, la différence se réduira. A l'avance, il jubile. Lorsqu'il aura soixante-douze ans, je passerai les cinquante : Mai 40 pour les dames.

Lorsque j'étais enfant, la maîtresse me demandait pourquoi je rechignais à courir avec les autres. C'était parce qu'à un automne précédent, disputant une épreuve de cross, je m'étais si violemment abîmée sur le gravier, visage, front, genou largement écorchés, que je demeurai un long moment évanouie. Même chose avec les Messieurs d'aujourd'hui ! Peut-être à trop gambader, je n'ai guère envie de recommencer.

Au loin mon cavalier va franchir l'orée de la forêt, disparaître ; j'ai déjà hâte qu'il revienne, qu'il me serre dans ses bras.

# I

# *Lille-Roubaix-Tourcoing, ou le triangle d'or*

Trop rarement j'ai partagé l'existence des adolescentes de « nos » milieux. Fille du Nord ! On m'a élevée dans le culte de notre famille ; notre nom, si je le prononce, n'évoquera pour vous ni bataille gagnée, ni ministre aux Tuileries, ni favori d'un souverain. Nos origines ne remontent pas aux Croisades ; nous ne sommes ni duc, ni prince, ni baron — pas une ligne dans Retz ou dans Saint-Simon : bourgeois sans doute, mais du Nord. Pour les initiés, ça suffit ! Notre fortune — il y a à peine un demi-siècle jugée considérable — s'est faite en deux générations. On s'en venait encore, à l'orée de la troisième jusque d'Allemagne, solliciter la main de nos grand-mères. Anzin, Courrières, Lens étaient un peu la façade, l'important demeurant l'industrie lainière : 1914-1918, habiller les armées. Accessoirement, le sucre : il y a encore soixante-quinze ans, il n'y avait guère de villages dans lesquels on ne trouvât pas la raffinerie et le moulin.

En 1933, le grand-père Jules Hardouin décida — coup d'audace — d'introduire en Bourse l'ensemble des diverses sociétés dont il détenait la majorité ; en même temps, tranchant avec le ronron habituel de nos vieux pays, il ne cessait de diversifier le Groupe. A sa mort, La Flèche détenait entre autres : *Le Quotidien du Nord*, deux journaux du cœur : *Madame* et *Effusion* ;

ajoutez à cela les conditionnements cartonniers et *Corniflex* : la première affaire de nourriture pour chiens et chats. Pionnier en ces matières, pratiquant la finance avec un art consommé, Jules Hardouin, dès 1934, lançait ce que l'on nomme de nos jours, des O.P.A.

La crise est arrivée, sournoise. Encore une fois, on incrimina la politique, les exigences de la classe ouvrière, les charges croissantes, les impôts, les grèves, la guerre, les occupations. Pourtant, les anciens gardaient le moral ; chaque fois, on finissait par s'en sortir. Depuis un siècle et demi à la loterie — chance, malchance — on tirait quinze ans de prospérité, on écopait de sept ans de mélasse. Remettre des familles à la rue, se séparer de collaborateurs dont le père et les grands-pères avaient bien servi. On disait : « Cette fois, c'est bien fichu. » Et puis...

C'est par la voix de ma mère que j'ai appris à connaître notre société, les maux qui la rongeaient, d'autant plus pénibles à supporter, qu'à l'époque, en 1962, j'avais onze ans, « Chez nous, quatre-vingts pour cent des traites s'en revenaient impayées. Plutôt que de tailler dans le vif, ton père sollicitait des délais, et chaque jour, le poids des intérêts pesait plus lourd. Déposer le bilan ! Bien sûr, on n'est plus au temps de Balzac, n'empêche qu'en fin de compte se pointent toujours les mêmes : l'administrateur judiciaire, le syndic liquidateur et derrière eux, tels les porteurs au cimetière, les quatre frères ! »

La papeterie, on la fermera ; l'année d'après, on dépècera le Comptoir des Sucres. De même que les ferrailleurs font leur beurre des métaux rares qu'ils extraient de carcasses apparemment sans valeur, de même, nouveaux venus, ces « repreneurs », ah ! le vilain mot, s'enrichissent d'autant plus plaisamment qu'ils nous abaissent.

Dieu merci, l'aïeul aura vécu la chute de sa maison. De temps à autre, il semblait reprendre tous ses esprits, mais c'était pour sombrer dans le désespoir.
Le grand-père sanglote.
Comme sa fille se désole, l'infirmière glisse : « Vous inquiétez pas, c'est souvent comme ça, lorsqu'il a fini son petit déjeuner. »
En ville, on s'interrogeait : le Château, allaient-ils devoir s'en séparer ? On disait ça avec une nuance de tristesse, car à la veille de la mort de Jules Hardouin, en 1955, notre nom en imposait encore.

Le Château ! En ville on l'appelait ainsi depuis bien longtemps ; depuis qu'il était entendu qu'Armand, les siens, sa descendance étaient dignes de se carrer dans ce siège mordoré où on ne prend place que si au mot « argent » on substitue fortune. Château ! parce qu'il est également habité par des gens « bien » : ainsi devaient l'être les arrière-grands-parents de Catherine, leurs enfants, son père et sa mère.
Jadis, disait l'aïeule, les nôtres habitaient la « villa », une grande bicoque anglo-normande proche de l'usine ; faisant corps avec le complexe industriel, elle permettait au grand-père, avant même d'avaler son café, de s'en aller à cinq heures trente du matin saluer d'un petit coup de tête ceux qui, dans la demi-heure, allaient laisser la place aux équipes de jour. Bonjour Patron !
Ce n'est qu'au début du siècle qu'Armand, le père de Jules Hardouin, décida de faire de la « villa » le siège social de ses entreprises ; ainsi, la famille allait prendre possession du Château : une immense baraque édifiée vers 1880 pour un sucrier qui n'avait pas su en conserver les morceaux. Rachetée par un juge au tribunal de Roubaix, ses enfants s'en séparèrent en 1905, pour la céder à bas prix au grand-père. Bâtisse chargée de trop de styles, bâtarde ainsi qu'on peut en

voir dans les meilleurs faubourgs de Bâle ou de Zurich, elle allait être adoptée si volontiers par la famille qu'en moins d'une génération, à l'idée de s'en séparer, chacun hurlait, à croire qu'elle avait été élevée au xve siècle par un grand-père fléché à Azincourt.

Peut-être qu'en ces temps-là, entre les deux guerres, la vie devait être sinon délicieuse, du moins plaisante. Le Château ! Son imposant jardin planté et entretenu par le vieux Jacob puis par son fils fut longtemps la plus belle enseigne de notre maison. Graviers ratissés comme les allées de l'empereur du Japon, des hortensias superbes trônant, les uns entourés de bégonias, les autres de pétunias, et l'étonnant spectacle offert par la grand-mère dirigeant elle-même sa chaise à roulettes sous les arceaux couverts de roses pompons.

Deux années allaient suffire pour qu'à l'ordonnance succède l'anarchie — une manière de « zone » —, ne demeurant vivaces que quelques espèces, telles jadis au Sahara ces garnisons espagnoles peu à peu réduites par l'infortune des armes.

Elle vient du jardin cette salade que Monsieur César va manger — que ça serve à quelque chose cette terre perdue. Qui aurait encore assez de force pour s'opposer aux entreprises de la vieille Odile ; retranchée dans cent mètres carrés arrachés à d'anciens gazons, elle s'efforçait de faire aller jusqu'à maturité des légumes ordinaires.

Exquises, vos carottes ! Ainsi César et Marie — tout comme jadis, ils avaient été fiers à la floraison des roses, au point de donner chaque 15 juin une garden-party — pour un peu, auraient prié leurs amis de venir déguster la tourte mitonnée par Odile avec les légumes de « notre » potager.

Aux yeux des gens de la ville, Marie, César, le « Château » ne font qu'un ; occupants et bâtiments peuvent être frappés par l'infortune, par les crises, le parc se muer en jungle chatière, qu'importe, on continuera en passant avenue Monnoyer à imaginer les salons en enfilade, traversés par de nobles couples, marchant au rythme de ces vieilles horloges astronomiques. Réserve et élégance, voilà qui convenait bien au personnage de Marie ; en revanche, pour César, tout cela lui paraissait bien embêtant. Ce qu'il aimait, c'était la fête. Nostalgie en quelque sorte des années 30.

« Catherine, tu ne connaîtras jamais, lui disait-il, les nuits du jeudi au vendredi aussi longues qu'une journée polaire : dîner chez *Maxim's*, gémir à l'unisson des violons chez *Monseigneur*, à l'aube, souper chez *Schéhérazade*. A sept heures, sans avoir fermé l'œil, on allait caravanant, Delahaye, Packard, Bugatti, le long de la route de Quarante Sous pour, à midi, se jeter à l'eau ; enfin, pour se remettre, avaler des crevettes chaudes au *Bar du Soleil*. Quelle époque ! Ah ! Deauville. »

Exact, il pouvait avaler trois jéroboams de Mümm en deux jours, dormir sur la pointe d'un croissant pour être à l'usine pile le lundi matin. Pas frais, je te prie de le croire, pas étonnant que tout soit finalement allé à vau-l'eau... Avoir réussi à mettre le Château à bas, et Marie d'ajouter à Catherine : « Je sais, tu ne l'aimes guère notre maison, pourtant, toi qui apprécies les choses belles ! » Car la maman trouvait la demeure sans pareille avec ses pièces du rez-de-chaussée dont chacune était à ses yeux autant de reflets de la noblesse du clan : de la grande galerie aux murs tendus de boiseries Louis XIII, au fumoir tapissé de lampas grenat et au premier étage, l'appartement privé rigidement mouluré Louis XVI, murs blancs savamment laqués, rechampis, soulignés par des ors et des entrelacs. « Pour tout ça, Catherine, tu ne te rends pas compte de ce que ton grand-père a dû dépenser : Jansen et son équipe ont passé des mois ici...

« Le jour de tes seize ans, pour le déjeuner, Odile avait concocté un gâteau. Grannie, ta grand-mère, présidait, chevaline et pugnace. Et évidemment, le café on le servit dans le fumoir. Ce jour-là, désignant deux volumes recouverts de reps à fleurs qui demeuraient sur le piano, Grannie dit : " Marie, montre à ta fille Catherine ce qu'était cette maison avant que tout disparaisse, bradé. " » Et de désigner de sa canne le vieil enfant César qui tournait un sucre imaginaire dans sa tasse de café décaféiné.

César se leva et disparut. Venant de la salle voisine, on entendait le choc des boules d'ivoire rebondissant contre les bandes caoutchoutées. Ça et le piano on les a laissés — il paraît que ça ne se vend pas. Ouvre ma Catherine, toi qui aimes la beauté et les chefs-d'œuvre des maîtres du passé, toutes ces choses que Jules Hardouin, dont tu as visiblement hérité le goût et la sensibilité, avait réussi, entre 1905 et 1930, à réunir, plus de trois cents pièces : tableaux, meubles, sculptures. Un œil implacable et aussi à les entendre les meilleurs « fournisseurs » : pour le XVIII^e^, il s'était reposé sur les frères Haro et sur Catroux. Le vieux Germain Seligmann et Leman l'avaient conseillé pour les Hautes Époques et Giraud-Badin pour les livres. Tous, ramenant dans leurs filets leur pêche quotidienne, pour la déposer encore vivante aux pieds de ton aïeul.

Tout enfant, à peine âgée de huit ans, dans le fumoir où aimait à se tenir Grannie, Catherine pouvait demeurer des heures au pied du fauteuil roulant, attendant un signe, un mot : chauffeur, Madame ! et dans cette pièce où le glorieux se mêlait au désuet, un peu ce qu'on retrouve dans les anciennes et riches sacristies vénitiennes, la petite fille entraînait la vieille dame de vitrine en vitrine. Face-à-main au poing, elle ne se lassait pas de contempler ses christs, ses vierges en ivoire, ses châsses. Apprends, Catherine, disait-elle en frappant de la canne contre le sol ; un jour tout cela sera à toi.

Aujourd'hui, pour les voir, il faut aller au Cloyster's à New York, chez Getty à Malibu, ou à Cluny. Ces objets allaient imprégner Catherine de leur souvenir et du désir d'en apprendre plus long sur saint Maurice et ses légions romaines, sur le mariage de la Vierge, sur les tourments de saint Sébastien ; et Grannie de dérouler ses récits : autant de broderies où de sa bouche surgissaient pour la bambine des noms étonnants : Greco ! De celui-là, Catherine vingt ans plus tard se souvient encore, depuis lors accroché au musée de Detroit. De même le Botticelli, le Mantegna, le Luini, tous envolés !

Merveilles qu'à l'époque de Jules Hardouin on pouvait encore acquérir aussi aisément qu'en juillet les figues à Nîmes. Soudain des questions, comme si on jouait à la marchande : « Cette église, cette nef aux murs peints en blanc, sans le moindre ornement, comment le trouves-tu le tableau ?

— Un peu embêtant, grand-mère.

— Embêtant, Saenredam ! Ce n'était pas l'avis de ton grand-père ; devine le prix qu'il a dû le payer à Katz, marchand de tableaux à La Haye. » Puis revenant à la charge : « Vraiment, tu le trouves ennuyeux, le tableau ?

— J'aime pas les églises.

— Petite imbécile, prends un cachou et fiche-moi la paix. Jusqu'à ce soir, tu ne pousseras pas ma voiture », et elle-même renâclant à l'idée d'actionner l'engin criait : « On m'a encore oubliée ! »

On l'oubliait d'ailleurs partout et particulièrement aux cabinets. Ça devait lui plaire pour qu'elle s'enferme ainsi, et derrière posé au frais sur la lunette en céramique, elle pétait ! Au début, Catherine souffrait, jusqu'à ce qu'à son tour elle se prît à en faire autant. Péter devant l'aïeule !

« Où donc as-tu été élevée, ma petite fille ? » Et Catherine de s'efforcer toujours plus fort, toujours plus sec, de répondre à la canonnade par sa propre artillerie. Le soir, sa gouvernante glapissait : « Avoir sans cesse ses fonds de culotte maculés, cette petite fille pousse tel le chiendent. Forcément, avec une maman toujours malade. »

De tout cela, ne demeurent que des ombres, celles de la lumière solaire sur les soieries du grand salon, sur les velours jadis grenat, aujourd'hui passés au sombre myrtille. Négociés ! Soldés aux pires moments, le grand mobilier du salon taillé au temps de Louis XV par Nogaret, la commode de la reine dessinée par Molitor, le bureau d'angle de Choiseul, les deux fauteuils de Weisweiller sur lesquels, la chasse terminée, Louis XVI aimait à somnoler, la tête posée sur l'un des dossiers, les pieds encore chaussés sur les coussins de l'autre. De tant de chefs-d'œuvre — fruits des grandes incursions de l'aïeul dans la jungle curieuse — il ne restait que des empreintes, là où le mobilier avait piété trop fort sur les hautes laines où, depuis lors, le poil n'avait jamais réussi à relever la tête.

Catherine devait avoir dix ans lorsque tout est parti. Çà et là les tissus ont gardé un peu de leur fraîcheur originelle — une trace de mémoire —, souvenir de tant de ces trésors choisis avec passion et sans compter. Aujourd'hui encore, ils continuent à donner à cette bâtisse si banale une once de charme, une sorte de dignité, à l'image de ces coffres-forts fabriqués aux États-Unis à l'époque de la guerre de Sécession — où le train sifflait par trois fois — sur le vantail desquels le nom du constructeur peint en caractères pseudo-gothiques avait pu suggérer à des cambrioleurs, plutôt que des idées d'inviolabilité, un sentiment de respect.

Grannie s'en est allée. Debout ! précisa le maître d'hôtel. Madame Jules, qui attendait son thé, de sa canne martela le parquet. A cinq heures, passées de deux, elle a frappé plus fort, on ferme les yeux, on se serait cru au théâtre ; au troisième, elle a ouvert grande la bouche, demeurant un long moment l'air surpris, et tout d'un bloc, sans plier le corps, elle s'écroula.

Plus l'état de Marie nécessitait de soins, plus César se révélait incapable de faire front aux difficultés sans cesse croissantes, plus la moquette à fleurs jadis pleine de bouquets aux motifs empruntés à des Savonneries perdait de l'épaisseur, plus la maison cédait au découragement.

Pourquoi avoir tout vendu ? Sans cesse Marie revenait là-dessus : combler des déficits, veiller à ce que le toit de la maison n'ensevelisse pas le grenier, honorer les parties de bridge de César, solder les soins médicaux. Maman Marie va de mal en pis.

Quitter la maison ! De son vivant, jamais ! A entendre César, la situation allait se redresser, à des signes, il le sentait. « Figurez-vous qu'à la battue samedi dernier, chez Denis Mohart, à l'instant même où je lui faisais part de mes projets au Mexique, à trente mètres, surgit une paire de cochons, hure baissée, ils foncent sur moi, le temps de rabattre le canon, coup sur coup, je les abats. A mes pieds ! Ainsi, Catherine, notre situation je la retournerai. Notre maison avec ses quatre hectares de parc, située en plein centre de la ville, est toujours à moi. Hypothéquée d'accord, mais lotie par mes soins : tu imagines ! »

Il y a une vingtaine d'années, peut-être eût-il fallu que les parents se résignassent à déménager ; depuis lors, la commune gérée par une municipalité avancée n'a eu de cesse de geler le terrain et d'assortir l'acte d'un grand projet culturel : un théâtre ! Et de l'environnement, on ferait un jardin public. César sans relâche harcelait la classe politique : Compte sur nous, César, en attendant, vote bien, vote utile. Ne t'y fie pas, disait Marie, eux aussi auraient des vues sur le Château.

En ville, les meilleurs les plaignaient, ajoutant : Évidemment, ça ne pouvait pas durer. Pauvre César, artisan de sa propre ruine. Fatal ! Ton pauvre père ! ta pauvre mère ! Et chacun d'évoquer ainsi les siens : « Pauvre Catherine ! »

« Catherine, ça ne t'embête pas trop de consacrer ta soirée à ta pauvre maman ; le cartel des entreprises du Nord-Pas-de-Calais souhaite m'entendre à l'issue de la réunion plénière. » Il y avait belle lurette que César n'avait plus son mot à dire, ni là ni autre part, d'ailleurs ; alors s'engouffrant dans la Maserati — vingt ans d'âge — il filait jusqu'au Cercle retrouver de vieux copains et interminablement, aux uns et aux autres, jeter des as et des neuf. Banco ! Suivi. Je n'ai rien...

Tant de jours et de soirs, Catherine les passe en tête à tête avec Marie. Sur l'écran se succèdent les niaiseries. Marie aime les jeux télévisés, elle va s'endormir. Catherine se lève, coupe le son. Elle a dix-huit ans.

« Catherine, va prendre un peu l'air ! Respirer le souffle d'une malade n'est bon ni pour la couleur de tes joues ni pour ton moral. Profite de ta beauté, ma Catherine. A ton âge, je devais être aussi jolie, regarde le portrait que fit de moi Guirand de Scevola. Aux séances de poses, ta grand-mère exigeait que la gouvernante fût présente. Aussi tu imagines tout le tintouin lorsque Scevola m'a priée de baisser un peu l'épaulette. De ce que je fus reste cette toile, il n'y a plus là une once de ressemblance entre ce que j'étais et ce qui demeure de moi. Tu protestes, mais à force de scruter mes miroirs, je suis devenue archiviste de ma déchéance. Ce dont je souffre, ce n'est pas tant d'avoir la peau ridée comme une pomme talée que d'avoir, en vain, attendu près d'un demi-siècle de ton imbécile de père qu'il daigne jeter un coup d'œil sur moi. Même pas jaloux ! Il savait que j'étais belle, on le lui disait, il se gonflait. On me congratulait et lui levait les bras, l'air de dire : et alors... l'imbécile !

— Vous le détestez à ce point.

— Allume la lampe de chevet.

— Pourquoi me regardez-vous ainsi, ma mère ?

— Tes lèvres, je n'en ai jamais vu de plus pleines, de plus ourlées ; j'espère bien qu'un homme saura s'en repaître, mais chaque fois, reprends-les, et puis fume si tu en as envie. »

Le temps passait. « Pardonne-moi, l'effet du soporifique », et Marie s'endormait.

Le cigare ! c'est déjà vieux. La scène, Catherine s'en souviendra toujours d'autant qu'elle s'est passée un 1er mai : elle allait sur ses dix-huit ans. A Lille, des groupes d'étudiants mêlés à des ouvriers avaient défilé, on avait même cassé quelques vitrines. Marie, inquiète à l'idée de voir son César dehors en ce moment, dit à Catherine : « Il est au Cercle, prends la voiture, va le chercher. »

Catherine au Cercle ! Une femme !

« Ta fille, César !

— Toi, ici. Que viens-tu faire au milieu de tous ces voyeurs ? » Et César, tout fier, de sa main gauche pinçait la taille de Catherine pendant que, de l'autre, il tenait ses cinq cartes. « Elle est belle, ma fille, et avec ça si brave !

— Exquise, précisa Charles Henriet, et ses traits, et deux têtes de plus ! Sûrement pas de toi — brune, ardente — Andalouse égarée ici au temps de Charles Quint... Prenez une chaise, mademoiselle. » Et, goguenard, Henriet demanda : « Voulez-vous cinq cartes ? Jouez-vous au poker ? » Et lui tendant un étui en crocodile noir bordé d'or : « C'est un Punch n° 3, léger, mais en bouche très croquant. Avez-vous déjà essayé ?

Rien de plus élégant qu'une demoiselle havane en bouche. »

Les joueurs avaient déposé leurs cartes, amusés par le ton de Charles et plus encore par la mine de cette jolie personne.

« Permettez-moi de vous le préparer. » Et le roulant entre ses doigts : « A point, pas trop humide ! » Le bout coupé, à l'aide d'une baguette de bois il l'alluma ; deux ou trois bouffées pour juger et, chassant la fumée : « Excellent », dit-il en tendant le havane.

Catherine tira doucement, hocha la tête, toussota un peu, manière de marquer son embarras, réitéra. Ce n'est pas un souffle vaporeux qu'elle exhala cette fois, mais un épais nuage gris fer.

« Alors ?

— Bon ! très bon ! » Et tous d'éclater de rire.

« Catherine, c'est la première fois que je te vois fumer. Si ta mère l'apprend ! Et le cigare avec ça ! »

Et Catherine de continuer, hasardant même un rond de fumée, comme si douée en la matière elle avait franchi sans problème les niveaux qui séparent le certificat de cigare de l'agrégation.

La partie avait repris. César furtivement regardait Catherine, elle de lui sourire et, lui, de porter les yeux sur le havane : sablier, il marquait que le temps était venu de regagner le logis.

On se leva. On fit les comptes.

« Catherine, tu ne m'as pas porté bonheur.

— Arrête, César ! Hier elle n'était pas là, ta fille, avant-hier non plus, et samedi pas davantage. Dois-je te rappeler tes pertes ! »

César baissa le nez, un air à demander quatre cartes.

A l'instant de fermer les grilles, Catherine dit à son père : « A plusieurs reprises, je n'aurais pas joué comme vous, par exemple, lorsque M^e^ Delahaye s'est déclaré servi et que, finalement, vous avez payé. N'aviez-vous pas remarqué qu'au premier tour il n'avait pas ouvert et qu'au suivant il n'avait pas relancé ?

— Car tu sais aussi jouer au poker, Catherine ? »

Ça n'a pas été long, ce matin, la tante Marthe occupait le chevet de Marie. Mine gourmande et lèvres qui à ce moment-là paraissaient plus effilées qu'une départementale sur la carte Michelin.

« Ta fille, hier soir, on l'a vue au Cercle.

— C'est moi qui l'y ai expédiée.

— C'est tout de même pas toi qui lui as conseillé de fumer le cigare.

— Elle fume le cigare ? Et si elle aime après tout. »

Marthe est repartie, l'air pincé.

Marie riait.

« Je suis navrée, ma mère.

— Moi pas. Figure-toi, ce matin, ton père s'est glissé penaud, maudissant sa malchance, grognant. Comme il restait dans ma chambre à déambuler, je lui ai demandé : Tu as perdu si gros ? Il m'a dit : Oui. Il est allé vers le semainier, il a vidé mon tiroir, nos petits revenus du mois. Je n'ai pas eu le cœur de les lui refuser. Du coup, il n'a plus quitté mon chevet, insistant pour me faire la lecture. Dans son genre, il est plutôt brave, aussi brave que niais. Tout bien réfléchi, il eût mieux valu qu'il consacre sa vie à distribuer des cartes plutôt que de s'obstiner à " faire des affaires ". Je l'entends encore : " Ma chère, tout donne à penser qu'il serait fructueux de placer une partie de tes avoirs dans cette affaire de bois flotté ; le Canada, c'est l'avenir ! " Une autre fois, il s'est agi d'encourager l'élevage des sangliers en Alsace, de là à franchir les Pyrénées pour se retrouver en Algarve au sud de Lisbonne où, affirmait-il, on allait enfoncer le Club Méditerranée. Et ces plages mexicaines et leur étendue de sable à perte de vue avec, en prime, je ne sais quel droit attaché à des fouilles. Au premier coup de pioche, la Sécurité était là ; il fallut l'intervention de notre ambassadeur : le temps de fourrer César dans le premier long courrier. Adieu, Mexique ! adieu, beaucoup de dollars. Oh ! sans bruit, sans scandale, mais tout y est passé, ce qui lui revenait des siens, ma dot et, un peu plus tard, l'héritage de la tante Henriette.

« Le raisonner, à quoi bon ! Ma seule consolation, il se sera amusé avec bonne conscience. Et de ses poules, n'en parlons pas : eh, bonjour, Monsieur Cartier, ah ! salut, Monsieur Van Cleef. A ses demoiselles, les tours du cou en brillants. Cela dit, si bien élevé : anniversaires ou Noël, il n'a jamais oublié de glisser sous ma serviette ce qu'il baptise pudiquement un " souvenir " : des écharpes, des gants, des sacs du soir. Catherine, tu en trouveras de quoi regarnir les rayons d'Hermès ou de Lanvin pour une rétrospective. A dire vrai, s'il y a des reproches à faire, c'est à moi qu'il faut les adresser. Marié ! il n'a jamais eu la vocation. Je lui ai forcé la main. Dire qu'il ne m'a pas aimée serait injuste, mais, le faisant, il a toujours eu l'air de tant s'embêter, garçonnet contraint de rendre, une fois par an, visite à sa marraine. César ! un moutard que, d'une certaine manière, j'aurais enfanté, qu'on m'aurait attribué à la sortie de la mairie et de l'église. Ça fait tout de même moins mal que de l'extraire de son ventre — partie remise — après, seulement, on commence à souffrir. Coureur n'est pas exactement le mot, je dirais plutôt un petit curieux rentré dans tant de dames et qui, ses petits besoins accomplis, s'en retourne au logis.

« Deux fois ç'a été tangent. Monsieur amoureux ! Traits creusés, on court chez maman épouse. A confesse ! Pourquoi faut-il qu'à ces seuls moments, nos messieurs deviennent honnêtes. Finalement, tout est rentré dans l'ordre, la première était mariée et appréciait l'état, pour l'autre, je ne sais pas trop ce qui s'est passé, je crois qu'elle était juive ou qu'elle avait passé une agrégation de grammaire.

— A vous entendre, ma mère, les hommes...

— S'ils étaient franchement mauvais, on s'y habituerait, mais voilà, c'est que ces messieurs traînent avec eux une conscience. Bonne ou mauvaise, qu'importe ! de l'une ou de l'autre, ils en usent, mais que la mie de pain dans leurs chaussettes durcisse, du coup, le visage s'assombrit, ils perdent de leur charme, l'engeance n'en manque pas. Tu souris. Il t'amuse toi aussi. Pour un rien, il te ferait un peu pitié. Comme ça il m'a eue. Il faut t'en méfier, de toi il ferait bien sa chose.

« Ah ! j'allais oublier, Catherine, un petit cadeau. J'ai expédié Jean-Jean le chauffeur du cousin Charles à Lille, à la Civette, avec mission de choisir ce qu'il y avait de mieux : Partagas ! Tu connais, dit-elle en me tendant la boîte, image de Cuba, des toréros. Fume-les, ma Catherine, et la fumée, jette-la au nez de tous ces imbéciles. Que ça les fasse tousser, c'est là mon rêve ultime. »

Catherine allait atteindre ses dix-neuf ans lorsqu'un notaire d'Halluin lui fit savoir que sa grand-tante Filigère l'avait couchée sur son testament — cent mille francs. Des tantes, dans ces familles, il en pousse des tas et souvent pas des plus banales ; celle-ci, une excentrique qui, de temps à autre, surgissait à la maison. César la fuyait et Marie la redoutait. « Catherine, je viens pour toi ! » Elle lui disait : « J'aime te regarder croître et embellir, ça me change, tous si laids, des crétins, des égoïstes. Ta mère, elle, file un mauvais coton. Tu la soignes, c'est bien, mais le temps passe et au préjudice de ta vie. »

Tout était prétexte pour la couvrir de cadeaux : une jupe, une écharpe et pour son anniversaire, elle avait reçu des aigues-marines — ses premières boucles d'oreilles.

« En ville on dit volontiers que j'ai toujours préféré les femmes aux hommes. Sans doute ! Lorsque j'avais ton âge, je brûlais pour certains, je me suis même quelque peu avancée, des gredinets ; on s'est souvent approché pour finalement s'esbigner. Fille unique et des plus fortunées, seulement voilà, ma figure, mon corps, pas de quoi tourmenter la Vénus Médicis. Finalement, ne voulant pas finir comme ta mère, c'est-à-dire riche pour trois, pour un mari, pour ses maîtresses, j'ai choisi de rester seule. »

Tante Filigère, belle elle ne l'était certainement pas, sinon l'étrangeté qui l'emportait ici sur toute autre. Aussi grande que Catherine, le visage fait de hauts reliefs et de creux, malheureusement, une peau si grasse que certains jours on pouvait s'y refléter. Avec cela si vive, si ardente, qu'à mieux la connaître on pouvait succomber sous son charme. A son bras, pour la première fois, Catherine pénétra au musée de Lille, de là, elle l'entraîna à Arras, à Bruxelles, à Anvers, à Bruges. Dans le wagon elle la surprit en train de crayonner ses traits. L'année d'après, s'emparant d'une esquisse à l'huile assez poussée, elle alla, sans le lui révéler, la soumettre au jury des « Jeunes espoirs du Nord ». Est-ce parce que la toile était d'une assez bonne venue ou bien plutôt pour faire plaisir à une dame qui, si volontiers, encourageait la création, Catherine écopa d'une médaille d'argent.

Elle n'a jamais bien perçu pourquoi la tante s'était ainsi attachée à elle, peut-être parce qu'elle avait deviné chez l'adolescente un goût particulier pour les Arts. A moins que ce ne fût une réelle inclination pour cette fille jeune, jolie, emplie de charme — là-dessus, tout le monde s'accordait — avec également, ce qui n'est jamais déplaisant aux yeux des autres femmes, une certaine touche de mélancolie. De la tante, Catherine entendit pour la première fois cette phrase qu'elle allait souvent écouter de la bouche d'hommes bien plus âgés qu'elle : « Que n'ai-je quarante ans de moins. » Catherine ne disait rien, la vieille fille hocha la tête. Ça s'arrêta là.

Grâce à la modeste somme laissée par la tante Filigère, libérée du souci qu'elle pouvait éprouver à l'idée d'alourdir les charges de la maison, Catherine décida de s'inscrire à l'École du Louvre et à l'Institut d'Art. Le lundi matin, elle sauterait dans le premier train, pour revenir de Paris le vendredi à la fin de l'après-midi.

« D'accord, dit Marie, mais tu habiteras chez les cousins Prouvost, tu occuperas la chambre de Clémentine, tu régleras leurs petits frais, j'ai arrangé ça au téléphone. »

Ainsi, Catherine allait passer trois ans à Paris. Souvent le téléphone sonnait, c'était Jacques, Dominique, Frédéric ou Paul. La tante Prouvost en conclut que si Catherine semblait peu loquace, le peu qu'elle devait dire devait suffire à nourrir des flammes.

A huit heures trente, à l'issue d'un repas pris en silence — M. Prouvost souffrait d'asthme, parler, expliquait-il, le faisait tousser — Catherine se levait, baisait le front de ce rameau familial, puis allait s'enfermer dans sa chambre. De ses fenêtres, qui donnaient sur les jardins des Missions de la rue du Bac, dans cette demeure qui avait été élevée à l'orée du siècle de Balzac, entourée de meubles, de crédences, de tables, de chaises remontant à la Renaissance, et aux murs de ces plats d'offrandes en cuivre martelé à l'époque de Louis XII, elle se voyait assez bien héroïne d'un « Chef-d'œuvre inconnu ».

« Comment les trouves-tu ? demandait Marie.

— Toujours comme il faut, mais d'un triste. Malheureux, je ne peux rien dire de plus : le fils, si j'ai bien compris, traîne dans des squatts. Pour ce qui est de Clémentine, elle vient de quitter les Clarisses pour s'engager chez sœur Thérésa. »

Trois ans plus tard, à peine âgée de vingt-deux ans, Catherine s'en retournait bardée de diplômes.

« Je me suis occupé de tout, dit César. A Paris, au Louvre, on a parlé de toi. Au musée de Lille, dans les ateliers de restauration, on cherche quelqu'un pour les seconder. On est tout prêt à t'admettre à titre provisoire. Lille c'est à deux pas. Marie ne t'en parlera peut-être pas, mais l'idée lui fera certainement plaisir. »

Dans ces milieux du haut artisanat, on ne ménage guère les débutants. A de simples gestes, à de la réserve mêlée à de la tendresse devant une toile à dévernir, on aura vite jugé du savoir-faire. Pas de tapage, ici, pas de cailloux jetés sur la surface de l'eau, fonctionne uniquement le bouche à oreille. Du conservateur de la National Gallery au directeur du Département des Peintures au Louvre, des Amis du Musée d'Issoire à ceux de Delacroix, chacun couve son restaurateur tout en lui mesurant sa confiance.

Elle est courageuse, la petite Catherine, debout à six heures du matin, elle aide sa mère à demi grabataire à faire sa toilette. A son chevet, elle partage le petit déjeuner, lit les titres du *Figaro* — la vue de Marie, à la suite d'écarts tensionnels, s'est soudainement affaiblie. A huit heures, au volant de sa 2 CV, soldée à coups de traites, Catherine file au musée ; elle travaillera jusqu'à l'heure du déjeuner : des besognes souvent ingrates et qu'on lui mesure.

Aloysus Martin, le doyen des restaurateurs, disciple de l'Italien Cesare Brandi, ce prince de la restauration moderne, à tout bout de champ surgit, regarde, opine, critique : la petite Catherine pourrait aller plus loin, approcher du sensible, mais prudence ! Avant de l'inviter à rejoindre les meilleurs, qui, millimètre par millimètre, débarrassent de ses pelliculages la grande *Descente de Croix*, il lui faudra encore tâtonner, naviguer à vue, entre vernis et glacis. Ces compositions de Rubens, souvent reprises par le maître ou par des grands de son atelier, exigent tant de précautions.

« Continue de la sorte, Catherine, lui dit-il, et je t'expédierai chez Ségolène Bergeon, c'est une fille épatante, des doigts de libellule. » Interroger les photographies, scruter les radios, pratiquer à la manière des chirurgiens des sondages filiformes faits au scalpel sous le microscope, tant de fois se pencher sur la grabataire, juger de l'hygrométrie, débusquer ces vrillettes qui croquent avec autant d'appétit nos buffets de cuisine que le retable de la Madone ; déchiffrer les repentirs dissimulés parfois depuis quatre siècles, sous des couches de mastic et de crasse, « alléger », faire la part entre tant de vernis, c'est à de ces sortes d'ouvrages qui demandent infiniment de sensibilité que Catherine allait se livrer.

Par un coup du sort — les rigueurs de l'hiver — Catherine pendant trois semaines se retrouva seule face au chef-d'œuvre. « Je te fais confiance, lui a dit Aloysus, la composition devra être impérieusement prête pour avril — délai fixé par Europalia pour sa grande exposition à Luxembourg — à toi de jouer ! »

Sous ses cotons, ses pinceaux de soie, ses chiffons, Catherine cherche la vérité, celle de Rubens, la rétablir dans l'état où elle était en 1614 lors de la naissance de la composition. Du matin à la tombée du jour, elle ne quitte plus la convalescente.

Deux ou trois fois par jour, le directeur, inquiet, descend à l'atelier : Catherine, ma parole, elle l'aurait donc ce toucher si rare dans ce métier, le trait du peintre qu'il faut effleurer, ainsi le braconnier qui saura saisir sans la troubler la truite au creux de sa main. La cuisine des maîtres ou plutôt celle des anges, pas de recettes, à chacun ses sauces. Tambouille perverse, saisie sur le coton et observée au microscope. Fini le temps où d'un excès de térébenthine, ignorant les techniques de Francesco Guardi, c'en était fait de l'ouvrage, du moins de ses charmes initiaux. A la vue de ces jolis bleus tubéreux, de ces blancs hortensias, on s'émerveille ; en réalité, de l'œuvre, ne demeure que sa momie. La Salute ou le Rialto sera toujours là, la vaguelette et le nuage également, mais aura disparu le souffle de l'Ange qui, au Cannaregio, entraîne la gondole et fait des torses des passants autant d'étendards grelottants.

Arrive enfin le grand jour, le camion est prêt à charger la *Descente de Croix*. Face à la scène rubénienne, le cousin Thierry explique au maire de Lille ce qu'il a fallu ici d'obstination, de rigueur, de savoir. Demain, à Luxembourg, elle ira retrouver d'autres chefs-d'œuvre du maître avec lesquels elle a peut-être copiné dans l'atelier, il y a bientôt trois siècles et demi.

Le gratin du Nord ! Attrapant Catherine par le bras, César va de l'un à l'autre — c'est elle qui a fait le travail. Pour un peu, il ajouterait que c'est de lui qu'elle tient sa sensibilité, son goût.

Beaucoup de compliments, un petit nombre pour Catherine, qui vont surtout au conservateur en chef. « T'en fais pas, ma petite, dit le père Aloysus, c'est comme ça en France, un pays de vieux. Révéler que c'est toi qui as fait tout le boulot, ça ne ferait pas sérieux et puis le conservateur veut la *Croix* — pas celle du Christ, l'autre. » N'empêche que parmi tout ce monde, il y en a qui viennent embrasser Catherine. On « sait » et puis elle appartient au « clan ».

Le soir venu, Catherine trouva César au chevet de Marie vantant non pas tant son ouvrage que l'environnement : ces gens qui l'avaient embrassée, serrée dans leurs bras, dont elle connaissait à peine le visage, et

César et Marie ânonnaient une fois de plus de prodigieux secrets de famille, lançant des noms.

« Tu sais qui m'a sauté au cou, la cousine Eugène ! Encore plus vieille que moi, dit César.

— La pauvre, il y a longtemps que je ne l'ai pas emmenée chez Meert manger des gaufres et boire du chocolat. Dire que son grand-père avait détenu tout un paquet des mines d'Anzin. »

De la tribu on allait passer à l'inexorable ; Catherine attendait ça depuis un moment. Sujet favori : leurs obsèques. « Je veux un enterrement simple, dit Marie, je vous le répète à tous les deux : juste la famille et les intimes.

— Tu as tout le temps, ma bonne amie, et puis la famille, ça fait déjà beaucoup de monde, mais ne t'inquiète pas, j'ai tout en tête. »

Les obsèques, c'est le seul événement avec l'ouverture aux canards dont César avait constamment assuré l'ordonnance et le suivi jusque dans les détails. Très simples, d'accord ! Mais tout de même...

La mort, celle des autres et surtout la sienne, il ne faut pas la rater ; que de fois il est arrivé à Catherine, à l'issue d'un ensevelissement, de se perdre dans le cimetière communal où se dessèchent depuis la création tant de ses racines familiales. Par la taille des sépultures, par le décor, on peut juger du parti pris de simplicité. Peu de chapelles, des dalles de préférence. Ce matin, au musée, c'était un peu comme au cimetière, les mêmes noms : ma tante, vous avez reconnu votre petite cousine Catherine ! Voilà la fille de César ! Ce bon César, plus de vingt ans que je ne t'avais pas revu. La répétition des patronymes donne à penser qu'on est ici tous cousins, tous alliés, peut-être même complices, mais de quoi ! On ne le sait souvent plus. L'arrivée du faire-part au prochain courrier, bordé de noir, à l'ancienne, précède l'annonce qui paraîtra le lendemain dans les carnets mondains du *Figaro.*

Trente ou quarante lignes, tous, aïeuls, collatéraux, enfants, jusqu'à la fidèle servante, se succèdent, imprimés dans l'ordre, celui que le lendemain, à pied, ils adopteront, derrière le corbillard.

Des noms étrangers, on peut en découvrir mais volontiers aux consonances glorieuses : un Gramont, un Ganay qui, si d'aventure, la voiture non loin de là tombait en panne ou bien qui, à la Toussaint, décidait d'aller fleurir une tombe à dix lieues d'ici, trouverait toujours chez l'un de nous table mise et lit ouvert.

Peu des nôtres ont dû se « croiser », mais pendant que les noblesses s'en allaient en Terre sainte perdre leur vie et le royaume, la hoirie attachée au sol, aux valeurs profondes, demeurait là, ardente au travail : car si nous ne remontons pas à Roland ou à Numa, nous sommes tout de même assez anciens. Dans les vieilles nécropoles des environs on peut mieux en juger : çà et là, sur une dalle gravée sous le règne de Louis XV, des dépouilles qui déjà reposent sous nos noms : des marchands, des tabellions, des secrétaires d'État aux Finances. Bien plus tard, apparaîtront les foreurs de mines, les filateurs — plus guère de magistrats, bien peu de militaires — et il est rare qu'un de ces patronymes gravé sur ces petits monuments de granit — de préférence au marbre — ne suggère de ces actions glorieuses comme on peut en relater au Père-Lachaise dans l'enclos des Maréchaux. L'héroïsme ici se joue sur les tréteaux de petits théâtres aux fauteuils réservés aux abonnés ; garder le souvenir du grand-oncle Paul qui, en 1910, opéra la fusion entre la Lainière et la Royal Engineering de Liverpool ou du cousin Malle qui en 1922 introduisait le même jour, à la bourse de Londres et de New York, les Sucrières d'Abaucourt. Pas de clinquant chez nous, pas de ces baronnies valseuses sur les planches de Molitor ; des noms apparaîtront sans relief mais qui portés haut par un sens aigu de nos propres valeurs, par notre idée du profit auxquels s'ajoute le goût du beau travail, par le respect envers ceux qui nous servent, expliquent nos sentiments évidents de supériorité — un peu de la même huile dont sont oints dès leur naissance, à Genève ou à Bâle, les Barbey, les Dupont, les Mallet, ou les Mirabeau, patronymes apparemment ordinaires mais qui dans les cités où demeurèrent Calvin et Érasme, désignent ce qu'il y a sinon de plus fortuné, du moins de plus solidement huppé.

Nos objectifs, aux uns et aux autres, ont toujours été de faire des sous et de les réemployer pour un meilleur rendement du travail ; là nous différons des Helvètes calvinistes qui penchent plutôt pour la banque et l'argent. Ici c'est encore le sang d'Espagne et l'hérédité flamande, la chrétienté, qui donnent volontiers une primauté à la Beauté plutôt qu'à l'or.

Parler des siens paraissait être l'ultime souci de Marie qui, depuis quelques semaines, ne quittait guère son lit. Un dernier devoir : tout transmettre au dernier descendant du « clan ». Catherine, de la branche aînée, il fallait l'informer des faits divers familiaux, des drames qui se sont joués à bureau fermé. « A l'occasion, ton père pourrait bien t'en dire un peu plus : des neveux spoliés, de vieux usiniers privés de leurs biens par des fils trop pressés, des notaires d'ici imprudemment associés à des confrères de Milan ou de Detroit. »

A Marie, le sang remontait aux joues. Elle timide, aux propos feutrés et banals, lorsqu'elle l'entretenait des « nôtres », se révélait perspicace, éloquente. Née en d'autres temps, assise, le tambour à broder sur les genoux, la longue robe dissimulant ses jambes jusqu'aux chausses, elle aurait détourné l'attention d'un Pieter de Hoogh ou d'un Metsu. Abandonnant le modèle, c'est à elle qu'ils auraient offert de poser.

Catherine lui disait : « Ma mère, pourquoi me dites-vous tout cela ?

— Que tu prennes conscience qu'en dépit des faiblesses de ton père et de ma médiocrité d'esprit — je le sais, je ne suis pas intelligente — nous sommes tout de même des personnes bien, toi également tu le seras. Avertie de tes devoirs ! Tenir le rang, être une enfant du Nord, grâce qui n'est donnée qu'à nos gamines — qu'importe qu'elles soient nées dans un coron ou au Château, fille de mineur ou de betteravier — n'oublie pas ce qu'on dit dans nos pays : que pour bien faire les cuivres, il n'y a que les demoiselles de chez nous. »

Ce soir, Marie avait beaucoup parlé. Trop, des quintes de toux la déchiraient, et comme les enfants le font, croyant ainsi mieux se dissimuler, elle gardait les yeux clos, hoquetant. Un peu après minuit, elle s'endormit la tête sur l'oreiller, droite, belle. Catherine reprit à l'encre de Chine le portrait qu'elle avait croqué deux jours plus tôt au crayon ; l'esquisse venait bien. Puis reportant le motif sur une nouvelle feuille, pâlissant quelques cernes, en donnant plus de fermeté à la peau grumeleuse, elle soustrayait au modèle quelques années de souffrance.

César l'éveilla : « Au lit, Catherine ! Il est déjà quatre heures. » Il regarda la composition : « Tu as bien du talent, on n'avait jamais encore vu ça dans la famille, un grand peintre ! »

Catherine se leva, s'étira.

« Père, il y a dans chaque ville cent filles et garçons qui dessinent et peignent aussi bien, sinon mieux que moi. Sur ce croquis, je ne vois aucune originalité. Du talent ! Pas plus que n'en ont ces pauvres types qui, à la porte du Louvre ou place du Tertre, invitent pour cent cinquante francs les chalands à poser. »

Quelques jours plus tard, de la bouche du directeur du musée du grand-duché, Catherine allait apprendre que la Fondation Kress de Chicago se proposait d'allouer à cette jeune Française au talent si prometteur — c'étaient les termes de la lettre — une bourse de trois ans pour aller parfaire son savoir au *Restauro* de Rome.

Abandonner sa mère, laisser César face à des situations qui allaient à vau-l'eau, Catherine ne parvenait pas à s'y résoudre. Elle exposa son cas, celui d'un soutien de famille. Cette bourse, elle n'allait pas l'utiliser, du moins dans l'année qui allait venir.

Faute d'un candidat aussi valeureux, on décida de surseoir.

Durant le long calvaire que dut gravir sa mère, une ou deux fois par semaine, Catherine filait à Paris faire des « petits boulots », à l'ombre des chevalets où officient les meilleurs. Le reste du temps, elle le consacrait à Lille, à l'atelier de restauration.

Chez elle, elle se sent en paix. Du moins retiendra-t-elle le fil de la vie de Marie — si fragile, il ne se rompra pas.

A vingt-quatre ans, elle pourrait bien aller frapper à l'huis du musée. Joli métier que celui de conservateur. Il y a un demi-siècle, on sortait de la faculté et, de la porte de chez Angelina, le confiseur, on passait à la Conservation. De nos jours, tous ces jeunes gens sont bardés de diplômes, des normaliens, des agrégés de droit ; il y a même un brillant ecclésiastique qui, faute de jeter son bonnet au moulin, achève un mémoire magistral sur Ruysdael et le paysage hollandais. La concurrence sera rude. Conservateur au Louvre, à Cluny, à Rennes, à Rouen, c'est le maréchalat. Auparavant, il faudra occuper, et brillamment, des postes souvent situés à l'autre bout du pays et jusque dans la contrée ardéchoise.

Éloigne-toi d'ici, dit César, c'est très bien conservateur ! Mais le ton est si faible, et à prêter l'oreille on peut entendre d'autres refrains : Catherine, demeure encore un peu, il n'y aura pas si longtemps à attendre.

Marie s'agite : Montre-toi, ma Catherine. Au dîner

d'anniversaire du petit cousin Eymery, aux fiançailles de Véronique, du clan, nul ne lui ménage baisers et compliments. Elle est si belle avec son front bombé et dans le nez si petit, le rhume se plaît si bien qu'il ne le quitte guère. Elle éternue !

Avec Théo, Louis, Jacques, dans la même assiette, on partage le chaud-froid de volaille, dans les mêmes verres on boit le Petrus. Bernard, un bras autour de la taille, la retient. Catherine si attirante, mais un rien grande.

« Ce sont mes talons, si ça te fait plaisir de m'embrasser, fais-le. » La bouche, les lèvres. Pas de souci, garçon, tout de même, ne nous excitons pas trop, le trouble, c'est déjà si amusant. A l'aube elle s'ébroue, du regard elle les passe en revue ; pourquoi choisir, mieux vaut la pause que le repentir. Le repentir, cela est réservé aux peintres, et sur les radios du laboratoire du musée, derrière le corps de ces dames à l'ombrelle apparaît une ombre. Goya aurait-il d'abord représenté son modèle penché, à moins qu'il n'ait décidé d'effacer l'image d'une troisième. Le jour est levé, une douche ; à neuf heures, elle sera à l'atelier. La chasse aux repeints l'excite et la faible vie de Marie la retient.

Sur le perron, César tourne autour d'elle.

« A voir ta mine, ta mère t'a encore parlé de moi.

— Pourquoi pas. Vous êtes son unique sujet de préoccupation.

— Mais à toi aussi, elle s'intéresse.

— Seriez-vous jaloux ? »

Il hoche la tête doucement comme dans le bain dans lequel il aime à se prélasser, évitant de crever les bulles.

« Comment me trouves-tu, ma Catherine. Pas trop décollé ? Sur la balance, ce matin, j'accusais soixante-deux kilos, avec mon mètre soixante-treize. Ce n'est pas assez. »

De deux doigts à la hauteur du cou, il tire sur

l'épiderme. « Pourtant l'appétit ne me fait pas défaut, il ne manquerait plus que je couve un mauvais truc. Rien d'étonnant avec tout ce qui me tombe dessus. Déjà chaud le soleil, ce matin. Changeons-nous donc les idées, l'école buissonnière ! » et spéculant sur le goût de sa fille pour les fruits de mer : « J'ai retenu deux couverts à *L'Huîtrière*. »

Entre deux plats, de ses longs doigts qu'il conservait sans taches, à peine un duvet, il caressait l'avant-bras de Catherine puis, comme ces bonnes manucures, il descendit jusqu'au poignet, le malaxant. Un moment il serra : « Je voulais te parler de ta mère, de ses maladies. » Ses maladies, entendait-il par l'emploi du pluriel minimiser l'épreuve. Il ajouta : « Pour ma part, certains jours, je ne la trouve pas si mal. » Puis, attendant peut-être que Catherine abonde dans ce sens, il demeura un moment sans mot dire, jusqu'à ce qu'arrive le plateau. Après avoir décortiqué une écrevisse et sucé le jus de la carcasse, il s'enquit :

« Dis-moi, et le Professeur ? Je sais, j'aurais dû assister à la consultation, mais depuis notre cinquième chez les Oratoriens, Matelièvre m'a volontiers méprisé.

— A dire vrai, il s'est étonné de votre absence.

— Goûte celle-ci, dit-il après avoir décollé l'huître de sa coquille, entre toutes ce sont celles de Zélande que je préfère.

— Il dit qu'à moins de trois fois par semaine, tout traitement risque d'être inopérant ; mais il veut notre accord à l'un et à l'autre. C'est un choc et sur un organisme aussi affaibli... »

César ne goba pas l'huître ; il baissa la tête, regarda la chair au bord un peu trop blanchi, hésita : elle serait donc perdue ?

L'huître ou Marie. Il l'avala.

« J'aurais beaucoup de peine lorsqu'elle nous quittera, elle toujours si patiente avec moi, si brave :

depuis des temps et des temps il en naît dans nos pays ; soumise, je le reconnais, mais ravie de l'être, bonne à tenir bien un ménage, appréciée dans nos familles, je ne dis pas ça en mauvaise part, mais Marie aurait bien pu chérir de la même manière le cousin Jacques ou l'oncle Paul. A sa façon, ta mère, un modèle, mais que tu ne dois jamais prendre pour tel, même pas en cuisine, incapable de faire une pâte feuilletée ou de concocter un bon beurre blanc. »

D'une année à l'autre — les dates s'effacent — le temps change de pas. Hier ! Demain ! Dix-huit ans, vingt-deux ans, et puis bientôt vingt-quatre. Les références de Catherine seraient plutôt avant ou après son premier cigare. Entre son adolescence et sa vie de femme, en guise de poste frontière se dresse un Punch. Pour le reste, sur ses premières aventures, elle répugne à s'étendre.

Plus tard, à Bertrand, elle parlera de son âme flibustière, prétendant peut-être la tenir d'un ancêtre oublié mais dont les restes, réduits en poudre ou en fumée, lui adressent sourires et encouragements.

La petite Catherine, au dire de M. Séchiez, chef du personnel, pourrait bien être titularisée rapidement et figurer au prochain tableau d'avancement. Une heureuse promotion.

« Accepte », lui dit sa mère.

« Fonctionnaire, dit César, je ne te vois pas demeurer ta vie entière au service de l'Administration, de plus, avec notre nom, les socialistes ne te feront guère de fleurs. »

« Votre père a raison, lui dit Aloysus, vous allez sécher sur place ; avec votre tour de main, en ville, un nom respecté, vous n'aurez guère de mal à vous faire une clientèle. »

Catherine décida de s'installer chez elle, au Château. Du second étage, elle annexa deux pièces.

Au début, elle appréhende de demeurer là, oisive. La clientèle ! Faire des annonces dans les journaux ! Ce fut vite inutile. Avertis de son savoir-faire, des musées de Douai, de Tourcoing, commencèrent à lui adresser quelques clients. Allait s'y ajouter le petit monde du commerce. Depuis dix ans, dans toute la région, le nombre des antiquaires, des brocanteurs, ne cesse de croître. Ce qu'ils acquièrent, souvent à bas prix, dans les bons milieux, il faut le faire « chanter ».

La marchandise, pour la restaurer, la vieillir, il faut du talent et inspirer confiance. Catherine, de « notre monde », ne mettra pas la clef sous la porte. Elle travaille vite, pas cher, discrètement. Avec ça, elle connaît la peinture ; toile sous le bras, on débarque chez elle, on attend ses avis : l'opération vaut-elle qu'on la tente ? Aloysus lui a répété à maintes reprises : il n'y a guère de surprises dans ces métiers. On est venu avec un prétendu Boucher, on s'en retournera, le mois prochain, avec une œuvre peut-être chatoyante, mais le rêve, la découverte se diluent au fur et à mesure que le coton s'imbibe de crasse. Ne demeure finalement qu'un à-peu-près, une école de... le médiocre !

Au début, Catherine avec réserve avançait « sa » vérité : que le Boucher au mieux était une école de Natoire, que ce Corot, Harpignies n'aurait pas souhaité le peindre. Mais trop d'honnêteté, ici, modère l'honoraire ; comment demander deux mille francs pour restaurer une peinture qui, finalement, n'en vaut guère plus ? Catherine va apprendre qu'en ces domaines, l'évasif se chante bouche fermée.

Régler la clinique, les infirmières de nuit, honorer les médecins. A la maison tombent les imprévus : les notes du couvreur, la tempête du mois de mars qui a ravagé le Nord-Pas-de-Calais, la chaudière à modifier. Ajouter les pièges du métier, des travaux sensibles dont l'avancement est fonction d'impératifs matériels, un panneau du XVIe siècle fendu que le parqueteur n'en finit pas de doubler. Devant chaque œuvre, Catherine doit tout réapprendre, et les heures filent entre ses doigts. Qu'importe, elle apprécie ce temps passé à rêver devant ces corps faits d'huile, de gouache ou d'encre de Chine. Aux motifs souvent repris : la vie du Christ, celle des Apôtres, se mêlent des scènes intimistes; thèmes de convention, mais qui, scrutés à travers des images radioscopiques, se présentent les unes par rapport aux autres, aussi dissemblables que les empreintes digitales.

Catherine! Marie s'inquiète. Le repas est servi, la petite pouvait demeurer là des heures entières penchée sur l'ouvrage, fascinée par ces minces pellicules faites d'essences pilées dans les huiles, parfois vieilles de quatre siècles. Avant d'entreprendre les premiers soins, il faut chaque fois, millimètre par millimètre, palper le malade, l'ausculter. Au musée, Aloysus le lui répétait sans cesse : l'artisan toujours s'effacera derrière le maître, et toute initiative du restaurateur devra demeurer discrète; mais en ces domaines, le client n'a guère de patience, surtout lorsqu'il s'agit de gens du commerce, et peu de scrupules. Masquer, sans pour autant effacer les dessous — les errements du vieux maître. L'artisan devra sans cesse se substituer à l'artiste disparu. Pour l'honnête restaurateur, pas question de reconstituer ce qui n'existe plus. La bible! Se refuser à remplacer l'absent par une aimable copie; Catherine, élevée à la nouvelle école, ne transigera pas. Existent dorénavant d'étonnants subterfuges, qui éviteront toute trahison à l'égard de l'esprit du créateur. Ainsi refaire son gentilhomme, alors qu'il n'en reste que l'ombre, pas question! Détruit, on le remplacera par cette étonnante illusion, le *trattegio*, fait de réseaux de traits verticaux, parallèles, de couleurs pures, juxtaposées sur un mastic blanc.

« Mademoiselle, ce que vous avez fait là est des plus réussis, je vous dois ? — Quatre mille francs. »

Catherine, serrée dans un tailleur noir, un solde peut-être, mais bien « griffé », la taille qui serre un peu bas, prend de l'assurance. Elle va constater que dans cette discipline, on respecte plus volontiers un avis féminin ; et particulièrement le sien, tempéré par un regain de modestie.

« Votre nature morte a dû voir le jour à Haarlem, peut-être à Delft vers 1660, en tout cas, une jolie main : j'ai fait quelques recherches, peut-être l'œuvre d'un élève de Pieter Claesz. Ça m'a pris pas mal de temps, mais ça en valait la peine. J'ai là votre petit compte : vingt-six heures, ça devrait faire dix mille quatre cents francs, on arrondira à dix mille francs. »

De temps à autre, un réel moment de bonheur. Cette vierge en bois qui il y a une quinzaine de jours apparaissait crasseuse, sans doute un de ces faux qu'on tente de dissimuler sous des badigeons où le plâtre se mêle à la couleur, qui ce matin se déhanche, exquise, telle qu'elle devait être vers 1480, lorsqu'elle vit le jour dans l'atelier malinois.

A user le coton, à doser entre tant de solvant, à mirer au microscope un œil peint de la taille d'une coccinelle, on ne voit pas la nuit s'approcher, et pour Catherine, un moment, oublier le chevet maternel.

Au début, Matelièvre, qui avait toujours veillé sur le clan — il avait épousé une cousine Moustier, la fille d'une branche quelque peu déshéritée — avait diagnostiqué un eczéma puis, alarmé par l'extension du mal, par sa résistance aux traitements habituels, il suggéra d'aller à Paris consulter.

Évidemment, c'est Catherine qui accompagna sa mère. Matelièvre avait vu juste : « Pas grand-chose à ajouter, dit le Professeur, deux phénomènes malheureusement associés, d'une part, l'affection profonde dont vous souffrez, madame, qui vous contraint à demeurer des jours entiers au lit et par voie de conséquence, cette usure de l'épiderme entraînant des ulcérations d'abord superficielles et qui bientôt chez des sujets immobilisés se creusent sous les régions comprimées... » Il parla d'érythèmes, d'infiltration de la zone, de nécroses qui peuvent atteindre les muscles. Que préconiser d'autre sinon du mouvement, lever la malade autant qu'elle pourra le supporter. Marie si courageuse, si réservée, fondit en larmes. Qu'on la laisse en paix, elle voulait rentrer sur l'heure, qu'importe la suite.

« Hospitaliser Marie, dit Matelièvre, je n'y tiens pas. Contraindre ainsi un grabataire qui a toujours vécu dans le cocon familial peut se révéler fatal. Chez elle, votre mère pourrait bien tenir au-delà de ce que logiquement on pourrait espérer. Pour vous, l'épreuve sera rude — votre père, n'y comptons pas trop, il ne refusera pas, je le connais, dans son genre, il est plutôt brave homme : je l'ai pratiqué pendant la guerre d'Algérie, à l'occasion courageux, mais si léger. Vous lâcherez votre travail. Auparavant venez passer quelques jours ici, dans mon service, vous aiderez Mme Marthe, elle vous initiera à des soins, finalement, assez simples. »

Catherine se retrouva en blouse blanche poussant le chariot, suivant des yeux les gestes des uns et des autres. Quelques jours plus tard, Matelièvre lui dit : « Au dire de mon assistante, vous vous en tirez fort bien, comme si vous aviez fait ça toute votre vie. Pour ma part, après trente-cinq ans d'hôpital, à découvrir certaines ulcérations, je suis au bord du malaise. Pas vous ? — Ces plaies, ces tumeurs, ces vergetures, qui constituent les maladies du tissu, les méfaits causés par les suppurations, la chair de poule — comme vous appelez ça — ces gelures que j'ai découvertes en circulant dans votre service, sont parfois si proches des spectacles désolants eux aussi que m'offrent les toiles, les panneaux, les sculptures que le temps a gâchés. Agrandies, leurs photographies font apparaître les mêmes lésions : érosions, écrasements, craquelures prématurées, tassements des médiums et boursouflures prêtes à crever au moindre contact. Ainsi, pas plus que je ne ressens de dégoût ou d'effroi à la vue de mes petits bazars, pas plus ne m'écœure l'étalage de ce qui apparaît sous des pansements défaits. »

A la fin du mois, sans être par trop optimiste, Matelièvre jugea que Marie jusqu'ici résistait : elle avait bien supporté son dernier traitement. Toutefois, la marge est étroite, faire en sorte qu'elle souffre le moins possible sans pour autant affaiblir ses défenses.

César, on ne le voit guère. Redouterait-il de croiser le chariot couvert de médicaments ? Trouverait-il insupportable la vision de ce que recèlent ces bassins émaillés ? Manque de cœur, pas exactement, plutôt l'importance de ses préoccupations. En dépit d'une grippette, porter chez l'armurier l'un de ses Peurdey dont le ressort de la gâchette est coincé.

Le restaurateur doit être pour l'œuvre sur laquelle il travaille tel le confesseur à l'écoute du fidèle, il faut entendre l'écho de sa propre sensibilité, scruter jusqu'au tréfonds de l'art et en même temps tenir tout fermé : la porte de l'atelier, le chevalet vide, les toiles le nez contre le mur. En vadrouille, ces gens sont si indiscrets : conservateurs, experts, marchands. Tout cela, à l'École du Louvre, nul ne l'enseigne, seul le contact des objets et des hommes qui en trafiquent apporte à chacun sa bible du quotidien, non écrite, jurisprudence canaille, mosaïque enrichie de mille facettes qu'il faut se garder de trop fixer — de même le navigateur, à l'instant de faire le point, évitera de fixer le soleil sous peine d'être à jamais aveuglé.

Acheter, vendre, trancher, tailler, sont des métiers qui s'apprennent sur des terrains aléatoires où avancer d'un mètre est souvent plus hasardeux qu'à mains nues l'escalade d'un pan de granit. Grand jeu où le caprice est dieu. Pourquoi donc a-t-il soudain décidé de compter Catherine parmi ses filles de joie ?

Ce jour-là, à l'hôtel des ventes de Lille, on dispersait ce qui avait garni encore dernièrement l'échoppe d'un vieux brocanteur, entre autres un lot de cadres et de ces baguettes minces, fluettes, souvent d'heureuses proportions, de ces « bordures », ainsi les appelait-on au temps passé, et que dans nos ateliers on est toujours satisfait d'exhumer.

Catherine en mit à part quelques-unes, mais le commissaire-priseur pressé d'en finir — il était déjà cinq heures — déclara qu'il vendrait le tout en un seul lot. Le marteau tombé, Catherine se retrouva à la tête d'une trentaine de pièces. Au magasinier elle abandonna une fraction de son butin : cadres en plâtre ou baguettes disjointes ; le reste, elle le chargea dans la 2 CV. Arrivée devant la maison, sans même prendre la peine de boucler les portes, elle laissa la voiture — le temps de faire quelques emplettes. Lorsqu'un peu plus tard, bras chargés, elle franchit la grille, elle avait oublié la voiture et le contenu.

La soirée, elle allait la passer à préparer le dîner, à bavarder avec Marie. Le lendemain matin, la 2 CV était toujours là et la brocante à sa place sur la banquette arrière.

Les cadres, elle les transporta à l'atelier ; en vrac, si bien que le dernier lui glissa des mains et la vitre vola en éclats. Alors apparut ce qui la veille semblait n'avoir attiré l'attention de personne, une feuille, mais qui débarrassée de son verre crasseux paraissait moins jaunie, plutôt fraîche : une scène où à l'ombre de la croix, sainte Anne consolait une Marie au visage douloureux, une reproduction ? Prudemment, elle hasarda un coup de gomme, c'était un dessin. Par la simplicité des traits, par l'harmonie de la composition, la pièce ne manquait pas de séduction. A l'époque Catherine savait plutôt mieux restaurer le papier que d'en juger l'importance sur le plan esthétique ou financier. Ceux qui les collectionnent appartiennent à un autre monde, engeance plutôt bizarre, tribu de solitaires doués volontiers de connaissances, de mémoire et de sensibilité ; capables, tel l'ordinateur — le temps d'un clin d'œil —, de séparer le dessin d'école d'avec celui du maître. Trappes, attrapes et pièges, des roués qui ont si bien pénétré la sensibilité de l'artiste que, finalement, ceux qui se prétendent experts, face au flair de quelques-uns, perdent pied. Déjà, au musée, Catherine a entendu vanter les tours de main du père Fourreure, cet homme qui traversa quelques générations, et qu'on pouvait jusqu'à ces dernières années rencontrer dans les hôtels des ventes. Chez les notaires, il payait cher de vieux registres afin d'en extraire des feuillets vierges. Sur tout cela : crayon, pastel, sanguine au poing, tour de main du créateur, Fourreure, en plus d'un demi-siècle, en enfanta des Watteau, des Boucher, des Fragonard et depuis lors répertoriés par les plus grands experts.

Dans les jours qui suivirent, plus Catherine regardait son acquisition, plus elle y découvrait, aussi bien dans les traits, dans le maintien des personnages que dans les drapés des tissus de singulières beautés. Au dos, on avait tracé d'une écriture qui semblait ancienne : Pisanello. Nom magique ! Trop beau ! Les initiés en ces domaines sont habitués à ces traces glorieuses, le plus souvent gribouillées au cours des temps par des rêveurs ou par de méchants courtiers.

Parmi les cadres, elle en choisit un — XVIe siècle et

bonne façon — elle s'apprêtait à le cerner dans un vélin capucine lorsque Odile passa la tête.

« C'est un cousin à toi, Mademoiselle.

— Quel cousin ? »

La porte s'ouvrit.

« Mais tu n'en as qu'un de cousin : Jean-Jacques, le plus beau et de surcroît conseiller à la Cour des comptes, et à trente et un ans, c'est pas mal ! Te souviens-tu quand je t'ai embrassée, j'étais ton premier ! C'était chez la tante Motte, au goûter de première communion, c'est vieux tout ça. Et toi ? tu as de la chance, un vrai métier, moi qui n'aime que la peinture. A la Cour, jadis, c'était du dernier bon genre ; de nos jours... Je peux ? » et, sans gêne, le beau Jean-Jacques retournait les toiles, tout ce que la déontologie commande de laisser dans l'ombre.

« Et ça où as-tu été le pêcher ? Le dessin, c'est pas ton affaire. C'est à un client ?

— Je l'ai acheté dans une vente à Lille.

— Ça m'a échappé. Pas si mal. A première vue, une copie tardive exécutée d'après un Flamand. Tu vas me le vendre pour pas trop cher. Mardi on fête l'anniversaire du vieux chanoine Duthet, le confesseur de maman, une crucifixion, ça lui fera plaisir. Combien ?

— Les trouvailles, ça ne se vend pas. Plus tard peut-être.

— A moi, ton ancien danseur, tu ne vas pas refuser ce plaisir. » Il retourna la pièce. Catherine avait ménagé une lucarne d'où on pouvait lire : Pisanello.

« Farce, dit-il, l'écriture est du XVIII$^{e}$ siècle, mais après tout, j'ai peut-être une idée, si je le proposais à un petit musée en formation dans le Nouveau-Mexique. A deux ou trois reprises, je les ai conseillés. Tel qu'il est, joliment encadré, je leur en demanderai cent mille francs. »

Catherine ne répondant pas, il précisa : « Dix millions anciens, tu as compris. »

Dix millions... de quoi changer sa voiture, payer quelques arriérés. Faire un tour rue Jacob ou rue de l'Université, dans une dizaine de jours, on soldera chez Ungaro et chez Saint-Laurent, et plus rien à me mettre ! pensa-t-elle.

« Alors, dix millions ? » La voix avait pris un ton sec — conseiller à la Cour — « Dix millions », répéta-t-il.

Il en aurait proposé le dixième, peut-être aurait-elle cédé, mais une pareille somme, de plus son insistance, son assurance : il se meut ce matin ici comme chez lui, Jean-Jacques, que d'ailleurs César n'aime guère.

« Finissons-en : cent vingt mille francs ! »

Là, ça fit tilt dans une chevelure sombre. Il venait d'en dire un peu trop.

A peine la semaine écoulée, il revint à la charge, au pied du pommier le fruit mûr se devait de tomber dans ses mains.

Juillet, à l'atelier, la vie est tiédasse : les médiums n'ont pas fini de sécher, les clients rouscaillent, des jours à renifler la térébenthine et, au chevet de Marie, le dakin fade. Tout cela mêlé au vieux Shalimar : fragrance ultime de l'élégance passée !

Ce début de l'été, Catherine le passa dans des robes aussi fanées qu'à l'automne les feuilles des hortensias ; avec ça, elle a coulé des bielles et César a encore perdu des sous. Ça commençait à bien faire !

A Roland-Garros où elle traînait, l'humeur grise, elle tomba sur Youri — fruit savoureux et un peu blet. A l'entendre, issu des plus antiques familles magyares, que d'autres prétendaient descendu aller simple du Wilno-Paris. De toute façon il dansait bien ; remonté comme un écureuil, il était capable de boire sans soif jusqu'à l'aube et toujours de l'argent dans les poches. Il bricolait dans les dessins. Sur les gradins on se retournait : Salut Youri !

« Ça tombe bien, j'ai un dessin, il me paraît assez

beau. Jean-Jacques, tu le connais, un de mes cousins, m'en a offert une assez grosse somme.

— Jean-Jacques, celui-là je ne peux pas le sentir. Assez de tennis, monte dans ma voiture, ce soir, on dînera à Lille et tu m'hébergeras jusqu'à demain matin. » Il conduisait d'une main, de l'autre il lui effleurait la nuque. « Belle enfant ! Je saluerai volontiers ta mère, et Odile toujours là ? »

Celui-là aussi, il était partout chez lui.

« Mazette ! belle facture », et, retournant le cadre : « Pisanello ! sûrement pas, mais tout de même de l'époque. Je te fais une offre : cinq cent mille. Tu dis oui, je le prends, tu dis non, on n'en parle plus. »

Peut-être Catherine aurait-elle dû attendre encore un peu, en savoir plus, mais elle était plutôt contente de jouer ce tour au cousin à la mode de Chnord.

« Cinq cent mille francs !

— Oui, ma cocotte, et en espèces encore. A Bruxelles, tu m'accompagnes demain matin, tu colles le dessin dans le fond de ta voiture, n'importe quoi dessus : des journaux comme pour un week-end. Salut, la Banque Lambert. »

Catherine savait qu'en pareil cas une personne sensible doit régler son dû ; lorsque le jour parut, elle ressentit un petit pincement, ainsi la fête était terminée. Youri si doux, si caressant ; elle l'aurait bien gardé une ou deux nuits de plus.

Un mois allait passer. Revoilà le cousin Jean-Jacques.

« Qu'est-ce que j'apprends, le dessin ! le Pisanello, tu l'aurais vendu pour rien ! Bradé !

— Cinq cent mille... Toi, tu m'en avais offert à peine le quart.

— Il fallait me le dire. Imbécile. » Il était livide. Encore un peu, il allait frapper Catherine.

« Cinq cent mille francs ! tu sais combien il l'a revendu, ton Hongrois — un escroc —, on parle de quatre ou cinq millions, et le préjudice... Un des trustees de la Fondation Ulmann vient de m'avertir, furieux lui aussi, je le lui avais promis. Un dessin admirable, le seul Pisanello au monde sur le marché. Avec ça sorti je ne sais comment, j'ai fait ma petite enquête. Au Louvre, à la douane, pas trace d'une demande d'exportation. Que les Musées nationaux l'apprennent, tu imagines : un Pisanello ! En aucun cas, ils ne l'auraient laissé sortir. J'espère pour toi, payé en espèces. Sinon... » Il marche de long en large. De temps à autre, prenant une toile — il ne pouvait s'en empêcher. « Ce dessin, en quelque sorte, tu avais promis de me le vendre. » Encore un peu et il allait pleurer.

« Possible, dit Catherine, mais de cent mille à cinq cent mille francs, il y a tout de même de la marge. Dis-moi donc, lorsque pour la première fois tu as vu ce dessin, as-tu jugé qu'il était de Pisanello ?

— Évidemment, j'ai l'œil, moi, sans cela je ne t'aurais pas offert cent vingt mille francs. »

Tant de cynisme, en même temps, tant de sottise ! Il avait donc suffi de quelques traits sur une feuille de papier pour que tout s'éclaire. Que les objets n'ont pas de prix, que ceux qui se mêlent d'en trafiquer n'ont qu'une idée, satisfaire leur passion, que pis encore, celle-ci souvent leur avarice l'étrangle. Cet imbécile en apportait la preuve. A l'idée de sortir cinq cent mille francs pour ce qui en valait dix fois plus, il avait tout perdu... Jusqu'à l'honneur... En solde !

Youri le lui a recommandé : l'argent du Pisanello, garde-le en espèces. A la banque, une pareille somme, gare au fisc.

A la liasse, s'ajoutent de petites sommes qui, deux ou trois fois par semaine, s'en viennent grossir le magot que Catherine tient dissimulé sous un paquet de publications et de dossiers d'archives descendus du grenier.

« Je ne sais pas comment tu fais, mais tu as toujours ce qu'il faut », lui dit César en la voyant régler l'infirmière, le carnet d'Odile, la note du pharmacien. Des clients payaient par chèques, et César, investi par Catherine de la dignité de caissier, filait à la banque remplir les bordereaux, tels ces petits garçons toujours prêts à aller aux commissions pour marquer leur bonne volonté.

Marie s'inquiète : « Ça ne te pèse pas trop la maison. Cela me fait du chagrin, tu devrais prendre un peu de distraction.

— Mais j'en prends, ma mère, si je vous disais avec qui j'ai couché. Oui, c'est fait, figurez-vous. » Catherine a dit ça comme on se jette à l'eau. Bravement ! Peut-être aussi pour rassurer Marie : « Je vais tout de même sur mes vingt-cinq ans. Vous m'en voulez ?

— Raconte, ma Catherine.

— D'accord, mais pas un mot à César. Ça s'est passé ici, le mois dernier, tu sais, le petit Hongrois qui t'a apporté un bouquet. C'était très bien !

— Tu en es sûre, Catherine, tu ne me dis pas ça pour me distraire. » Marie resta un long moment à regarder sa fille. « Après tout, ça doit être vrai, tu as l'air toute rieuse et avec ça une si jolie mine. »

Au courrier, ce matin, une lettre des Éditions Hachette. L'éditeur offrait à Catherine la direction d'une nouvelle collection : réduite, au début, il s'agissait de dresser, sous la forme d'albums abondamment illustrés, une série sur les plus belles maisons de France, leurs décors, les objets qu'elles recelaient. Demeures privées mais inscrites pour la plupart, ou classées, et dont les propriétaires paraissaient disposés à ouvrir leur porte au rédacteur d'un pareil ouvrage.

En principe, Catherine disposerait d'un assez long délai, et si les honoraires n'étaient pas bien conséquents, en revanche, l'éditeur solderait les frais de déplacements et de séjours.

« Accepte, lui dit Marie, et puis, qui sait, que tu séduises un châtelain. Ma fille comtesse, baronne... » L'idée l'amusait et ne déplaisait pas non plus à César.

« Un ouvrage de cette sorte, il lui faudra bien de trois à quatre ans, car elle ne veut pas abandonner son métier. »

« Je vous raccompagne, mademoiselle », dit le directeur de la section des Livres d'Art ; sur le seuil de son bureau, il s'apprêtait à la quitter lorsqu'il ajouta : « Et si je vous gardais encore quelques instants, notre directeur littéraire donne un verre ; nous saluons Rémy Talman, notre nouveau lauréat du grand prix Andros. Vous n'avez pas lu son dernier livre ?

— Rémy ! Voici Catherine, une de vos admiratrices ; une dédicace... Elle sera grisée.

— Vous vous appelez Catherine, ça colle bien avec le visage dur. Allez, un petit sourire. Ainsi, vous m'auriez lu, j'ai des doutes, trop cochon pour une personne aussi bien mise — stricte, tout en noir. Boutons dorés tout de même ! Vous êtes jolie, mademoiselle, dînez donc avec moi ce soir, et demain je serai bien capable d'esquisser le plan d'un Nobel.

— Ces gens qui sont là : les journalistes, la radio, ce sont vos amis ?

— M'en fous. Allez, assez signé ! Mais c'est que vous avez une tête de plus que moi. Marchez devant, et ces jambes — un peu fortes —, ça doit porter loin. Il faudrait être fou pour vous lâcher.

— Jeune homme, dit Catherine, ça ne va pas très bien dans votre tête.

— Assez bien. Venez », dit-il suppliant.

Catherine hocha la tête, plia le contrat qu'elle tenait à la main, le glissa dans la poche de son tailleur.

Comme ils arrivaient à la hauteur de la 2 CV, une demoiselle contractuelle s'en prenant à l'essuie-glace glissait l'avis fatal.

« Par pitié, mademoiselle, dit Rémy, vous voyez bien, on n'est pas riche.

— Elle est à vous la voiture ?

— On sort de chez le médecin, il vient de nous le dire : on attend un enfant, peut-être un garçon.

— Allez, filez, ça a l'air plutôt bidon votre histoire. Tant pis... », et la personne en bleu déchira le papier vert.

« Vous, vous êtes gonflé ! Votre petite amie... et de vous j'attends un enfant.

— Rien de perdu, dit Rémy. Un peu tôt pour dîner, venez chez moi. Panthéon, rez-de-chaussée sur rue. Je tirerai le rideau. Je vous aime. De vous je suis fou. »

Vers onze heures du soir, Catherine ouvrit un œil.

« J'ai faim », dit-elle. Elle le pinça. Il ouvrit les yeux. Elle trouva des pêches au sirop, un potage de légumes — en boîte bien sûr — et quelques gaufrettes. « Parfait, dit Catherine, avec ça, on ne risque pas de grossir. »

A Marie, à César, elle conta tout : Hachette, le contrat ; le chèque d'à-valoir passa de main en main. La soirée avec Rémy, elle l'offrit à Marie.

« Amasser des documents, les classer, le mieux serait que je prenne un pied-à-terre à Paris, j'irai passer là un ou deux jours par semaine. Ce sera plus pratique. Rémy a déniché l'appartement, la fille qui frappe ses manuscrits bricole à l'occasion dans l'immobilier.

— Rue d'Aumale, je connais, dit César, au 8 ou au 10 habite l'administrateur qui a réglé mes problèmes avec la S.O.J.E.J. »

Trois pièces : six mille cinq cents francs par mois. Catherine signa pour un an. Elle ouvrit les persiennes. La rue apparut telle qu'elle avait dû être il y a un bon siècle. Pas de bruit, seules demeurent ici des ombres du passé, glorieuses : Balzac, George Sand, Chopin. Et vers 1880, on pouvait rencontrer, à la tombée du jour, M. Gustave Moreau, le plus illustre des Salonniers, redingote, belle façon, bonne tenue, qui à pas comptés — il souffrait d'une insuffisance cardiaque — s'en allait chaque soir consacrer un moment à une charmante personne, installée par lui à une encablure de son bel hôtel particulier, rue de La Rochefoucauld.

Au début de la matinée, la rue sort de son élégante et studieuse réserve : le personnel de l'administrateur judiciaire, celui de la Caisse de Retraite des P.T.T., ce Bureau d'Études où, depuis plus d'un demi-siècle, on se penche sur la manière de renflouer l'épave du *Titanic*, à midi, emplois confondus, tout ce monde bat la campagne à la recherche de la baguette encore tiède.

Le décor de l'appartement est demeuré le même depuis 1910. La date est inscrite au plafond au coin d'une fresque dédiée aux dieux de l'Olympe ; pompeuse, un peu niaise, attendrissante, pas si mal peinte pour que depuis lors nul ne se soit avisé de recouvrir de badigeon ce Tiepolo brossé en l'honneur des petites qui tapinent non loin de ce joli coin, rue Notre-Dame-de-Lorette !

Au dire du concierge, qui depuis la prise de Teruel par les troupes de Franco garde l'immeuble — visage aussi grêle et usé que la meulière dans laquelle est taillée la fontaine de la cour —, les locataires ici n'auraient pas cessé de se succéder ; un peu particuliers parfois, tel le prédécesseur, un architecte — excellent garçon, paraît-il —, probablement des soucis et, levant la tête, le porte-clefs désigna le crochet du lustre fixé au milieu du bleu céleste ; c'est ma femme qui l'a retrouvé, elle allait faire le ménage, pendu ! Le commissaire, un jeunot, hésitant à le décrocher, c'est moi qui l'ai fait. On a gardé la corde ! Vous pouvez reprendre la grande table, le buffet et les six chaises.

L'administrateur a noté ici les prix, vous pouvez aussi racheter le sommier et le matelas quasiment neufs.

Catherine demanda à Rémy : « Vas-tu me laisser toute seule ici ?

— Changer de quartier, dit-il. Patience ! il faudra que je m'y fasse. »

Un drôle de monsieur, comme elle n'en avait jamais rencontré jusqu'ici : rêveur, cynique, indolent. A la fois fuyant, en même temps facile à vivre. A le fréquenter, Catherine éprouve des sensations jusque-là inconnues, des sentiments de douceur, en même temps, qu'on le sache, hormis Ronron, son chat, et l'écriture de son roman, il ne faudrait pas en exiger plus.

Lui demande-t-elle à quoi il pense : un moment c'est à son taille-crayon, à un autre il éprouve un « petit creux ». Il est gourmand !

Et pourquoi subitement cet air sombre ?

Plus tard, il lui expliquera qu'en dépit du fait qu'il est natif de Paris, il redoute le retour des cosaques, sabres et fouets au poing, qu'à nouveau tels ses ancêtres il lui faudra fuir, émigrer.

« Mais les cosaques, tu ne les as pas affrontés, et tes parents non plus.

— L'atavisme, les peurs ancestrales... ça, Catherine, tu ne connaîtras jamais. »

Le dîner terminé, il tourna autour d'une table. « Et si je m'installais là, je serais bien pour travailler.

— Retourne chez toi. Ce soir, j'ai envie d'être seule. »

Catherine regarda la couche, balança un instant, et conclut pourquoi pas ? Je dormirai là sûrement fort agréablement. De ses valises, elle sortit un tailleur, des blouses, un déshabillé en lin blanc. Elle hésita un moment, puis elle se jeta sur le lit où on avait dû déposer le défunt.

N'était-ce pas la meilleure manière de consoler

l'ombre, enfouir son nez dans l'oreiller, s'endormir, faire un joli rêve où il fut question de Rémy. Elle s'éveilla : elle eut une pensée pour son frêle amant et ses cosaques ; dorénavant elle serait moins rude avec lui. Sait-on jamais avec les bonshommes, ils sont si fragiles.

Il faisait encore grand jour. Son chemisier était froissé, un de ses bas avait filé, elle pesta ; à demi nue, elle s'interrogea sur sa poitrine un long moment avec une attention d'autant plus vive qu'à l'occasion, elle en retirait bien des satisfactions. Elle s'étira, titilla le répondeur, rien ! Elle balança : allait-elle encore dîner seule, passer la soirée à fumer un cigare devant la télévision ? Elle décrocha le téléphone. Pas libre, le numéro de Rémy ! Son amant de poche, comme elle aimait à l'appeler, petit-fils d'émigrés d'origine polonaise, Rémy jouissait déjà d'une jolie réputation. Son dernier livre, sorte de pied de nez au Nouveau Roman, écrit à la Crébillon, faisait de lui un des seuls Français publiés à Londres et à New York. Recherché par les dames, pas encombrant pourvu que de temps à autre, on le nourrisse. De ses ascendances slaves, il tenait son goût pour le caviar, la slivovice, la chantilly et le mille-feuille.

Elle refit l'appel ; à nouveau elle pianota sur l'appareil, cette fois il répondit : « Pour dîner, d'accord !

— Au passage, arrête-toi chez Bourdaloue — j'ai un compte —, tu prends des bouchées et un sorbet. »

Il n'y avait pourtant pas longtemps qu'elle l'avait déniché, néanmoins, elle devait se rendre à la raison : de jour en jour, elle prenait plus de plaisir à retrouver ce volatile volubile efflanqué — au visage décharné —, un instant clown modèle pour Rouault, à d'autres Tintin en Alaska. Catherine s'était-elle décidée à vivre ici parce que le besoin s'en faisait sentir — un livre à écrire —, ou bien, charmée par la rencontre, avait-elle choisi ce prétexte pour ourler ses sentiments ?

Amoureuse ! Comme elle n'en avait pas du tout l'habitude, elle qui rapportait volontiers à Marie ses petites débauches, elle préféra le silence, du moins pour l'instant, la partie risquant d'être sévère. Un « pro », dit-on dans le monde des sports.

Une partie de l'été, Catherine la passa à consulter le florilège de ce qui depuis un demi-siècle a pu paraître à propos du patrimoine architectural de la France. Des châteaux par centaines. Hachette le lui a recommandé : élaguez, écartez, ne gardez que le meilleur...

« Demain tôt, je m'envole pour Milan, Mondadori, qui a acheté les droits de l'ouvrage, souhaite, pour l'enrichir, que figurent quelques pays de la Communauté. De là, à la foire de Francfort d'où je filerai directement chez papa-maman, il y a bientôt deux semaines que je ne les ai vus. »

Qu'importe ! Rémy hocha la tête, ne s'enquérant pas de la suite des emplois du temps d'une aussi belle personne. Le mois dernier, Catherine ayant dû rester au chevet de sa mère, il n'avait même pas pris la peine de répondre à ses messages.

« Tu te fous de tout. Que demain je disparaisse...

— Manquerait plus que ça ! La vodka glacée à point et ce Beluga. Où trouverais-je une bouffe aussi exquise, une demoiselle si prévenante et de si belles doudounes que je brûle d'embrasser ?

— Tu les trouves si bien ? »

Et voilà c'est reparti !

« Et si je te plaquais ?

— Chacun est libre », dit-il. Puis, finissant son verre : « Je dois dire que la vodka polonaise est bien supérieure à la russe », et tout en occupant ses soirées devant ses pages, sautant de Robert à Larousse, un instant, il se disait que leurs rapports pourraient bien figurer sur une nouvelle carte du Tendre ; à d'autres, quelque peu agacé, n'allait-il pas accuser Catherine d'appartenir à une nouvelle espèce de libertines. Il préféra se taire. Sait-on jamais, pareil jugement risquerait d'enchanter cette demoiselle du grand Nord.

« Rémy, tu as l'air soucieux, tout chose, je te connais.

— C'est peut-être que la greffe prend. »

Exact, Catherine disparaît-elle pour quelques jours, l'écriture va moins bien ; par sa présence, Catherine avait donc le pouvoir de dorloter son imagination. Et puis rue d'Aumale ! finie la charcuterie défraîchie, de la vraie soupe de légumes et pour terminer cette tarte aux myrtilles.

« J'avais dix ans lorsque Odile m'apprit à faire la pâte brisée. Tu pars ou tu dors ici ?

— Quelle heure est-il ? Je n'ai pas de montre, je n'en ai jamais eu.

— Va plutôt chauffer le lit. Fais-moi la cour comme dans ton dernier roman lorsque le héros baise Mathilde. Pourquoi mes parents ne m'ont-ils pas appelée ainsi ? Catherine ! Ça fait dur. »

De même qu'il brillait dans l'écriture, Rémy excellait à faire de deux draps un rideau de scène, jouant de son corps comme à Saint-Eustache l'organiste. En haut, en bas, infatigable, passant de la doublette au gros nasard puis au larigot : Chapeau bas, murmurait Catherine.

C'était là le côté honnête du garçonnet, le goût du beau labeur, servir le client : de cette espèce d'hommes — assez rare — à qui les satisfactions qu'exprime leur maîtresse comptent autant que celles qu'ils ressentent eux-mêmes. Lui, habituellement froid, volontiers cynique, pouvait à ces instants révéler infiniment de douceur, de la tendresse même, et d'elle qui ne sortait pas volontiers de Lille ou de Tourcoing, surgissaient, à l'approche de l'extase, des : je t'aime, les répétant au rythme de leurs corps et le romancier de se demander si c'était à lui ou à la fermeté de l'espèce que ceux-ci s'adressaient.

« Ça ne va pas bien fort, dit l'infirmière ; durant ces dernières heures, votre mère a été dans un grand état d'agitation. La fièvre oscille entre 38 et 39/5 sans baisser, même le matin. Cela inquiète le Professeur, d'autant que les urines se font rares. »

Marie somnolait, à mi-voix prononçait quelques mots, ouvrait les yeux puis à nouveau s'endormait.

Vers onze heures, comme soudain elle se reprit, demanda du thé, grignota une biscotte.

« Raconte-moi Paris ! Tu es contente là-bas. T'éloigner, je suis certaine que ça te fait du bien. Aurais-tu trouvé le bon ami ?

— Peut-être, dit Catherine.

— Sérieux ? demanda Marie.

— Lui, plutôt, moi, pas tellement.

— Tu as parlé à César ?

— Comme ci, comme ça, un peu ce matin. »

Lorsque Catherine pénétra dans l'atelier, César à nouveau était là.

« Père, quelque chose vous tracasse. Par trois fois, vous m'avez proposé une tasse de café. Je l'attends toujours. »

Sur un tréteau de l'atelier, une toile achevait de sécher. César se pencha : « C'est joli, c'est de Boucher ?

— Quelque chose qui voudrait ressembler à ça.

— Et celui-là ?

— Père, videz votre sac. Qu'est-ce qui vous tarabuste ?

— Je cours te le chercher, ton café. »

Lorsqu'il revint, Catherine travaillait sur un trumeau.

« J'aime beaucoup, dit-il ; ça vaut cher ça ?

— Deux sucres, dit Catherine.

— Deux... Tu n'as donc plus peur de grossir. A

propos, ça ne me regarde pas, mais ton train de vie, une nouvelle voiture, ton appartement à Paris, ça doit coûter bon tout ça et depuis un an, tous les frais que tu assures, et, tout le saint-frusquin. Puis je dois te dire : au Cercle, vendredi dernier, à la fin de notre bridge, Degreg, un ancien inspecteur général des douanes, m'a tiré par la manche : " Catherine, cette jolie personne qui, de temps en temps, vient vous chercher, c'est bien votre fille ? C'est bien elle qui s'occupe de tableaux. Au cours de ma carrière — particulièrement aux Batignolles — des antiquaires, j'en ai connu. Prudence ! c'est un milieu dangereux : on peut se laisser entraîner. " Il a ajouté : " Je dis ça comme ça. " N'empêche, il avait une façon de s'exprimer un peu flic. J'ai insisté ; il a laissé entendre qu'il s'agissait de la sortie clandestine d'un dessin ancien, une dénonciation : l'attention de la douane aurait été attirée sur toi. »

L'après-midi même — il n'avait pas été long — Marie aborda le sujet. « Ton père s'inquiète : une voiture qui, selon ses dires, vaudrait plus de cent mille francs et tout ce que tu payes ici. Il est peut-être léger notre César, mais il n'a jamais rien fait, comment dirais-je, d'indélicat. Ses copains, sa réputation ! S'il t'arrivait quelque chose, il ne s'en remettrait pas. C'est souvent ainsi avec les faibles. »

Rue d'Aumale, Catherine mit la clef sous la porte. A l'âge où généralement les enfants quittent la maison, le moment venu pour les filles de s'amouracher d'un Libanais inscrit dans une université américaine, pour les garçons de faire un stage chez Lazard à New York, Catherine fit l'inverse et lorsque, tard dans la nuit, Marie s'endormit, dans la pièce voisine, porte ouverte, la petite alignait des chiffres.

« En infirmière, comme ça te va bien », lui dit César.

Chaque jour le traitement se faisait plus pénible — l'organisme s'affaiblit, dit Matelièvre.

« Sans toi, Catherine, je n'aurais même pas envisagé de continuer. Et ton père, qu'est-ce qui lui prend à celui-là, la révélation du siècle ! Soudain si prévenant, qui tourne autour de mon lit, me regarde, l'air d'un chien qui a croqué le rôti.

— Et si les hommes s'amélioraient avec l'âge, dit Catherine.

— Un peu tard. Il m'en a trop fait voir.

— Ainsi, aujourd'hui, mère, vous le tromperiez.

— Le tromper ! mais ça a commencé lorsqu'il avait trente ans, qu'il courait comme un lièvre.

— Un amant, vous !

— Dans ma tête, ma chérie, sur des divans sans draps, sans couvertures, sans matelas, sans sommier. Dans nos têtes les meilleures coucheries. »

Catherine s'apprêtait à partager le plateau du dîner avec Marie lorsque le téléphone sonna : rue d'Aumale, le concierge tenait à l'avertir : deux flics en civil, sous couvert de l'interroger à propos d'un couple étranger qui occupe une des chambres de service de l'immeuble, l'avaient surtout questionné sur la locataire du second, sur ses activités. Pour quel motif disparaissait-elle deux ou trois jours par semaine ?

Catherine, son concierge l'aime bien, sa fille a épousé un Lituanien et, à plusieurs reprises, elle les a aidés pour des paperasses à remplir.

Catherine raccrocha et, se retournant vers sa mère : « Rue d'Aumale, j'ai oublié de laisser les clefs et demain l'E.D.F. doit vérifier les compteurs. »

Il était sept heures, en roulant vite elle pourrait être à Paris avant la tombée de la nuit. Le potage refroidissait.

« Catherine, demain dimanche, que je sache, n'est pas un jour pour vérifier les compteurs. Tu as l'air toute retournée, fais attention, on lit de ces choses dans les journaux ; des jeunes de bonne famille entraînés dans des histoires : le terrorisme, la drogue.

— Mère, vous n'y songez pas.

— Au contraire, je songe à tout. Tôt ce matin, lorsque tu as ouvert ton sac, j'ai aperçu des liasses de billets de cinq cents francs. »

Hier, le concierge broyait du noir, ce matin, la version parut plus édulcorée. Si j'ai bien compris, les deux policiers s'étaient également intéressés aux autres locataires. On s'est peut-être un peu trop inquiété, mais on ne voudrait pas que des ennuis vous arrivent.

A quatre heures, Hachette au bout du fil ! Une maquette était prête, Mondadori l'attendait. Un coursier la déposa rue d'Aumale, assortie d'un billet pour Milan.

Arrivée par Air-France à onze heures, Catherine repartait par l'avion de dix-huit heures vingt. A Roissy, les contrôles franchis, elle s'apprêtait à emprunter la file des taxis lorsque deux hommes l'encadrèrent : Douane ! Police !

Ils allaient la garder là, dans un bureau vitré, exposée à la vue de tous. Après une fouille, en apparence négligente, de son sac de voyage, ils s'arrêtèrent sur un carnet. Sans un mot, ils l'emportèrent. Une heure plus tard, ils le lui rendaient. Vous êtes libre, mademoiselle.

« Pour quel motif m'a-t-on ainsi interpellée ? »

L'inspecteur — visage comme volontairement vidé d'expressions — lui dit : « Si la douane est curieuse, elle n'est guère bavarde, d'autant que les personnes ainsi interpellées connaissent généralement mieux que nous encore les raisons qui nous poussent à intervenir de la sorte. Je répète : vous êtes libre. Ah ! sinon un détail, ce livre que vous portez sous le bras ?

— Un album publié par mon éditeur italien sur les fontaines de Rome. »

L'homme tourna les pages, puis saisissant l'ouvrage à pleines mains. « Nous allons devoir défaire la reliure. Les gens dissimulent tant de choses et dans des endroits si insolites. »

A l'aide d'une sorte de scalpel, une femme en uniforme sectionna fort soigneusement le cartonnage. La tranche ouverte, elle la donna à voir. Rien ! L'ouvrage sera à votre disposition au bureau des Batignolles, après-demain, dans le courant de la matinée. Si vous avez quelques réclamations à formuler sur son état, faites-le savoir, la douane est une personne de bonne compagnie.

Elle allait prendre congé, lorsqu'un de ces messieurs lui fit un signe : « Je suis de Lille, un peu pays à vous — votre nom, on l'aime bien, murmura-t-il. Votre histoire, ça ne m'a pas l'air d'être bien sérieux : un dessin qui serait sorti sans autorisation. On va faire en sorte que ça n'aille pas plus loin. Toutefois, méfiez-vous, il y a quelqu'un qui vous en veut, un monsieur assez haut placé dans l'État. »

De retour, Catherine sonna César : « Viens tout de suite, dit-il, ta mère ne va pas bien. » Il était dix-neuf heures.

Catherine appela Rémy. Pas libre... Le temps de prendre une douche... la ligne toujours occupée, certainement des arguments à fournir à la bambine qu'il devait s'être promis de sauter ce soir. Il en sera quitte pour la rappeler. Catherine descendit, reprit le volant.

César attendait sur le pas de la porte : « Matelièvre devrait être déjà là. A la fin de la matinée, brusquement, tout a empiré, elle est inconsciente, de temps à autre, elle t'appelle. » César arpentait la chambre — jadis, il la franchissait en six enjambées, ce jour-là, il lui en fallait le double.

Les yeux grands ouverts, sans bouger la tête, elle suivait tous les mouvements de Catherine.

« Maman, c'est moi, Catherine. »

Marie hocha la tête. « Pauline, que faites-vous ici ? » Catherine regarda son père, il leva les sourcils, haussa les épaules. Pauline, morte depuis des lustres, avait été pendant vingt ans sa maîtresse. César, les deux femmes se l'étaient disputé, pour lui, elles s'étaient haïes, sans jamais cesser de se voir, de s'embrasser.

Matelièvre la sonda, les fonctions semblaient reprendre.

« Approche », dit Marie. Pendant un long moment, elle lui tint la main. « Catherine, fais attention à toi. » A plusieurs reprises, elle tourna la tête, puis ferma les yeux.

« Elle repose », dit l'infirmière.

Le surlendemain, Marie entra dans une sorte de coma ; au crépuscule, elle sortit de sa torpeur. Lucide soudain, quelque chose de désinvolte dans le ton, elle voulait fumer. Catherine alla chercher du feu. Lorsqu'elle revint, ses yeux étaient encore grands ouverts, la cigarette pendait au bout des lèvres. Catherine l'alluma puis la retirant de sa bouche, la grilla jusqu'au bout.

Marie s'est éteinte sans souffrir.

Le ton de César se veut décidé ; Catherine prend du large et puis philosophe, il ajoute : « L'infortune c'est comme la vérole, c'est contagieux. Pour ma part, je n'ai plus guère de besoins : de ma retraite, je ferai deux parts. »

Catherine mit deux doigts sur les lèvres de son père. « Faisons plutôt en sorte de demeurer unis, nous n'avons plus personne. Question fric et si ça peut vous remonter le moral, apprenez que votre fille a l'âme d'une aventurière. Associé à une gredine, ça vous irait.

— En quoi serais-je utile ?

— J'ai besoin de quelqu'un qui m'aime, qui m'écoute, qui m'accepte telle que je suis, mais qui, à l'occasion, me dira mes vérités. L'argent, je saurais en faire. En gagner beaucoup m'apparaît comme un devoir, en même temps, un grand jeu. Tout cela, je le tiens de vous tous, l'hérédité... Enfant, je collectionnais les poupées, les timbres, dorénavant, ce sont les dollars qui me fascinent. Très beaux les dollars, et quelle simplicité, rien ne ressemble plus à une coupure d'un dollar qu'un billet de mille. Dans ce pays du Nord où nos familles aiment bien mesurer la différence entre richesse et fortune, tapage et élégance, je vais te leur conjuguer tout cela...

— Mais moi, là-dedans, rejeton de trois ou quatre générations de trimeurs qui n'a jamais rien fichu de convenable.

— Père, si des miens je n'hériterai guère, du moins j'aurai recueilli de vous le plus joli maintien du monde — ainsi votre tenue à cheval, vous deviez déjà l'avoir le jour où vous enfourchiez la jambe de votre papa. Dorénavant, je ne demande qu'à vous garder.

— Je t'occasionne des frais. » César farfouille dans un tas de papiers ; depuis quelque temps, il s'efforce de faire des bilans. « Trop de dépenses ici ; si tu persistes à m'héberger, il faut compresser. Le téléphone, par exemple, quel besoin ? Personne ne m'appelle plus, les gens de ma famille, le seul son de leur voix m'agace, d'ailleurs à quoi bon me sonner, je n'ai plus rien à offrir, rien à raconter.

— Arrêtons ici, père, sinon pour vous révéler que si mes travaux continuent à être aussi florissants, dans deux ou trois ans, je serai en mesure de racheter les créances les plus criantes et, pour vos quatre-vingts ans, de vous en offrir les acquits.

— Et c'est ma fille qui me tient pareil langage.

— Eh oui, elle que jadis, au dire de maman, vous jugiez comme une emmerdeuse, avec ça disgracieuse.

— Forcément, à Sainte-Marie, à turbiner, toujours dans les premières. Intellectuelle ! A dire vrai, ça s'annonçait plutôt mal : grande, efflanquée, une grosse bouche, la peau boutonnée comme les pentes d'un terril. Pour un père coureur, une fille moche, c'est la pire des punitions. Histoire de me consoler, ta mère disait : qu'importe ! si dans nos familles les demoiselles ne sont pas toujours belles, de toute façon, un jour ou l'autre, nos garçons devront puiser dans le cercle. Et puis le miracle, en même temps que mes affaires sombraient ne voilà-t-il pas qu'en moins de six mois, tes cheveux passaient de la filasse au beau crin de l'alezan, ton nez déboulait pour se retrousser, tes épaules s'effaçaient, ta poitrine pointait, perçant les corsages, et tes jambes plus élancées encore que celles de ta pauvre maman dont on disait que si elle n'avait guère l'esprit de famille, du moins elle en avait les cuisses. Le Seigneur en rajouta — tes bacs ! A ce propos, est-il vrai — ta tante l'a rapporté à ta mère — que ton prof de philo — le même qui, pendant l'année entière, ne cessait de te dévorer du regard — tu l'aurais retrouvé à l'oral et ainsi écopé d'un 17 ? Entortillé le maître !

— Que veux-tu, il était si mignon, le pauvre, triste, il venait d'échouer à Normale et par-dessus le marché, socialiste ! Pas si drôle d'être à gauche au temps de Giscard.

— Se donner à son prof de philo !

— Donner, toujours les grands mots, disons prêter, le bac vaut bien une caresse...

— Si j'ai bonne mémoire, il y avait aussi Fabrice en ce temps-là.

— Tu le connais, celui-là, très famille. Il te trouve d'un élégant, un modèle pour lui, capable de s'interroger des heures : doit-on porter le pantalon de flanelle avec un revers et, à la cheville, la bonne mesure est-elle de dix-huit ou vingt et un centimètres. Ce pantalon qu'il retire soigneusement, le pli sur le dos du fauteuil sous prétexte que la flanelle ne résiste guère à plus de soixante-dix repassages. »

Pendant un moment, César regarda sa fille.

« Tu es belle !

— Mes grands pieds.

— Je les avais oubliés.

— Longtemps j'ai essayé de les dissimuler, jusqu'à ce que je m'aperçoive que, contrairement à ce qui paraîtrait logique, des messieurs ont paru trouver là un de ces arguments sexuels...

— Enchanté de l'apprendre et ça t'a pris longtemps d'avancer ainsi plus en toi-même ?

— L'expérience, père, de l'un à l'autre et, chaque jour, le statuaire donne un coup de pouce à l'œuvre.

— Drôle de personne que ta mère a mise au monde. »

Dorénavant, Catherine va partager sa vie entre César, le Château, l'atelier, la rue d'Aumale, Hachette, Rémy et ses modestes affaires. Est-elle trois jours d'affilée au Château, elle s'inquiète. A ne pas la voir, à ne pas occuper le terrain, Rémy va se lasser. Comme il est mignon, facile à vivre, les doigts charnus et chauds, pas de doute, une demi-douzaine de minettes crèvent d'envie de mettre leur main dans la sienne.

« Ton père, lui dit Rémy, c'est pire qu'un amant.

— Possible, mais des comme toi, ça peut se trouver. César, lui, dans son genre, est irremplaçable. Si drôle, si pathétique, mille fois plus fort que vous tous.

— Le chantage ?

— Exact ! Avec les filles, le chantage des " papa " ça

marche à tous les coups, et là-dessus César en remontrerait à l'assemblée des putes qui font la rue Godot-de-Moroy. Sortant de chez Fauchon, je les regarde. Chapeau ! Des travailleuses, avec ça anxieuses de procurer à leurs messieurs de quoi passer la soirée à monter des carrés contre des fulls. César, c'est pas le contraire. »

Avant-hier, et il était sincère, il a fallu qu'il se justifie, que de la disparition de Marie il n'arrivait pas à se remettre. Pour oublier, il ne reste que les cartes et d'ajouter : et ta présence évidemment.

Au Château, l'ouvrage s'accumule, Van Meen, le vieux restaurateur de Bruxelles — l'un des meilleurs —, décidé à prendre sa retraite, expédie à Catherine bon nombre de ses clients.

Prendre du monde à l'atelier, les bénéfices ne le justifieraient pas, et puis former un assistant, c'est risquer de le voir, dans quelques années, s'installer à son compte, drainer une partie de la clientèle.

Et le métier rentre. Tant d'heures passées dans les musées, dans les ventes ; à promener le regard, on l'affûte. Avivées par cette once de myopie, les expériences se révèlent payantes.

César se penche sur le chevalet, hume la térébenthine. « Respirer ces cochonneries, tu vas y laisser ta beauté !

— En attendant, je file à Paris. Ciao ! César ! »

Catherine s'est levée tôt, chéquier en main, elle pointe ses comptes. Rémy, lui, tire les draps, s'efforçant de se couvrir le visage. Elle froisse du papier, maintenant, c'est le cliquetis de la calculatrice. Ce bruit ! L'homme a besoin de sommeil : « As-tu lu Mirbeau ? Il y a un truc pareil : empêcher le supplicié de fermer l'œil, un supplice chinois. Mon cœur ! mets la main ! La chamade ! Tu auras ma mort sur la conscience. Comme l'astrakan, elle va noircir. »

Il se retourne contre le mur. C'est le signe de l'agonie.

« Salaud ! debout les morts et haut les cœurs. » Catherine, son peignoir à terre, s'étend sur le lit, glisse son oreiller sous ses longues jambes. « Un jour, je te prendrai la tête dans l'encolure, je serrerai et couic !

— Il faudrait que la petite comptable que j'ai pour maîtresse en ait la force. » Rémy, de sa langue, trace des sillons qui partant du mollet de Mademoiselle doucement remontent pour s'interrompre et repartir vers la base. « Si tu n'aimes pas, lève le doigt. »

Le souffle de Catherine change de rythme.

« Tu grognes, souffrirais-tu ? »

Un moment s'écoule et quelques péripéties. Rémy pose sa tête sur le ventre de Catherine. « Pourquoi souris-tu ? »

Elle ne répondit pas, alors l'homme de lettres, ayant l'impression qu'il avait bien gagné un petit moment de repos, ferma les yeux.

A l'écouter ronfler, Catherine conclut qu'il n'y avait pas que les messieurs d'âge mûr qui bourdonnaient de la sorte. Tout en traînant doucement un ongle dans la toison sombre de son bonhomme, Catherine se plonge dans la lecture de ses mensuels favoris : *Arte, Le Connaisseur, Connaissance des Arts.* A six heures, le rythme change, c'est un vrai sommeil de minet dans lequel est plongé Rémy.

# II

## *Adieu, Cousins, Cousines !*

Catherine approchait des vingt-cinq ans lorsque, d'un jour à l'autre, tout s'est mis à basculer. Adieu le triangle d'or — cousins, cousines —, par des portes dérobées, elle allait pénétrer dans un autre univers, le demi-monde de l'Art, cocasse, en même temps si excitant. Comment s'est-elle laissé entraîner ? Serait-ce pour venger son père ou le punir d'une nature qu'il avait faible, dérisoire. Peut-être consciente aussi du spectacle offert par les femmes de « nos » milieux à qui dans vingt ans, à leur tour, il ne restera qu'à appeler « au secours, je coule ! » et crier donne des rides.

Question métaphysique, ça n'a pas l'air de trop tracasser César. Quasiment guilleret, l'air du petit chien qui a encore mouillé le tapis — impossible de se retenir — il annonce à Catherine que la veille — un vendredi encore une fois — a été fatale aux natifs du Verseau. « Pourtant, je m'étais fait le serment de ne plus jamais m'accouder sur un tapis vert, mais la Debrucker, la femme du notaire, me tirant les cartes, a vu sur ma tête voler le gros lot : " Nimbée d'or ", a-t-elle précisé. En fait de nimbe, Philippe, le cousin, tu le connais cet imbécile, c'est lui que visait ta mère lorsqu'elle évoquait de ses cousinages inavouables. Je tire un 8, lui un 5. Il scrute ma carte dormante, comme s'il avait le don de voir au travers. A l'assemblée il dit :

" La carte qui est là, je vais la retourner, ça sera un 4. Malchanceux comme tu es, César, c'est comme si c'était fait. Et voilà ", dit-il en jetant un 4 sur le tapis et ainsi tout au long de la soirée, enfoncé jusqu'à deux cent mille francs. Il faut que je paye demain. » César hocha la tête l'air de dire : ces deux cent mille francs, où vas-tu les trouver ? « A ce propos, Philippe m'a dit qu'il voulait te rencontrer, il aurait du travail à te donner. »

Le lendemain — il n'a pas été long — Odile grogne : en bas dans l'entrée, c'est M. Philippe, le cousin de Monsieur. Il entre, traînant des paquets mal ficelés : des toiles en vrac, sans cadres.

« Tout ce fatras dormait au grenier depuis Mathusalem. A l'occasion de la réfection d'une partie de la toiture, l'entrepreneur a attiré mon attention. Ton père a dû te le dire, on est en compte. Alors j'ai pensé à toi. Il y a là seize peintures. Si ça en vaut la peine... »

Sans que Catherine l'en prie, il rompt les ficelles. De quoi couvrir une partie du sol de l'atelier. De ce bazar pictural comme il en a sévi dans tous les Salons pendant les trois derniers siècles, éternels motifs : Rencontres de cavaliers — Grottes de saint Antoine — Élégantes plongées dans des conversations qui jamais ne prendront fin. De ces œuvrettes figurant sur les catalogues des ventes qui, de Paris ou de Londres, paraissent à la cadence de trois ou quatre par semaine : école de Fragonard, école française du XVIIIe, atelier de Nattier, genre de Santerre, attributions vagues qui engagent peu l'expert.

Beaucoup de travail pour pas grand-chose. Catherine le lui dit. Il ne se faisait guère d'illusions, sinon qu'il espérait trouver ici de quoi faire des « heureux » : cadeaux de mariage ou présents avantageux à des dames à loyer modéré.

« Tu vois ce que je veux dire. »

Philippe est grand, rougeaud, habillé dans des

tweeds à carreaux qu'on affectionne sur les hippodromes. Ne tenant pas en place, il marche, évitant d'écraser ses peintures ; chez lui ici comme peut l'être un chef de gare qui arpente ses quais.

« Tu me bricoles tout ça. Question fric, tu serres. Des prix de famille ! De toute manière, ta petite facture, tu la mettras au compte de ton père. A ce propos, recommande-lui donc de ne plus mettre les pieds au Cercle ; ça me gêne de jouer avec lui, j'aime le gros jeu, il n'en a pas les moyens. Moi, si je perds, je paye et immédiatement. Ah ! j'allais oublier le plus beau ! Ficelé sur le toit de ma voiture. » Il s'en revint tenant à bout de bras une énorme toile roulée, serrée dans une vieille embrasse de fenêtre.

« Celle-là, il y a au moins un siècle qu'elle n'a pas vu le jour, il a fallu se mettre à deux pour la fixer sur le porte-bagages. Tu imagines la crasse et la poussière. »

Catherine s'apprêtait à la mettre à plat, mais le cousin s'impatientait. Il avait à faire à Lille. De toute façon, cette peinture, pas question qu'elle retourne à la maison. S'il y a trop de frais là-dessus, laisse tomber.

Pendant les deux jours qui suivirent, Catherine dut consacrer tout son temps au musée ; le soir, de temps à autre, elle se penchait sur le fatras. Une fois encore, elle allait devoir solder les dettes de César, à coups d'ouate, de vernis, de tampons — un bon mois de travail.

Alors qu'il pleuvait à torrents, que César avait disparu, elle entreprit de dérouler la grande composition. Visiblement, l'emballage était l'œuvre d'un spécialiste, la peinture à l'extérieur protégée par des feuilles qui, au fil des temps, tombaient en poussière. Au fur et à mesure qu'elle l'examinait, Catherine découvrait là de jolis éléments mêlés à des parties plus faibles. Peut-être le fragment d'un rideau de scène ou un carton pour une tapisserie avec en perspective des constructions architecturales, une vue sur un parc, des obélisques, des fontaines, tout cela harmonieux, en même temps assez irréel, constitué en partie par une double architecture, une vue sur une cour dallée semble-t-il de marbre, mosaïquée de pierres aux teintes assez vives : sorte de péristyle pour une demeure à deux étages. Architecture bizarre, illogique, avec des balcons en encorbellement soutenus par une dizaine de colonnes corinthiennes qui grimpaient à la hauteur d'un toit. Évoluant dans ces décors, quantités de personnages gesticulants, élégants, suivis de leur dame, de la valetaille, de guenillons, de chiens pisseurs, monde occupé à ses plaisirs, à la fête : peinture traitée en pleine pâte avec cette liberté rieuse qu'on trouve si souvent chez les Italiens de ce temps. Apparemment, aucun accroc aux médiums qui, sous le coton, dès le premier essai commençaient à revivre.

Elle achevait de dévernir les autres toiles lorsque le cousin réapparut, toujours pressé : « Alors, où en es-tu ?

— Pour certaines, un simple dépoussiérage suffira, d'autres exigeront un surcroît d'attention. J'ai fait un vague devis, environ trois cents heures. »

Philippe coupa net :

« Catherine, tu remets tout ça en état, quand tout sera fini, tu me diras ce que je dois garder et ce que je peux me permettre d'offrir. Pour prix du travail, nous oublierons une fraction des dettes de ton père, pour le reste, tu connais le précepte : dette de jeu contraint à toujours plus d'honneur, et l'honneur dans ma branche à moi, c'est sacré ! »

Des détails la troublent. Catherine, ces deux scènes elle les avait vues il y a quelques mois au musée de Douai. Elle retrouve le catalogue : Pannini. Romain dont les scènes — autant d'instantanés d'une vie quotidienne dans des cités policées — sont l'orgueil des grands musées. Son imagination s'échauffe. Serait-elle devant une œuvre de ce grand peintre ? Toutefois elle n'ignore pas combien à propos de tant de ces artistes règne, sans cesse, la confusion. Surtout parmi ces Italiens qui, au XVIIIe siècle, ont traité un peu toujours des mêmes sujets : la rue, la ville, à la fois élégantes, rêveuses, cocasses : Guardi, Canaletto, Marieschi ou Bellotto. Il y avait lieu d'être prudent : près de deux siècles auparavant, ces illustres faiseurs à la main consommée, au cours de leur vie ont pu souvent verser dans le banal, jusqu'à ce que sous leur pinceau naquît soudain le miracle.

Si vif de couleurs, en même temps si singulier, ainsi désormais lui apparaissait l'ouvrage. Catherine décida de le laisser reposer.

A la bibliothèque du musée, elle alla passer des heures, faisant des brasses dans les monographies consacrées aux *vedutisti*, visant particulièrement ces immenses fresques brossées par Pannini. Sinon qu'ici sur le document les personnages paraissaient moins convenus, qu'ils se déplaçaient de manière moins solennelle que les marcheurs d'Hubert Robert arpentant les forums, ou plus alertes que ces ambassadeurs vêtus de brocart et cortégeant au pas de Canaletto devant le grand portail de Saint-Marc. Tournant et retournant les pages, Catherine croyait approcher... A l'atelier, la grande composition faisait des grâces.

Accompagné d'un chauffeur, Philippe chargea une dizaine de tableaux. « Pour le reste, dit Catherine, elles ne seront pas sèches avant une quinzaine. De plus, pour la grande, il y a encore pas mal à faire ; sans compter le châssis sur lequel il faudra la fixer. Il me faudrait un acompte.

— Je te l'ai dit, ce sera affaire entre toi et César. »

Cette conclusion, Catherine n'allait pas l'oublier de sitôt. A moins que ce ne fût là le prétexte.

Comme le praticien qui tombe fou d'amour pour la jolie patiente qu'il a tirée d'affaire, cette œuvre qui le premier jour apparaissait telle une toile à laver, Catherine plus elle travaille dessus, plus elle en découvre les beautés. Elle l'aime ! Elle en rêve, elle la veut.

Mais l'exhiber ainsi, chatoyante, c'est prendre des risques. L'homme est avide, la réputation d'être redoutable, rusé, méfiant. Qu'il décide de la conserver. A moins de recoller sur l'ensemble ce masque marronasse qu'il arborait avant que Catherine ne l'en débarrasse. Et puis demeure le vrai problème : l'authenticité de la toile, la bénédiction des experts, indispensable pour qui déciderait de s'en défaire. Qui déboursera un ou deux millions exigera l'avis du meilleur — en l'espèce, tous s'accordent sur Marano : à Venise il règne sur les grands du XVIII^e, à Rome sur les maniéristes.

Hachette. La presse ! A la foire de Francfort trois éditeurs étrangers sont prêts à coproduire la collection. Excellent pour votre réputation. Il y a là une place à prendre : la défense du patrimoine, là-dessus, au moins, les Français sont d'accord. Un beau cadeau pour Noël. Les démarcheurs affirment que le livre, on pourra le vendre six cents francs.

Il fallut un bon mois pour arrêter le choix des premières demeures, signer des lettres pour les châtelains, solliciter des rendez-vous. Rue d'Aumale, elle trouva Minet ronronnant sur l'oreiller. De retour d'Espagne où — vague prétexte — il est allé jeter les bases d'un roman qui devrait se situer autour de Philippe II.

Sa bouche sent l'orange et la cannelle. Minet a découvert un coin du côté de Carthagène. Un copain qui a une île. Allons-y, laisse tomber toutes ces fiches.

Impossible, dans quinze jours je commence et par le plus ingrat : la Champagne, il y a encore là de belles demeures. Rouler d'hôtel en hôtel, visiter des demeures seigneuriales. « Accompagne-moi, Rémy, on va voir du beau monde.

— Je ne suis pas snob ! »

A l'entendre, rien ne l'attache, pourtant à peine est-elle là qu'il débarque, se met en quatre — du moins il le croit —, court au tabac acheter les Marlboro qu'elle fume et chez le Russe se réapprovisionner en vodka. Pour le reste, dompter sa nature tzigane, qui pourrait y parvenir ? Il travaille, retrait dans son coin ; sur une petite table qu'il s'est aménagée près de la fenêtre, il couvre des pages de sa belle graphie, sans une correction, de même ses épreuves qu'il retourne quasi vierges. Ce personnage absent de la vie matérielle n'a d'existence que dans son monde de l'écriture, à vrai dire le seul qui le préoccupe. De temps à autre, preuve de sentiment, manière de payer son écot, il se lève de sa chaise, se plante derrière le dos de Catherine, écarte ses papiers, et en moins de temps qu'il n'en faut pour trouver ses seins, glisse sa tête jusqu'à mordiller les aréoles, de quoi la rendre folle.

Hier, il a dit à Catherine : « Si j'étais de ton monde, peut-être essayerais-je de faire ma vie avec toi.

— Et pourquoi pas ?

— D'abord parce que tu ne m'aimes pas, et si cela était, jamais tu n'affronterais les tiens, vous êtes faits d'une espèce si différente de la nôtre.

— Tu la connais, comme tu dis, la nôtre ! Viens donc chez moi. Chez les miens. »

Branle-bas de combat dans les hoiries de Lille, de Roubaix, de Tourcoing : samedi en huit, on fêtera les quatre-vingt-dix ans du patriarche, le grand-oncle Arnaud. Tout le monde sur le pont. Chacun sera accompagné par son préféré. Viens, ma Catherine et bien nippée, a dit César, tu me feras honneur.

« Rémy, tu seras mon cavalier.

— Qu'irais-je faire là-dedans ?

— Regarder les miens. Peut-être à les observer, à les entendre, comprendras-tu mieux mon caractère, et puis ils changent, ils se donnent du mal. Je ris à l'avance : " Oncle Arnaud, je te présente Rémy, mon amant, oui, mon amant. " Je le crierai bien fort — il est dur d'oreille l'oncle —, Rémy, mon amant. J'en suis certaine, tu aurais plu à ma mère ; un peu abscons, pas mal cochon ce que tu écris, mais si joliment tourné. Il y a sept ans, grabataire, elle a lu Proust. Tu vas t'habiller, smoking et tout, voilà des sous. « Odile, Monsieur dormira dans ma chambre.

— Ça va se savoir, sais-tu !

— Ne te gêne surtout pas, dis-le partout, histoire d'embêter les cousins, les sœurs et surtout la tante Procure. " Tante Procure, connaissez-vous Rémy, mon bon ami ? "

— Et Monsieur César ?

— A lui, tu n'es pas obligée de le dire. On rentrera tard, on ne fera pas de bruit, et demain matin l'invité filera sur la pointe des pieds. »

La fête a été réussie.

A l'aube, Rémy, digne et ivre à ne pas tenir debout, récitait à la tante Procure sans buter sur un mot :

J'aime ses grands yeux bleus, sa chevelure ardente
Aux étranges senteurs.
Son beau corps blanc et rose, et sa santé puissante.
Digne des vieux jouteurs.

« Pas mal, dit-elle, et c'est de vous, jeune homme ?

— Ça pourrait. »

A six heures, Catherine s'écroula.

Rémy a pris le volant, et sans l'abattre il a réussi à éviter la grille.

A dix heures, lorsque Catherine ouvrit un œil, il avait

disparu. C'est dans la cuisine qu'elle le retrouva attablé avec César. Odile cassait les œufs et Rémy épluchait une truffe. Une bouteille de Dom Pérignon était déjà à moitié vide.

« Nous nous sommes rencontrés il y a une heure, dans le couloir ; très sympathique ce garçon. Enfin quelqu'un qui apprécie le champagne à jeun. Quand il est bon, c'est l'heure où il est le meilleur. Bonne santé, Rémy ! Il faudra revenir. »

Un peu de calme, hormis la marée du matin, les factures des fournisseurs, les devis, des arriérés ; le ton se veut parfois navré, mais ferme.

Le train de cette maison à demi délaissée coûte chaque mois plus cher. Catherine, ballottée par des houles de découragement, grimpe dans l'atelier, regarde la grande toile. Chaque fois, elle la trouve plus belle, puisant là quelque réconfort. Plus désirable !

Pannini ! Les mercuriales de Paris, de Londres, en disent long sur le prix de ses œuvres : le 3 mai dernier, chez Christie's, une *Vue de la place Navone* — fort belle, mais de dimensions modestes — a trouvé preneur à plus d'un million de francs.

« On dirait qu'il te plaît ton tableau », dit César qui, gitane aux lèvres, traîne la socquette, flottant dans son peignoir de Sulka broché. Inusable, d'autant plus que du vivant de Marie il n'osait pas trop l'endosser — un vieux cadeau de Pauline. « Une toile et aussi grande, ça doit valoir gros. »

Les jours passent, des liens de plus en plus indéfinissables se nouent entre Catherine et ce métrage de fibres recouvert de couleurs. Sa chose !

A l'atelier, encore une fois, elle retoucha le vernis, le clarifia, redonnant un souffle léger à l'étonnante scénographie qui se déroulait sous ses yeux, pour elle toute seule.

Révéler la vérité : « Cousin, vous avez là un trésor. » Le mot pour ce genre d'homme claquera telle l'enregistreuse du tiroir-caisse. Informé de son importance, ou bien il la conservera, ou bien pour s'en défaire il demandera un prix exorbitant.

Le ver trace son chemin gourmand dans le fruit. Qu'adviendra-t-il de la toile ? Au mieux elle retournera dans son grenier moisir peut-être un siècle. A moins que d'ici là, un œil avisé... Catherine se ressent à l'instar du maçon qui en abattant une cloison a mis au jour un trésor. D'une fraction du magot, la loi en ferait la légitime propriétaire. Eh bien, tant pis, tant mieux, elle jouera le jeu, elle montrera l'œuvre à Philippe : bleu du ciel romain, rouge d'enfer, vert d'espérance. Elle ne prononcera pas le nom de Pannini, d'ailleurs en est-elle certaine ? S'il lui reste une once de goût. Sinon... tant pis pour lui. Le châtiment d'un rustre !

Aujourd'hui — plus de dix ans se sont écoulés depuis cet événement — tout remords, même s'il a été léger comme la fumée du havane, s'est dissipé. La mission de Catherine consistait à nettoyer le tableau. Expert est un autre métier. Certains qui n'ont pas profité de l'aubaine parleront d'amoralité. Possible ! Mais grâce à l'exploit, la vie de l'héroïne va se retourner. Par Pannini interposé, elle va pénétrer dans un monde nouveau pour elle, celui des barons de la brocante — baron, larron ! —, une société qui n'a jamais été misogyne, où les filles ont souvent joué la pièce aux messieurs. Aventurière ! Flibustière ! mais du même monde que ces personnes qui se vêtent rue Cambon chez Chanel ou chez Huntsman à Savile Row, qui roulent en Rolls, qui volontiers empruntent à quelques Texans leur Gruman III. Indifféremment, fils du gratin ou du ghetto, l'ancêtre croisé à Jérusalem ou petit-fils du défenseur de Varsovie, tout ce monde est dorénavant sur le même pied : Bourbon-Parme, Wildenstein ou Kugel. Au quidam qui manifesterait opprobre ou reproches, on répliquera que le propriétaire auquel on a enlevé pour dix ce qui en vaut cent ne mérite guère qu'on le plaigne. Qui n'apprécie pas de vivre à l'ombre de la beauté ne mérite pas de la goûter, la pomme d'or.

Chacun son boulot ! Le cousin Philippe n'a-t-il pas tenu un raisonnement identique lorsqu'il s'est étendu sur César, sur son incapacité à batailler dans les grands chemins, à pratiquer de ces coups tordus où les faillites des uns sont saluées par d'autres avec l'enchantement des Londoniens au soir de Trafalgar. Le coin du bois, l'O.P.A. à Wall Street ou à la bourse de Lille, une donne évoque l'autre.

Sur la toile, dos tourné contre les cimaises de l'atelier, des doges, des marchands, des pages du regard sondent les reins des lavandières. César muet tel Aramis lorsqu'il fut chargé d'affaires par Anne d'Autriche ne décolle plus de la bibliothèque. Entouré de feuilles jaunes, il note et annote : une martingale, prétend-il, qui allait réduire à quia les caisses des casinos.

Trois mois de silence. Retour du cousin. Plus attentif, semble-t-il, au luisant de ses bottillons qu'au vernis cristallisé sur les surfaces peintes. Il va d'un pseudo Wouwerman à Watteau de Lille. A entendre sa voix, on devine que ces sortes d'affaires sont quelque peu sorties de sa tête. Un instant, il se penche, histoire de faire plaisir à cette pauvre Catherine — ça a dû te donner du mal. Devant la grande toile, il s'arrête à peine.

« Moi, ce que j'aime, c'est Renoir. J'en ai trois. » Il se retourne. « N'y aurait-il pas quelque chose qui ferait de l'effet, j'ai un cadeau à faire.

— Ce petit Watteau de Lille, il est plaisant.

— Watteau ! mais ça vaut cher.

— Watteau l'ancêtre, oui, mais il s'agit ici de Louis-Joseph. Petit-neveu. Petite cote.

— Signé ? »

Catherine hoche la tête.

« Alors comment peux-tu savoir qu'il est de ton Watteau ? »

Du regard, il écrase l'ensemble. « A dire vrai, tout cela m'embête. A toi de trouver un marchand qui en fera son affaire.

— Également la grande toile ?

— Une telle tartine ! »

Au cousin, elle donne sa chance : « Possible, mais la qualité est belle. »

Il se retourne : « Tu trouves ça joli ?

— Joli n'est peut-être pas le mot, mais bien peint.

— Chacun son goût, ma chère, ce n'est pas en tout cas le mien et puis, qu'en ferais-je ! Question standing : sièges, consoles, chez moi, tout est signé, tout est estampillé : Weisweiller, Carlin, Roentgen. Tu vois ce que je veux dire ! Allons ! ne perdons pas de temps ; pour ça, tu me trouveras bien un preneur, dans les trois cent cinquante mille francs, ainsi récupérerai-je les deux cent mille francs que ton père me doit, avec le reste, je m'offrirai une Rosengart 1925 qu'un ami vient d'hériter. Cette bagnole, j'en suis fou. Évidemment, cette somme, tu me la déposeras en espèces. Pas d'histoire avec le fisc. »

Trois cent cinquante mille francs ! C'est à peu près ce qui restait à Catherine du solde du Pisanello, de petits honoraires divers, des arrérages de son héritage. Quitte ou double ! Double et peut-être même quadruple. Tout allait dépendre du prix du Pannini, il allait falloir remonter la filière, car autant qu'elle a pu le vérifier la toile ne figure nulle part. Oubliée peut-être depuis son origine. Ça arrive, un peintre vend le produit de son travail à un collectionneur ; à sa mort, l'œuvre reste dans la famille pour passer de main en main, échappant quelquefois un siècle ou deux à l'attention des chercheurs. Il n'y a pas d'années ou de décennies où l'un de ces enfants perdu et superbe ne retrouve soudain son identité, encore faut-il l'avis du spécialiste. Là-dessus pas de blanc-seing pour un Pannini sans emporter l'adhésion de Marano-Dieu-le Père — rejeton spirituel des Berenson, des Bredius, des Venturi, des Mayer, il est à la fois un gourou et une terreur. De ces gens qui, en leur temps, ont tranché les uns sur les Florentins du XVe, les autres sur Rembrandt, sur Hals, sur Mantegna ou sur Rubens, qui n'ont guère en commun que leurs lunettes sur le front, généralement une froide méchanceté tempérée par une once d'ironie.

On imagine mal, si on n'appartient pas au « milieu », le pouvoir de ces « voyants », des tueurs ! Qu'un Bassano chargé des plus beaux clous de la Croix, assorti d'un rapport bienveillant d'un Longhi ou d'un Venturi n'ait pas l'heur de leur plaire, c'en sera fini de la belle attribution. Au propriétaire, il ne restera — ainsi le faisait-on aux siècles passés aux femmes adultères — qu'à le reléguer au cloître, sans espoir d'en sortir.

Marano, l'auteur d'un étonnant *Lotto* et de sa hoirie, Marano qui, depuis qu'il a l'œil ouvert, n'a cessé de manifester son mépris pour les « modernes », qui, au cours de ses périples péninsulaires, après le passage de tant de myopes considérés souvent parmi les plus éminents, a redonné une vie spirituelle à plus de deux cents chefs-d'œuvre oubliés qui, jusque-là, reposaient anonymes, crasseux, dédaignés dans les chapelles, dans les sacristies, dans d'improbables collections italiennes : du Frioul jusque dans les Pouilles.

Pour décrocher l'aval, il faut, comme on dit, se lever tôt. Marano a la réputation d'être à la fois vétilleux, intègre, mais particulièrement féroce à l'égard du monde de la connaissance. Si devant une toile, il dit :

« Je ne vois pas le maître », c'est fichu. A l'instant même, tous les téléscripteurs du goût et du négoce crépiteront la sentence : invendable ! du moins jusqu'à la mort du Commandeur, car tout de même dans ce monde, rien n'est jamais définitif : que l'augure disparaisse, ce qu'il proclamait hier de sa voix de basse pourrait bien être recouvert par le ton aigre, péremptoire mais juvénile d'un vilain moutard. Attendre ! mais pendant ce délai, ce qu'on estimait cent en vaut à peine dix.

Marano, le prendre en défaut sur le plan moral — en tout cas en ce qui concerne la sienne de morale — jamais ! A l'inverse de tant de ses semblables, il s'est toujours refusé à baptiser Poussin ce qui pouvait être l'œuvre d'un modeste épigone. En revanche, si Sotheby's, Christie's, Getty, Norton Simon ou Thyssen lui soumettent une œuvre, le Romain exigera cinq pour cent de la valeur et froidement calculée au prix fort.

Marano, Pannini ! Les deux noms pour Catherine sont liés, Marano qui n'en finit pas, depuis des années, de mettre la dernière main à une monographie définitive de l'œuvre du peintre. Sur deux cent soixante-dix toiles jusqu'à présent recensées, Marano n'en a béni que deux cent cinquante-deux. Acceptera-t-il une deux cent cinquante-troisième ?

Catherine décida d'assumer le risque et attrapant le téléphone : « Cousin Philippe, pour le tout un petit antiquaire de Gand offre quatre cent mille francs. » Philippe accourut, la somme était là en billets. Il prit les liasses, les huma ; il allait les glisser dans ses poches, mais non, il avait tout son temps, et tout en lorgnant la petite cousine, il compta les coupures, vérifia les liasses. De l'une d'elles, il sortit cinq mille francs. « Voilà pour toi. En prime, tu dîneras un prochain soir avec moi. Je connais du monde, je peux t'adresser des clients, salut ! »

Sur la toile, Catherine braqua le projecteur, çà et là,

elle modifia l'intensité du vernis. A la fin de la matinée, encore une fois, elle compara la photographie du tableau du musée de Douai avec « son » tableau, car dorénavant il était à elle.

A midi, le verdict de l'entrepreneur tomba : la toiture était entièrement à refaire.

A treize heures trente, par trois fois, César sucra son café : « Ma pauvre Catherine, dit-il, pourquoi t'acharnes-tu, la tante Procure m'a offert de m'héberger ; elle dispose de deux chambres : pour moi c'est bien suffisant. Laisse tomber.

— Jamais », dit Catherine. A seize heures, elle tirait une série de photographies en noir et en couleurs, et le pli chargé, recommandé express, partait pour Rome, adressé à l'illustre professeur Marano.

Au bout de vingt jours, toujours pas de réponse ; pourtant le bordereau des P.T.T. était affirmatif, la lettre avait bien été distribuée.

Le dimanche qui suivit, vers dix heures du matin, Odile sonna la diane : Mademoiselle, on vous demande de Rome. Catherine décrocha.

« Ai-je l'honneur de parler à la personne qui a envoyé des photographies au Professeur ? » La voix était hésitante, impersonnelle, voire un peu haut perchée. « Monsieur le Professeur vous prie de l'appeler mardi prochain à dix heures précises. Voulez-vous bien noter ce numéro. Le Professeur vous conseille, autant qu'il est possible, de passer par une cabine publique. Est-ce bien compris ? » On raccrocha.

D'une cabine publique !

Mardi matin, neuf heures trente, Catherine pénètre dans le bâtiment, ressort, fait le tour de la poste centrale. Elle est pourtant passée cent fois devant la façade. Pas si disgracieuse après tout ; dans un demi-siècle, si la bâtisse est encore debout, on la tiendra peut-être pour un excellent exemple de l'architecture française, en cette année où la Seine, pour la dernière fois, sortit de son lit. Il n'empêche que lorsque Catherine sera nonagénaire, en souvenir de cette matinée la poste de Lille évoquera toujours pour elle troubles et angoisses.

Sur l'horloge située au-dessus du guichet des communications, l'aiguille des secondes frôle les dix heures. Catherine compose le 39. Rome ! Même pas le temps d'une sonnerie, une voix masculine, rauque, qui sans plus de façon s'informe : « Vous êtes bien la correspondante du département du Nord ? Je vais être bref. A votre lettre, j'apporterai une réponse positive. L'œuvre dont vous m'avez fait parvenir la photographie pourrait bien être de l'artiste. Une belle facture, du moins apparemment. Pour les repeints...

— Je n'en ai trouvé nulle trace. »

Il y eut un silence.

« Si vous le dites. Souhaitez-vous vous défaire de l'objet ? Dans ce cas, est-il votre propriété ou agissez-vous en tant qu'intermédiaire ? Pardonnez mes questions, mais j'ai la réputation d'être un homme au-dessus de tout soupçon, comme on dit chez vous. Je ne recommande une œuvre que si j'ai tout apaisement sur son origine.

— C'est un bien de famille, j'en dispose. »

En fond, à la manière de ces partitions atonales, on percevait mille bruissements, des fragments de voix, des interférences. Suivit un assez long silence.

« Et pour le prix ? Je reprends mon souffle. Je suis un vieux monsieur.

— Un million et demi, dit Catherine. C'est un beau tableau.

— Possible, toutefois pour plus de détails un certain Setton vous téléphonera vendredi matin, à votre domicile cette fois. » En guise d'au revoir, un déclic.

Alors, le Pannini eut l'odeur de ce lard grillé que Catherine, âgée de six ou sept ans, glissait en guise d'appât dans le piège à souris. Clac ! la souris, était-ce elle ?

Il avait insisté, je suis un vieux monsieur. Pourtant, la voix était plus rude que cassée, un piège : ceux que Hitchcock tend à l'héroïne.

Pourquoi avait-elle prononcé ce chiffre ?

Et puis, il ne s'agissait pas d'argent mais d'une expertise. Comment cette somme lui était-elle venue à l'esprit, pourtant, il n'avait pas eu l'air surpris. Pour une œuvre de Pannini, un million cinq cent mille francs, ce n'est pas donné. Il n'a pas discuté non plus.

Catherine n'avait pas atteint le seuil de la poste qu'elle fut saisie de regrets. Qu'avait-elle eu à se précipiter ? que l'affaire s'ébruite ? Peut-être aurait-elle dû prévenir César, lui révéler la vérité ? Interrogé, il pourrait toujours affirmer que la toile était un bien de famille perdu au grenier.

Sur le pare-brise de la 2 CV garée devant l'entrée des tris postaux, une contravention l'attendait. Très chère : six cents francs. Elle enragea, eh bien, au lieu de demander un million cinq cent mille francs, elle en exigera cent mille de plus. Ainsi, par l'entremise d'une simple perception urbaine, Catherine allait comprendre un peu mieux à quel point, si le calcul des amendes peut paraître obscur, le prix de ces choses aimées n'est pas non plus fixé par un barème concocté par un mystérieux organisme dont la beauté est l'unité de mesure. Un million six cent mille francs, oui, ce sera son dernier prix !

Vendredi, huit heures : on demande Mademoiselle au téléphone. La voix est différente de celle de l'autre matin. « Je m'appelle Israël Setton, je vous téléphone d'Orly, si vous n'y voyez pas d'inconvénient je pourrai être à Lille dans trois heures, pour reprendre vers quinze heures l'avion pour Rome. »

D'un taxi immatriculé à Paris, l'homme débarque, fait un signe, il gardera la voiture.

Setton parle parfaitement le français avec une touche british à la limite de l'affectation. La trentaine, très grand, presque un peu trop, qui toise Catherine des pieds à la tête, amusé, l'air de dire : pour une fois, en voilà une dont la taille me conviendrait bien. Teint mat, les poils sombres et les yeux noisette sont assortis aux paupières olivâtres. Catherine apprendra plus tard que le papa, d'origine tchèque, conservateur au Hradschin, à Prague, à la veille de la dernière guerre, s'était installé à Londres. Israël a choisi le négoce.

« Le professeur Marano me fait l'honneur de me compter parmi ses amis. »

A propos d'amis, bien plus tard, Catherine allait vérifier que le Professeur n'en avait guère : ici et là des complices ou ce qu'on désigne dans certains milieux sous le vocable de correspondants, de ces hommes de « confiance » prétendant être à la dévotion de Son Éminence, de ceux qui, au temps de la Fronde, gravitaient autour d'un Mazarin.

Fort de sa taille, poussant l'air et Catherine, Israël franchit le vestibule tout en ne quittant pas des yeux l'hôtesse, louchant du côté des murs.

« Le Professeur m'a dit que vos parents avaient jadis possédé de bien belles choses : un superbe Baburen, un paysage de Post, l'intérieur de Saint-Bavon à Haarlem peint par Saenredam.

— Bravo, monsieur, à ce train, vous devez également connaître les détails de la lingerie que je détiens dans mon semainier. »

Il rougit à l'idée d'être pris le nez dans des petites culottes et des soutiens-gorge.

« Souhaitez-vous un café ? un en-cas ? »

Il s'excusa. Pas une minute à perdre, le soir même il devait se trouver à Pise.

« Serait-ce là qu'habite... votre ami ?

— A Rome, où demain je lui rendrai compte. »

La porte s'ouvre : César. Il ne manquait plus que lui ; Catherine lui avait pourtant recommandé de disparaître. Impossible : ce qu'on lui enjoint d'ignorer lui fait le même effet que le foie de veau pour le matou d'Odile. Elle lui présente le visiteur. Elle bafouille... César insiste : « Je n'ai pas très bien compris, monsieur Israël Sutton, c'est bien ça » ; il répète Israël, de ce genre de nom, le vieux chat ne doit guère avoir l'habitude d'en croquer ; il poursuivit : « J'ai connu un Sutton à la chasse, il y a des années, Lord Sutton. »

Le visiteur sourit : « Non, pas Sutton, mais Setton », puis il ajouta : « D'ailleurs, dans ma famille on n'a jamais beaucoup chassé.

— Je comprends », dit César d'un ton fort courtois, l'air de dire : tout le monde ne peut pas se nommer Sutton. Setton, c'est déjà ça...

« M. Setton est venu juger de mes talents de restauratrice. Suivez-moi, monsieur Setton. A tout à l'heure, père. »

Catherine poussa les rideaux. La lumière du Nord entra dans la pièce. « Et voilà ! » dit-elle en soulevant le drap qui recouvrait la toile. Coincée sur le plus robuste des chevalets, la taille paraissait plus considérable encore. L'Anglais demeura un long moment sans mot dire, se déplaçant doucement, s'arrêtant ici sur un détail, repartant ; piquant du nez sur un motif, il évoquait ces grues porteuses qui, devant une façade immobilière en construction, tâtonnent à la recherche des meilleurs endroits pour disperser les sacs de ciment.

Arrivé aux trois quarts de la composition, à la hauteur d'une fontaine tritonnante, il dit : « Là, n'y aurait-il pas un repeint ? » Catherine lui tendit une lampe de Wood. « Plutôt un repentir, dit-elle.

— Un bon œil, mademoiselle ! Bravo. » Il recula, déposa la lampe et ses deux mains qui étaient grandes, il les frappa l'une contre l'autre, comme s'il voulait applaudir : « Superbe !

— De plus, le support est d'origine, dans un état parfait de conservation, du lin bien sec avec quelque once de chanvre et de genêt, tissé encore au métier.

— Vous êtes calée, mademoiselle. Alors, combien ?

— Jusqu'à la semaine dernière, je m'étais arrêtée à un million cinq cent mille francs, depuis lors, le Professeur m'ayant priée de l'appeler d'une cabine publique, j'ai écopé — stationnant devant le bureau de poste — d'une lourde contravention. Dorénavant, il en coûtera un million six cent mille.

— Cent mille francs une contravention, mazette !

— Celle-là était tarifée six cents francs, mais distraite, je serai bien capable d'en attraper d'autres, alors tant que vous n'aurez pas pris un parti, pourquoi ne pas imputer par avance leur montant sur le prix de vente ; demain ou après-demain, il faudra peut-être tabler sur un million sept cent mille francs. » Catherine disait cela sans l'ombre d'un sourire.

« Intéressant, dit le visiteur. Alors, autant la prendre, cette décision : un million six cent mille francs. Je voudrais ajouter une réflexion personnelle. Depuis un moment, elle me tarabuste, c'est bien le mot, n'est-ce pas ? »

Catherine plisse les yeux : de toute façon, je ne baisserai pas d'un franc.

« Je veux me marier avec vous. »

Tournant la tête vers le canapé : « Ici ! Comme ça ?

— Mademoiselle, vous m'avez mal compris.

— Quoi, vous m'offririez le mariage et vous ne coucheriez pas avec moi. César me l'a toujours dit : les Anglais peuvent être d'un bizarre. »

De sa poche, l'homme sortit quelques devises serrées dans un anneau d'argent, un billet de cinq livres, il le plia en deux, de l'ongle il amincit le fil, d'un coup sec il sectionna la devise. « A vous cette moitié, l'autre je la garde. » Puis de sa sacoche en cuir il sortit une liasse, « un acompte, dit-il : cent mille francs. Dimanche matin, un monsieur se présentera porteur de l'autre moitié du billet et vous remettra la somme d'un million cinq cent mille francs en espèces bien entendu.

— J'aurai à signer un reçu.

— Oh, que non ! Ah ! encore un mot. A l'homme qui viendra, ne demandez rien, sinon l'indispensable, je n'ai jamais su très bien s'il pouvait mettre un mot devant l'autre. Il emportera la toile : Lille, Roubaix, la Belgique ou bien l'Allemagne. Ça, c'est son affaire. A propos, je dois vous prévenir, ce tableau, dorénavant, oubliez-le. Pour notre part, quelles que soient les circonstances, votre nom ne pourra être cité. Jamais ! Si vous tenez votre langue, nul ne pourra avancer qu'il séjournait jusqu'ici en France. Le Professeur est homme de précautions, à l'égard de vos compatriotes, il les renforce. Des gens d'ordre, vos conservateurs, de la sensibilité, avec cela des instincts policiers. Dînent-ils dans une maison, découvrent-ils un dessin de Tiepolo, une esquisse d'Ingres, le soir même avant de s'endormir, une nouvelle fiche est remplie. Du travail d'indicateur. C'est la raison pour laquelle le Professeur a pris quelque temps avant de se décider.

— Mais ces informations, ces notes ?

— Confidentiel-Musée, mademoiselle, mais le " Renseignement " ça existe aussi chez nous. Qui bricole dans ces milieux a quelque part l'âme d'un espion. Ainsi, en Grande-Bretagne, a-t-on pu voir enchaîné un des conservateurs des Trésors de la Reine, mis au secret, qui depuis plus de quarante ans fricotait avec un grand pays de l'Est. Espionnage ou plutôt service : depuis des lustres, le professeur Marano, à droite et à gauche, n'a cessé d'en rendre. En contrepartie, à l'occasion, si un problème le laisse perplexe, on pourrait bien laisser négligemment un dossier ouvert. Sans le concours du Professeur, votre tableau était condamné à vivre éternellement dans ce pays ; du coup, le prix n'eût pas été le même.

— Et qu'on l'arrête à la douane. La malchance !

— Mademoiselle, jamais ce mot ! Superstitieux, c'est peu dire ! Le Professeur à l'idée d'entendre évoquer le souvenir d'un certain Romain — peut-être son plus vieil ami — renommé pour son goût dans toute la péninsule, mais dont nul n'osait prononcer le nom — le faire pouvant porter la cerise — aurait préféré se couper les oreilles, les mêler au bœuf bouilli, les assaisonner d'huile d'olive, de citron et de fines herbes et les manger. Il n'est pas le seul, je connais un avocat qui, plutôt que de passer devant la demeure du défunt, pourtant disparu depuis des années, change de trottoir. Mais pourquoi donc vous racontais-je ces histoires ? Ah ! oui, pour vous dire que : chance, infortune et quelques autres termes, ne les employez jamais devant le Professeur.

— Je serai donc appelée à le rencontrer.

— Qui sait !

— Il y a longtemps que vous travaillez pour son compte ?

— Vous avez dit : compte, mais compte veut dire argent, et avec le Professeur toute notion de profit est barbare.

— Mais mon tableau, il va le revendre j'imagine, avec bénéfice.

— Toutes ces notions mercantiles il les méprise, l'argent, en a-t-il jamais eu. Je crois savoir que jamais il n'a signé de chèques. L'argent c'est son bienfaiteur, m'a-t-il dit un jour, son mécène, avec ça, il n'a cessé d'acheter des peintures, des monnaies, des pierres gravées, des tissus, tout ce qui, un instant, a pu le séduire. Beautés de chair et de marbre n'ont cessé de l'entraîner. Une demeure superbe. Le joli train de vie d'un prince de l'Église qui, tel ce héros de votre Saint-Simon, prétendait n'avoir jamais mis la main à la poche sans qu'auparavant son majordome l'eût garnie d'or : factures d'hôtels, le prix du *Concorde*, même la pension où il descend à Paris — vous ne la connaissez sûrement pas —, genre petit havre familial, rue de Tournon : qui règle ici la note et celle du *Claridge's* à Londres ? ou les mémoires des libraires qui, des quatre coins de l'univers, lui expédient tout ce qui paraît dans des domaines qui excitent sa curiosité. Une ou deux fois par mois, il s'enferme dans une de ses bibliothèques, de préférence celle des incunables dont le contenu ferait pâlir d'envie le conservateur de la Nationale ou de la Bibliothèque du Congrès et durant la matinée, en compagnie de Cella, son chauffeur, un bossu goguenard, ils font le dispatching : les arriérés de Caraceni, son tailleur à Milan, iront à la Fondation Kress, ceux du bottier romain, chez Mellon à Washington. A sa fantaisie ! Ne croyez pas que s'il expédie à la Fondation Durrenmatt à Berne le relevé de compte de son séjour au *Vélasquez* à Madrid, c'est parce qu'à la demande des Helvètes, il serait allé vérifier qui, du Greco, est l'original : celui de leur collection ou celui d'Albuquerque. L'idée de vivre de la sorte l'amuse. " L'abonnement " comme il dit ; à l'instar de ces sociétés de téléphone ou de transport qui assurent moyennant une dîme annuelle l'entretien du matériel.

« Mais entre tout, ce qu'il aime le plus, ce sont les pierres antiques ; passion qui dépasse toutes les autres, dont il lui arrive de se moquer, car il ne veut être dupe ni des autres ni de lui-même. A l'entendre, la possession est uniquement fonction du caprice d'un homme, de sa fortune, de sa longévité. A l'idée de ces collections orgueilleuses faites pour durer, il pouffe de rire. Connaît-on encore un seul objet qui ait appartenu à César, à Platon ou à Suétone ? Il en existe pourtant, mais à peine l'âme délivrée, tout objet s'éloigne de celui qui l'a commandé, détenu, choyé, pour se perdre dans le cosmos de la brocante.

« Ce qui amuse le Professeur, c'est la " circulation ". Être là lorsque le chef-d'œuvre tel le canard sauvage passe au-dessus de la tête du guetteur ; abattu, il ira enrichir la galerie du roi, grossir l'escarcelle du bourgeois numismate.

— Mon tableau ?

— Lui servira peut-être à solder la note de Hilditch son chemisier — pour lui, le meilleur du monde. Vous connaissez ? C'est lui qui m'a dessiné ces poignets. Pour vous, il taillerait volontiers une blouse. J'adore votre décolleté. Et toutes ces fiches ?

— Un bouquin que je prépare sur les châteaux de France, qui devrait paraître également à Londres chez Weidenfeld et à New York chez Abrams.

— Bien ! Très bien ! dit l'Anglais songeur. Beau prétexte pour fureter un peu partout dans les recoins.

— Et si ça me plaît... Les greniers, il y en a de fort beaux, avec des charpentes qui remontent à François Ier. »

Le dimanche qui suivit, à onze heures du matin, un homme considérable se présenta. Ventre saillant au-dessus du pantalon, cravate à demi défaite en spirale, chemise suspecte. Après avoir déplié à terre une couverture de laine, de la cordelette, il tendit la moitié du bank-note de cinq livres et des liasses. « Comptez, madame ! Des billets tous aussi sales que le déménageur. » Pour s'excuser il ajouta — il avait l'accent italien : « On paye toujours en vieilles coupures, les clients préfèrent ça.

— Vous êtes tout seul ?

— Comme les vieux sangliers lombards ; pour ce genre de travail, c'est préférable. »

A petits coups, elle donne du doigt sur l'épaule de Rémy.

« Réveille-toi, bonhomme. »

Il se dresse, se frotte les yeux.

« Voilà plus de neuf heures que tu dors. Me referais-tu l'amour ?

— Là, tout de suite. » Il hoche la tête. « Rien n'est garanti. Peut-être un peu plus tard. » Il se retourne. A pleine gorge, il se remet à ronfler.

Au chinois, il vide les plats, les siens et ceux de Catherine. A quoi pense-t-il ? Sans doute à son dictionnaire des synonymes, à des problèmes de ponctuation.

« Rémy, je dois partir, il faut que j'aille m'occuper un peu de César. De là, je filerai en Champagne commencer mes équipées.

— A ce propos, n'en ferais-tu pas un peu trop ?

— Tu veux dire ?

— Une impression, comme ça, tout ce fric que tu froisses et ce type l'autre jour qui a sonné. Tu n'étais pas là, il a déposé un paquet et filé sans un mot. Mou et flexible, j'ai légèrement ouvert, il y en avait des billets de cinq cents ! Tu as peut-être touché le tiercé ! Après tout, ce sont tes affaires, mais fais attention, par les temps qui courent, on entend de drôles de trucs ; le polar n'est pas mon fort, mais si j'étais toi. Tu imagines *France-Dimanche* : Catherine du haut gratin du Nord, dans le bureau du juge. Je dis ça... »

Dans une chambrette tendue de Vichy — auberge trois étoiles — Catherine complète des fiches. La Champagne ! Depuis trois jours, elle traverse ses étendues, ses villages crochetés à la glaise par leur monument aux morts. Le touriste ne fleurit guère ici, découragé à l'avance, tant les guerres, les invasions ont trop souvent réduit la beauté en poudre. De temps à autre, à deux kilomètres de l'autoroute, au détour d'un chemin, on peut découvrir de ces bâtiments que le temps semble avoir épargnés, aux auvents souvent retenus par des chaînes et des cadenas rouillés, clos de murs d'enceinte mangés par la verdure, donnant sur des pelouses boursouflées par des taupinières. Pour les clefs, elles sont peut-être égarées dans les tiroirs d'un clerc de notaire. Qui peut encore vivre ici sinon quelques arrière-petits-neveux de personnages sortis d'une nouvelle de Balzac ou de Barbey d'Aurevilly.

Un œil sur la carte Michelin, Catherine poursuit son chemin marqué par elle, ici et là, de croix rouges, bleues, noires, simples indications, choix qui tiendront à l'importance des bâtiments, à leur histoire, à la qualité esthétique, à la richesse du décor ou des mobiliers ; texte où règnent l'anecdote et le fleuri, tant les exigences des éditeurs priment souvent sur le sérieux de l'entreprise.

Sur vingt-sept fiches, Catherine en a dénombré à peine six qui méritent qu'on s'y arrête. Du moins, à première vue, mais là également, prudence !

Étonnantes, les conditions de vie de ces propriétaires qui vivent derrière le moellon ou la contrescarpe, ainsi, dans son île Robinson devait errer. Fascinés par leur terrier, ils n'en finiront jamais d'en connaître les recoins.

Ce qui frappe, ici et là, c'est bien souvent un air d'indigence ou plutôt une sorte de parti pris de pauvreté d'où peut être exclue toute idée de simplicité ; des raisonnements, des façons d'être qui échappent à l'observation ordinaire : conserver haut la demeure, fût-elle aussi sévère que le moulin de Cervantès. Pauvre, mais jamais humble, au point que, bien souvent, la vue du visiteur se brouille, intimidé par toutes ces choses qui reposent ici : meubles, tapisseries, armes, tant d'objets laissés dans le jus du temps que celui-ci, même s'il n'est pas séculaire, même si le brouet n'est guère relevé, les rend plus mystérieux qu'ils ne le mériteraient. Qu'on se garde de dénoncer ce heaume façon Bouvines, même s'il est en zinc et taillé pour le magasin aux accessoires du Châtelet et ces dizaines d'Azincourt accrochés comme le lierre sur la demeure ancestrale. Jusqu'au gardien qui, quatre heures par jour, casquette et galons dorés, débite ce qu'on lui a inculqué, prêtant également l'oreille aux propos des visiteurs. Catherine écoute le guide s'étendre sur un point d'histoire locale. Propos blanchâtres d'un cicérone qui, aux leçons serinées par un Monsieur le Comte, ajoute par-ci, par-là, quelques bribes lâchées par un abonné à *Historia*.

Dans la paume de la main qui semble être en bois, on glisse la pièce. Catherine traîne un instant, y va d'un billet de cinquante francs. Il n'a pas le temps de marquer sa surprise qu'elle a disparu.

Les importuns éclipsés, elle revient sur ses pas, serait-il possible de jeter un petit coup d'œil sur le tableau accroché entre les deux armures.

« Prenez votre temps. Je pourrai même le décrocher, il n'est pas bien lourd, ça ne fera jamais que deux fois en moins d'un mois ; lorsque l'inspecteur des Monuments historiques a mis la puce à l'oreille à mon patron ; il a parlé de Sourbaran, ça vous dit quelque chose ? » Catherine approche la toile de la croisée. Une heureuse mise en page, et la lumière sur chaque fruit est douce — l'éclat d'un flambeau sur l'épiderme d'un nouveau-né. Zurbarán ! Il a dit : Zurbarán, peut-être, sinon qu'en ces temps-là, ils furent des dizaines en Espagne à œuvrer sur les mêmes motifs.

Catherine lasse de reposer dans des pseudo lits bressans et de goûter au saumon d'Écosse à la mousse de légumes et aux cassolettes de pigeon, s'en retourne. Ce soir, elle dormira rue d'Aumale. Nuit peuplée de songes, réminiscences de tout un bazar séculaire, de sombres vestibules aux murs tapissés d'armes, de salles de billard Restauration, d'interminables galeries où, dans des vitrines au verre si mince qu'on ose à peine les contempler de peur que sous le souffle, elles n'éclatent, des figures blêmes d'ancêtres coulées dans la cire : Cordon de Saint-Louis, médailles de Sainte-Hélène, brevets apâlis jadis estampillés par les notaires royaux et ce Zurbarán « pseudo » qu'on aurait pu emporter, il y a encore vingt ans, pour le prix d'un billet aller-retour, Paris-Lille. Un homme de musée aurait jeté là-dessus un œil indulgent — sans plus. De nos jours, nos petits élèves à l'Institut d'Art ou à la Sorbonne, prêtres de cette nouvelle foi, à tour de bras baptisent : dorénavant, tu t'appelleras Zurbarán et Son Excellence à la Culture, qui, la veille, aurait bien pris Zurbarán pour un agitateur arménien, ce matin, aux informations de treize heures, sur le petit écran, versera une larme : depuis hier, le département espagnol du Louvre s'est enrichi d'un chef-d'œuvre. Ministre qui, telles les fermières à l'heure du grain, à tout ce qui a été peint, sculpté, gravé s'écrie, ton du beurre fermier : petit, petit...

Catherine court et gambade. Ça creuse, et ce ne sont pas les droits d'auteur que lui verseront les éditeurs qui pourront la rassasier. Elle croquerait bien le monde entier mais, eût dit César, sucer des os de poulet n'a jamais nourri son homme.

A quinze heures, Catherine en est à son troisième château. Sur la départementale, avisant une aire de stationnement, elle s'y arrête, allume une cigarette, descend, fait quelques pas, revient, griffonne quelques notes sur son carnet : de quoi enrichir son fichier.

A chaque jour, un chapitre nouveau ; un bouquin qui demandera peut-être moins de temps et d'efforts à élaborer. Elle a convaincu les gens de chez Hachette. Plutôt qu'un bottin architectural, elle se propose d'inciter le lecteur, à feuilleter ces agendas du temps que sont ces bâtisses, à lire en même temps l'histoire de ces provinces, l'ouvrage pourrait bien devenir le mémorandum indispensable pour les producteurs de cinéma ou de la télévision ; de quoi loger là les soupirs de couples princiers, un monde bruyant de fureur, de cliquetis d'épées, de pourpoints crevés, de chocs de cavaliers contre les parois granitiques ; en même temps se forge une autre Catherine. Fouineuse ! A œuvrer sur le tas, elle en apprend des choses !

De demeure en logis, elle assaisonne mieux sa petite salade, coupe le lard plus fin. L'artifice ! Des trucs qui remontent à Mathusalem lorsque pour survivre, Juif errant, il avait dû, lui aussi, exercer ce genre d'occupation — pas le contraire de celle du commis voyageur ; sinon qu'au Monsieur, Madame, essayez donc ma nouvelle machine à laver, Monsieur le Duc apprend que rien ne ferait plus plaisir à cette jeune personne si jolie, si bon genre, que de recueillir dans son cabas quelques-unes de ces vieilleries qui sommeillent dans ses greniers.

Cela suggéré après la tasse de thé ; le fredonner, sinon Son Altesse pourrait bien se rebiffer. Chez les siens on n'a jamais rien vendu.

Surtout n'en pas faire trop. Chaque affaire se présente à la carte, à l'un les huîtres chaudes, à la marquise les carottes râpées, rien n'est meilleur pour la paresse intestinale.

Catherine se pénètre chaque jour un peu plus de ces maisons, de leurs richesses, de l'état d'esprit de leurs propriétaires, découvrant que derrière ces granits gris règne souvent, nostalgique, une demi-misère ; subsistent heureusement quelques maisons restées les mêmes depuis le jour de leur naissance ; habillées des mêmes boiseries, aux fenêtres les plus belles tentures, jusqu'aux torchères, aux chenets, tout est d'origine — comme on dit. De ces châteaux, tel Montgeoffroy, il n'en existe même pas une cinquantaine; pour les autres n'a survécu que l'enveloppe, coque de noix où s'arc-boutent des poutres qui remontent aux galères. Un jour, suivant le convoi de l'ultime propriétaire, l'âme même s'en ira ; telle l'odeur des pommes qu'aux siècles passés on faisait mûrir sur les claies.

Catherine débarque à la Voûte l'Haumier, elle note : Architecture fin gothique, des lucarnes à meneaux d'un rare modèle. A appartenu, vers 1550, à Jacques de Janvier, écuyer du Roi. Demeuré jusqu'à la Révolution dans la même famille. Acquis en 1798 par un Monsieur Rives marchand de biens ; trente-sept ans plus tard, une demoiselle de Rives l'apporte dans la corbeille de mariage.

Admirez, Mesdames, Messieurs, l'imposante salle d'armes et dans la vitrine centrale, la paire de fusils de chasse offerte, en 1631, au maître des lieux par Louis XIII.

La porte s'entrouvre. Jolie cette grande fille, blouson en shantung uni, jupe plissée — sans hâte — elle avance le long de l'imposante galerie, le maître de maison a repoussé son garde : c'est un plaisir de guider une si jolie visiteuse. Mais si, mais si, il y tient. Elle fredonne sa chansonnette : Hachette et tout le saint-glinglin. Suit le grand air du patrimoine. Arrivé à la hauteur du billard, le propriétaire se présente : Rives. Elle répond par son nom. Il n'y prête guère attention, un peu dur d'oreille, sauf évidemment aux patronymes des Mortemart, des Guiche ou de Rochechouard. Rives ! répète-t-il, nous avons laissé tomber la particule. Au diable l'armorial ! Retient plutôt son attention la blouse qui vibre au son de la voix, l'emmanchure taillée haut, de la place pour glisser la main, pincer la pointe du sein à laquelle Catherine, insouciante, laisse donner de la tête. A chacun ses émois — ceux de Catherine viendraient plutôt de cette toile qui fait assez modeste au milieu de toutes ces grandes machines qui ornent le panneau. Elle avance : sans doute de Pillement, ce contemporain de Fragonard, typique ce paysage animé, assorti d'un tas d'accessoires ; agrandi, il pourrait faire un ravissant rideau de scène pour un ballet sur une musique de Rameau. Elle s'approche, à droite, la signature affleure, il suffirait d'un coton humide pour la faire resurgir. C'est bien ça ! Pillement, les Portugais ou les Brésiliens payent ça plutôt cher.

« Ça a l'air de vous amuser cette peinture.

— Émouvante plutôt, comme un souvenir d'enfance. De la fenêtre du réfectoire du pensionnat, une vue semblable s'offrait à moi. Très charmant ! » Elle a insisté sur le mot « charmant ». Rives, lui, ne semble pas avoir pris l'adjectif pour un outrage. Si « charmant » ne l'a pas éclaboussé, c'est que nul devant lui n'a jusqu'ici prononcé le nom du maître, enfin d'un assez petit maître qu'à Drouot on se disputera encore à deux cent mille francs. La partie est jouable ! Puis-je encore un instant la contempler. Elle se retourne. Le regard du monsieur s'est allumé, va-t-il se jeter sur elle — manquerait plus que ça ; et si elle essayait cinquante mille francs.

« Vous prendrez bien une petite praline. »

Démuni sans doute ! Une réception mal tenue, des parterres vides, ou avare ; devant la porte, la Mercedes qui, vers 1960, dut être de première main. Catherine, tel le pêcheur au lancer, choisit le jonc le plus sensible, du nylon ténu, façon soie, mais résistant à emporter la gueule d'un brochet. Le grand attirail, quoi !

« Encore une praline ; à cette heure de la journée, ça soutient. Ah ! les soucis qu'entraîne l'entretien d'une semblable propriété. On se demande pourquoi on se donne tant de mal, pour l'État, le fisc, quelques visiteurs et si vous les entendiez, mais c'est mon devoir ; ce n'est pas gai. Heureusement, demeure la compétition, vous avez peut-être lu mon nom dernièrement dans *Le Figaro* : champion de tir aux pigeons ! Pour la troisième fois, j'ai emporté le challenge et toujours en forme : jugez-en, ma petite demoiselle. » Il se lève, s'approche. Catherine se dit : je suis faite et le Pillement avec. Mais, arrivé à la hauteur de la table roulante, le châtelain saisissant un flacon de whisky aux trois quarts plein, lui dit : « Vous avez une montre à secondes à ce que je vois. Quand je dirai : allez, faites démarrer l'aiguille, la bouteille je la retourne et la pose sur mon index, en équilibre. Toutes les trente secondes, faites-moi un clin d'œil. » Arrivé à la cinquième minute, Monsieur le Châtelain donna une pichenette, la bouteille sauta, fit demi-tour, au vol, il l'attrapa par la panse. « Voilà le travail, et sans trembler. Nos gamins sortis de l'E.N.A. peuvent s'aligner... »

Puis passant à autre chose, l'air roublard, il ajoute : « Alors, on l'aime ma peinture ? »

Catherine explique que ses parents la destinaient à l'enseignement chez les religieuses, et puis à trop chercher Dieu elle admire plutôt ses œuvres ; en place des Clarisses, elle a choisi la Beauté (nous avons ici la version du jour, le côté joueur hérité de César). Catherine, visage voilé — gaze tout de même transparente —, ferait florès à Riyad, à conter les exploits du Prophète, le jour du marché.

Deux heures plus tard, tableau sous le bras, elle s'enfuit. Adieu M. Rives, on s'embrasse sur les joues, on va se revoir. C'est promis. Son sac est délesté. Elle a payé tout en billets.

Il lui baise le bout des doigts.

Arrivée à la hauteur du village, elle se pose la question : si ça avait été nécessaire, aurait-elle passé la nuit là-bas sous le toit d'ardoises, à l'ombre des meneaux ? Qui sait ? D'ailleurs la question ne s'est pas posée et chacun se déclare satisfait.

Rue d'Aumale, le concierge a allumé la chaudière : « J'ai pensé que Mademoiselle serait contente d'avoir chaud ; avec ce printemps qui n'en finit pas d'arriver. J'ai monté le courrier. J'ai mis tout ça sur le lit de Mademoiselle. Il y en a, des catalogues et des catalogues. »

Catherine appelle César. Elle rassure Odile. On l'attend à la maison à la fin de la semaine. Ah ! il y a Monsieur César qui demande des nouvelles du petit jeune homme. César s'empare du téléphone : « Et mon copain Rémy ? Il faut le ramener, il est si sympathique, dis-lui qu'on boira du Cristal 83. » Elle raccroche. Rémy, où est-il ? Elle ne sait plus très bien si elle lui a donné définitivement congé. Elle ouvre une boîte de sardines, fait griller deux toasts, pose la toile sur le siège. Le joli tableau ! Bientôt, c'est tout ce qui lui restera : être une vieille courtière !

Le lendemain, le Lion de Belfort passé, elle franchit les anciens octrois. De la main gauche, elle repousse la capote. Entrez soleil !

A la sortie d'Orléans, à l'autoroute elle préfère la Nationale. Elle sourit au rétroviseur. Deux coups de klaxon ; on lui fait un signe, elle se retourne, se rabat sur sa droite.

Allons, monsieur, la drague n'est plus à l'ordre du jour. C'est à elle seulement que, dans le rétroviseur, elle adresse son sourire : et si c'était elle le Gang des Châteaux ?

Pour retenir le fume-cigarette, effleurer le volant, quatre doigts suffisent, un peu forts, en même temps allongés, à l'unisson du torse, des hanches, des jambes. Aux premières étreintes, ça ne rate jamais, comme s'il avait fallu patienter jusque-là pour juger de la carrure.

« Grande, moi, vous trouvez ? »

A elle debout, serrée dans les bras du monsieur, pour quel motif celui-ci a-t-il attendu ce moment pour chanter l'antienne : que Catherine aurait une demi-tête de plus que l'humain chérissant. Minute ! et d'un double coup de pied, elle expédie l'escarpin. Sous l'effet des caresses et semelles en moins les différences s'amenuisent.

Catherine a tout lu, de Stendhal à Balzac, de Théophile Gautier à Ponson du Terrail. Elle n'aime pas notre temps ; sa violence n'a plus guère à voir avec celle du passé. A d'autres moments, elle eût pu être Charlotte Corday ou Mademoiselle de Maupin, mais jamais une Madame de Chasteller ; de nos jours, elle n'est qu'une brocanteuse, mais à l'idée que César ou une vieille cousine apprenne de ses façons : de honte, elle irait tout droit se jeter dans la pièce d'eau et pour ne pas remonter, se ficellerait autour du cou cette vierge en pierre qu'il y a trois mois, elle a acquise des héritiers du chanoine Le Turc, l'abbé qui confessait sa mère. Charmants péchés que d'amasser ces châsses, ces pyxides de Limoges, ces chasubles brodées au temps de Philippe le Hardi. Peut-être croyait-il plus aux vertus des objets du Moyen Âge qu'au pouvoir du créateur. N'aurait-il pas vendu son âme au diable. Cette vierge, Catherine la gardera ; pour le reste, les héritiers ont fait un lot, elle l'a également acquis puis revendu. Encore quelques sous à l'abri, rue de Hesse à Genève chez son banquier. Un huguenot !

Au Paradis des Chanoines, le dollar se rit des confessions.

Catherine n'est pas dupe de ses propres travers, de ses faiblesses. Couchée en travers du canapé, torse nu, elle aligne des chiffres ; de temps à autre, l'un d'eux se dresse comme on compte avec le pouce ou l'index.

Torse à l'air, plongée dans les colonnes comptables, du bout du crayon, elle s'agace le sein droit. De ses jambes, elle manœuvre le pouf, l'oriente de trois quarts, pour s'étendre à moitié sur le capiton. Elle additionne, puis de tout, soustrait six pour cent qu'elle remettra à l'indicateur — le reste ira grossir le compte 3217 A 3.

Le magot s'est arrondi ; à ce train, un jour, le dépôt dépassera les six chiffres en dollars. A l'entendre s'étonner de l'importance des frais de gestion, son banquier sourit : aucun doute, dans les veines de cette belle personne coule le sang Jules Hardouin.

Ces sous, beaucoup, pas encore la fortune. Tout de même, elle pense au chauffeur de poids lourd doublé ce matin ; à la sortie d'un virage, qu'au même moment, en sens inverse, surgisse un tombeau ouvert, c'en eût été fini. Le testament déposé chez le notaire helvète ferait de César son héritier. Mais lui disparu, où iront tous ces millions ? A des cousins ! Ils s'en poseront des questions. Catherine, au juste, que faisait-elle ? « Restaurer les tableaux n'est pas un métier, dit un jour le vieil oncle Jacques, si je comprends bien, tu exerces un peu la même occupation que le père Blancher, mon voisin de la rue de l'Abbaye, réparateur de porcelaines et de faïences. »

« Avec ce que disent les gens, lui a dit Odile, c'est pas comme ça qu'on te mariera.

— Et qu'est-ce qu'ils disent les gens ?

— Que tu gagnes des mille et des cents, qu'en affaires tu n'es pas du rumsteck dans le filet. Pas des plus tendres.

— Comme eux, quoi.

— Eux, sont des hommes. A ce propos, ta pauvre mère serait encore de ce monde, à voir ta jupe et une fente si haute — encore un peu et on verra...

— On verra quoi ? »

Odile baisse le nez. Elle rigole. « En fait, c'est peut-être comme ça qu'on prend les hommes. En tout cas ta mère elle t'aurait déconseillé de filer tous tes sous à Monsieur César. »

Justement c'est son anniversaire. Catherine a donné des coups de téléphone à droite et à gauche. Odile a commandé des fleurs et mis le beau couvert.

La hoirie a dû ouvrir des tiroirs, remettre autour des boîtes des rubans neufs. Des gants, des foulards : tout ce qu'on peut donner à un bonhomme de quatre-vingts ans.

César regarde la petite l'air de dire : tu ne me vois pas porter des trucs pareils. La Procure a apporté une boîte de chocolats. La garce ! a glissé Odile, pour tuer le patron avec tout son cholestérol. A les entendre, à fixer Catherine du regard, ils sont aussi venus pour elle.

« Joli ton tailleur. Ça vient de chez Chanel !

— Non, de Valentino. »

On baisse le nez. On connaît les tarifs.

« Odile ! repasse le caviar ! » César, en bon maître de maison, se veut conseiller. « Vous n'en goûterez jamais d'aussi bon, le Sevruga de ma Catherine. » Il est ravi. « Il paraît que tu es devenue un as dans ta spécialité ?

— Qu'est-ce qu'on entend par ma spécialité ? » Elle tombe de sommeil.

« Allez, va dormir, ma chérie. Une gentille idée. Ma fête.

— Entre nous, père, sans Odile, j'aurais oublié. Elle m'a téléphoné. Je ne sais pas comment elle s'est débrouillée, elle m'a trouvée probablement grâce à Rémy — j'étais au fond du Nivernais.

— A propos, ton chéri comment va-t-il ?

— Moi aussi, je t'ai apporté un petit cadeau. »

Une enveloppe ! Il la palpe, l'ausculte avant de l'ouvrir, la porte à son oreille. Des sous, je sens ça. Il ouvre : « Cent mille ! Tout cet argent !

— Pour t'amuser, mon papa. Si tu sais faire un peu durer le plaisir, ça peut bien te faire trois mois entre ton Cercle et Le Touquet.

— Tu m'encourages à jouer. Ce n'est pas raisonnable.

— La raison ! » A le voir courir s'habiller, dansotter sur les rythmes d'Europe n° 1, décidément, le temps n'est pas encore venu pour César.

# III

## *Même au Vatican, ce Romain de basse époque en intrigue plus d'un*

Depuis que l'homme était venu chercher la toile dans l'atelier de Catherine, elle en avait fait du chemin ! Perdue au milieu de pots de peinture éventés, de bâches crasseuses, elle avait passé la douane belge, direction Bruxelles ; après avoir transité par Anvers, passé par Londres, elle était enfin arrivée à Rome à bon port.

Quelques semaines de balade... Marano brandit un agrandissement fait vers 1925. Comment l'a-t-il, cette photo ? Décidément il a tout sur tout. Au dos est noté 1921, l'œuvre aurait été proposée par un M. Prouvost de Roubaix à Georges Wildenstein. Il a refusé. Ce Prouvost c'était un petit-cousin de Jules Hardouin, grand amateur. Depuis lors, nul, du moins dans le métier, n'a plus entendu parler de cette peinture. Tout ça la demoiselle a omis de le dire, c'est peut-être parce qu'elle est du « Nord ». D'après ce qu'il a entendu dire, des gens qui seraient assez proches des Milanais.

Ce matin-là, il s'ennuyait, le temps était à la pluie, il s'assit à son bureau et écrivit une lettre : « Venez donc me rendre visite, chère Mademoiselle, ce tableau que vous m'avez cédé, je l'aime — en même temps il me parle de vous. Rome ! qui n'y a pas vécu quelque temps, même élevé avenue Foch ou Cinquième Avenue demeurera toute sa vie bébé nourri à la Blédine suisse.

Au dire du petit Setton, vous auriez pu servir de modèle à Luini, il se dit fou de vous. Méfiez-vous, de la graine de mythomane, plutôt serviable, je dois dire. Vous aurait-il proposé la bague au doigt ? C'est son habitude. Un farceur. Impuissant ! Il vous a sûrement parlé de moi. Je l'obsède. A ce propos, ne croyez pas un mot de ce qu'il vous a dit, sauf le bien qu'il a pu exprimer à mon sujet. N'empêche qu'à m'observer son œil s'est assez bien fait. Assuré de votre discrétion, également de la stricte harmonie de vos épaules qui évoquent, paraît-il, celles d'un bel éphèbe, je joins à ma lettre un billet aller-retour. Acceptez-le ! Venez ! Je ne sais pourquoi, mais nous allons nous plaire. »

La lettre est timbrée d'Italie. Le papier est lourd et le vergé de l'enveloppe collé comme un long baiser. L'adresse et le texte sont tapés à la machine. Le signataire : Marano.

Marie a appris à Catherine qu'à une lettre aimable la réponse d'une jeune fille doit être mesurée, et dans ce cas particulier Catherine se voudra particulièrement réservée.

« Bien volontiers, je viendrai, Monsieur le Professeur. Jusqu'à présent je n'ai guère quitté la France. Mais voilà, je suis curieuse et dotée d'une petite âme fragile, comment résister à votre invitation, d'autant que ce qu'on m'a dit de vous en intriguerait plus d'une. »

Ah ! les petites Françaises ! Marano replie la lettre, la remet dans l'enveloppe. Il garde toujours tout.

Catherine s'enchante à l'idée de rencontrer ce Marano dont chacun parle à mots couverts et qu'on dit sauvage, et puis Rome au mois de mai !

Elle téléphone, tombe sur un maître d'hôtel : Oui, il est au courant, que Mademoiselle ne s'inquiète pas.

L'après-midi, elle boucle son nécessaire, vérifie l'horaire. L'avion décolla avec deux heures de retard.

« Ne vous faites pas de souci, un en-cas attend Mademoiselle dans sa chambre. Monsieur est déjà au lit. Il se couche tôt. Je m'appelle Cella. »

A deux kilomètres de Rome, le chauffeur prit à droite, impossible de s'y reconnaître ; Catherine n'était jamais passée par là. Subitement, les lampadaires s'éteignirent et tout le quartier fut plongé dans l'obscurité. Encore une grève du personnel de l'Électricité.

Devant la maison, Cella ouvrit les grilles. Dans l'entrée clignotèrent des lumignons, des lampes à huile à la romaine. « Sur les instructions de Monsieur, le lit de Mademoiselle est dressé dans la bibliothèque des incunables, une pièce particulièrement précieuse, paraît-il, une manière pour Monsieur de dire son estime à Mademoiselle. La couche est peut-être un peu étroite et courte » et, lorgnant la visiteuse : « Mademoiselle aurait bien dû préciser à Monsieur que Mademoiselle était plutôt grande. »

Le lendemain, Catherine descendait un escalier de pierre large comme un carrosse, les rampes chantournées telle une pipe d'écume. Au pied des marches, en tenue de doge ou de prélat — robe de chambre rouge à larges revers brodés d'or —, le maître des lieux l'attendait. Comme elle franchissait le dernier degré, il leva les deux bras de façon latérale, laissa sa tête rouler un peu de côté puis, la projetant en arrière, longuement, il regarda Catherine. « Viens que je t'embrasse ! Décidément, ce voyeur de Setton a le meilleur goût. As-tu bien dormi en compagnie de trois mille incunables ? Un jour je te montrerai le plus précieux ! » Au passage, il se saisit d'un livre : « Prends-le en main, un exemplaire unique de *La Nef des fous* aux gravures enluminées à Nuremberg vers 1486 ; habillé de cuir gaufré à Lyon vers 1550, probablement par Grollier. Feuilleté aujourd'hui par toi, saisi par les doigts d'une belle, qu'il profite bien de ta présence. A propos, j'adore les jeunes filles. Je t'espérais vierge. Setton, tu l'as déçu, il paraît que tu vis avec un petit jeune, un écrivain !

— Mais où a-t-il été pêcher ça ?

— Ici, chérie, tout ce qui mérite d'être connu est su, décortiqué et plus encore. Pour le reste, je le saurai bien vite, mais il est déjà tard. J'adore manger. Toi, en revanche, je te trouve plutôt maigrichonne. Le petit déjeuner est servi dans la salle des inscriptions. Pleine de pierres. Ne va pas croire pour autant qu'il s'agisse d'un cimetière. Expresso, thé, Chine ? Ce yaourt, je te le recommande, tu n'en mangeras jamais d'aussi onctueux, riche et si léger, c'est mon vieil ami Ascollis, l'ancien ambassadeur de Grèce à Rome qui, d'Athènes, par la valise, me les expédie une fois par semaine. Je suis un jouisseur. Mais je parle, je parle, l'eau va refroidir. Je vois, tu ne sucres pas ton thé, très français, idiot ; prends au moins du miel. Je te le répète, un peu pâlotte, plus qu'à l'ordinaire.

— Il n'y a pas une heure que vous me connaissez.

— De rire. Si je te connais ! » Il hocha la tête. « Te déshabiller, à quoi bon, je les vois d'ici tes seins, tes hanches, mieux que si tu me les avais montrés. Ai-je jamais vu Titien et sa Diane à la chasse excitant Jupiter. Pourtant, je sais tout sur elle, comme si j'avais été sa tunique. Ah ! si j'étais Dieu ou diable — ton cul nul autre que moi ne l'aurait pétri. » Soudain il se penche, inquiet, lui saisit le poignet : le pouls. « Quelques extra-systoles ? Peut-être ton petit jeune homme ?

« Tes œufs, les aimes-tu ainsi, pochés à point, j'ai une machine pour ça, impossible de les rater. Mélancolique on dirait... Ce garçon, t'aurait-il lâchée ou déclaré forfait ? A les choisir en culotte courte ! Sur le moment, sans doute, c'est exquis, mais après, les minets, les tendrons, écoute la chanson : à ramasser à la pelle, que le temps qui passe a tôt fait de flétrir. En revanche, sur la grande piste d'Olympie où la chronologie est absente, les objets courent toujours plus vite et plus harmonieusement. Ce satyre de Riccio — six cents ans d'âge —, ce bronze, jamais on ne le traitera de barbon. Dans l'Antiquité, les gitons, on les choisissait à seize ans, à dix-huit, on les jetait aux lions. On était sage à Rome au IIe siècle ! »

Catherine se demanda ce qu'elle faisait ici. Ce type est un fou. A dire vrai, elle était trop jeune pour avoir jamais rencontré un Romain de basse époque.

Drôle ; pour un peu, elle le trouverait attendrissant d'autant qu'elle lui plaît, ça saute aux yeux, mais qu'elle fasse un geste, qu'elle hasarde un mot hors de son lexique, il s'écartera. Il revient à la charge. « Qu'ont-ils donc les jeunes pour parvenir à te séduire ?

— Peut-être parce qu'ils filent vite, tête baissée sur l'obstacle.

— Ainsi, tu céderais à qui se présente ?

— Pas entièrement ma faute. » Elle évoque sa solitude, la disparition de sa mère.

Ah ! la pauvrre, chère pauvrre, et de prendre l'accent Godounov, le très chic, dont l'usage s'est perdu avec les derniers G7, et leurs chauffeurs. Serait-il donc d'origine slave, Marano, épave grand-ducale ? sortie de la dèche par la doublure d'une Barbara Hutton ? Il éclate de rire, reprend son romain qu'il alterne avec un latin tel que le prononçaient les Jésuites, ses maîtres, au très élégant collège Massimo. A force d'imiter le prince Youssoupov, le desservant de Saint-Louis-des-Français, ou le patron d'une konditoreï kasher, Troisième Avenue à New York, l'octogénaire a conservé ses lèvres, épaisses, gourmandes, insolites pour son âge, empruntées peut-être à quelques-uns de ces jeunes sournois qui volontiers lui prêtent leur concours. Avec le français, utilisant les termes les plus précieux, les enchâssant dans des imparfaits du subjonctif, soutenant les rythmes de mouvements d'épaules, haussant, baissant l'ossature apparemment fragile, celle d'un jeune poulet ; de l'encolure nappée de tweed, pousse la tête qui pourrait bien trahir la canaillerie, sans le secours de deux mèches larges et blanches comme un névé ; soigneusement entretenues, gonflées par le coiffeur de l'*Hassler*, elles retombent sur les joues et les oreilles, c'est, au dire de Cella, pour dissimuler un appareil propre à compenser une certaine dureté de l'ouïe. De temps à autre, fatigué, est-ce l'âge ou des piles usées, Marano paraît s'abstraire de la conversation, « décrocher », comme on dit, dirigeant alors vers sa jeune hôtesse un regard éploré, espérant peut-être trouver avec elle un plus haut parleur.

La maison de Marano avec ses deux étages en brique dont chacune semblait avoir été cuite au temps où Vitellius bâtissait son palais, élevée en 1560 par un arrière-petit-neveu de Jules II, était si harmonieusement dessinée, si puissamment posée sur le sol que, ravinée par un tremblement de terre, ses structures effondrées pourraient encore, deux millénaires plus tard, servir de modèles à ces ruines qui encombrent les toiles d'Hubert Robert.

Une vaste étendue engazonnée s'étendait jusqu'à une haie voisine ; on ne pouvait pas dire que l'enclos était abandonné, mais plutôt quelque peu délaissé.

« Il vieillit, mon jardinier. Il y a encore vingt ans, la Colonna lui aurait offert l'anneau de Gygès pour qu'il ornât de roses ses arceaux rouillés, du même ton que l'énorme cicatrice qui lui fait comme un foulard automnal autour du cou. Muet depuis qu'il s'est fait couper la gorge pour une des femmes de chambre de la princesse. On l'a recousu, pas les cordes vocales. Il n'emmerdera plus personne.

« Cette maison, habite-la. Demeure toujours. Enfin, jusqu'au moment où nous ne nous supporterons plus. Le matin, je te ferai l'école, le soir on ira musarder. Ils diront : le Marano, une jolie fille au bras. Il a bien changé.

« As-tu les yeux gris ou bleus ? Le gris c'est le mystère, le bleu c'est la dureté. »

La bouche de Catherine, il la voyait découpée dans l'olivier, bois inusable qui devient plus beau au fur et à mesure qu'on le caresse à moins que ce ne fût dans ces porphyres lombards dans lesquels on taillait les bénitiers.

« Faudrait vous décider, Monsieur le Professeur, olivier ou porphyre ?

— Pas de précipitation, nous avons toute la vie devant nous. Jouissons pleinement de ce moment si rare : la première rencontre. De plus, tout peut arriver dans cette maison. Elle te plaît ? Lorsque j'en fis l'acquisition — l'année où Mussolini envahit l'Érythrée — j'hésitai. Qu'allais-je faire de ces salons, de ces corridors, de ces chambres ? Depuis lors, il n'y a plus un pouce pour ajouter même un Inro ou un escargot ciselé par Riccio. A Rome, si mon personnage en intrigue plus d'un, cette demeure ajoute à mon mystère. En ville, chacun prétendra y avoir été reçu, affirmant sans en avoir vu l'ombre qu'il y a là des chefs-d'œuvre inestimables. Ceux qui ont franchi le seuil sont moins nombreux que les doigts des deux mains : pattes rouges, princières ou cardinalices, pattes blanches, eh oui, le Saint-Père — l'avant-dernier — s'en est venu plusieurs fois ici, au temps où il n'était que cardinal. Aux importuns, je chante des mélopées tristes : un jour la maison est en pleine réfection, un autre, des infiltrations d'eau me contraignent à fermer les galeries. Forcent-ils la porte, se révèlent-ils assoiffés — pas de chance, justement ce jour-là il ne me reste plus un fond de whisky, même pas un verre d'eau, tant je redoute que le dos tourné, on ne me subtilise quelques-uns de mes petits trésors, qui, par dizaines, occupent les marbres des consoles, les plateaux des dessertes, les plaques en porphyre aux rebords noircis par les flammes vésuviennes. »

Au fur et à mesure que, d'une salle à l'autre, il entraînait Catherine, le ton se faisait plus ardent. L'invitant à effleurer du doigt ce qu'il venait de décrire, il maugréait comme le magistère s'il surprenait ses yeux égarés sur quelque autre objet. « Regarde ! Palpe ! Caresse ! Tripote ! » Mais il eût fallu dix mille mains et des doigts de brodeuse pour déplacer l'ordre ici et sans rien déranger.

« Tout ça n'est pas venu tout seul. Des héritages successifs, des ancêtres qui n'ont cessé d'amasser des fractions de beauté ; qui ont connu des déconfitures et des périodes fastes. Des objets sont arrivés, d'autres ont disparu. Chacun y est allé de sa fantaisie, de ses disponibilités, prenant souvent des tours obsessionnels. Il y a ainsi je ne sais où une importante collection de timbres et là, ces bilboquets sur les étagères de cette bibliothèque, j'en ai compté par dizaines. A l'entresol, récolte passionnée d'un arrière-grand-père fou de métaux forgés : des masses de clefs, de loquets, de serrures, de poignées de portes.

« Moi, m'obsèdent les inscriptions du passé, les pierres gravées. J'aurais dû servir dans les armées de Bonaparte. Ah ! cette campagne d'Égypte ! A Saint-Jean-d'Acre, j'aurais embarqué sur la felouque emplie à ras bord de pierres. J'en ai ici plus de douze cents : assyriennes, grecques, étrusques, romaines, un des ensembles les plus importants au monde. Dans la grande galerie, j'ai entreposé depuis plus de soixante ans tout ce qui traînait à fleur de terre. En 1940, sous l'uniforme de l'aviation italienne, j'ai roulé jusqu'à Aix-en-Provence. Il fallait que la peur les égare, tes compatriotes, lorsque muni d'un faux ordre de réquisition établi au nom de mon gouvernement, j'ai entassé dans deux camions tout ce qui traînait là. Ils m'ont pris pour un fou, plus de cent pierres parmi les plus précieuses, annales du monde antique : presque toutes réunies aux environs de l'an 1600 par l'Aixois Peiresc. Getty m'a offert des millions pour tout cela, on pourrait bien m'en proposer l'équivalent en tonnes d'or, je refuserai. Rien ne bougera plus d'ici, mon testament est formel, et sous cette plaque de porphyre qui, il y a deux mille ans, a recouvert la dépouille de Verrès — un goujat de ma sorte — on m'enterrera. Verrès ! Un jour, je te donnerai à lire les débats de son procès mené tambour battant par Cicéron, autre espèce de flibustier : politique d'un côté, brigand de l'autre, rien dans ces domaines ne changera. Gagner toujours plus de petits combats, la plupart sordides, lutte de mégalomane. Accumuler ! toujours plus... Ma drogue, la brocante ! Qu'un dessin de Lucas Cambiaso se présente, qu'on m'offre sous le manteau une inscription gauloise exhumée la veille à la barbe de la Surintendance, mon cœur se remet à battre la campagne, cogne aussi fort que celui de la vieille lorsque au cœur d'une nuit d'hiver, on frappe contre l'auvent.

« A la cinquantaine, croyant avoir percé à jour les vanités de la possession, je m'engageai dans la recherche, j'y ai consacré des années, œuvré plus qu'un cloporte dans une stalle bénédictine. Dans la connaissance de la peinture — du moins de l'italienne — grimpant aux faîtes de l'archive, je suis parvenu à tous les sommets, de Berenson à Longhi, de Palluchini à Zeri, jusqu'aux marchands de cartes postales. Garde-toi de pousser les tiroirs de ces classeurs, c'est prendre un risque que la menuiserie cède sous le poids. Tels ces bataillons de fourmis attelés à un brin de foin, je croyais avoir contribué au gros œuvre. Pauvre niais, il m'en a fallu du temps pour m'en convaincre. Moi disparu, salut ! Métaphore de l'impossible, château de sable de la connaissance, tant en ces domaines tout bouge si vite et en tous sens ; ce qui hier était reconnu comme Rembrandt, ce matin s'éveille Nicolas Maes pendant que sur cette toile qui croupissait dans un petit musée de l'Indre, prise jusque-là pour une œuvre mineure du Français Verdier, un chercheur démontre qu'il s'agit bel et bien d'un Poussin. Que je te raconte tout ça, c'est bien signe que ma fin est proche, ou que je t'aime plus que cette dalle en obsidienne qui pendant tant de siècles a recouvert la dépouille de Poppée, si célèbre par ses mœurs dissolues.

— Tout comme moi, dit Catherine, sur laquelle finalement vous ne savez rien, sinon quelques bribes.

— Ton côté canaille...

— Moi !

— Oui, ma chérie, pourquoi t'en défendre ? Je t'aurais connue plus tôt ; je t'aurais élevée, dressée, poule faisane qui ressemblerait si fort à son papa, qui marcherait sur ses pas, qui continuerait ses entreprises. Ta fascination pour l'argent, ça ne trompe pas. Un compte à Genève, déjà conséquent, qui depuis trois ans ne cesse d'enfler. Inutile de froncer les ailes de ton nez ; tu ne croyais tout de même pas que j'allais te recevoir, t'ouvrir un crédit d'amour, sans en savoir plus. De ces renseignements dont je peux avoir besoin, mais dont rarement je fais mauvais usage. Des banquiers suisses, ma jolie, il y a là de satanés collectionneurs, quelques-uns je les tiens par la barbichette. La maffia de l'Art, un jour je t'en dirai plus. Au Collège Marano, les études sont plus longues qu'au grand séminaire ! Patience ! »

« Deux ou trois églises par jour, ça suffit, dit Marano. Ces Aniello Falcone, ces Pittoni, ces Sacci, tour à tour tu les humeras, tu les mangeras du regard, ce n'est pas toujours aisé, tant souvent les toiles sont haut placées, et les lieux où elles reposent, pour la plupart plongés dans la pénombre. Ton passé de restauratrice et ton œil qui sans autre recours traverse le vernis, repousse les enduits, le chanci, la crasse, les embus, les repeints seront tes auxiliaires, d'autant que dans la Ville sainte, depuis vingt-cinq siècles on ne jette rien, à la rigueur on oublie. »

Le soir, sa quatrième tasse de thé avalée — il fallait ça pour tenir éveillé le vieil homme —, tout en jacassant il prit la main de Catherine :

« Tu m'enchantes, trente ans de moins, et je t'enlèverai. Trente ans... » son visage s'assombrit, « ce n'est pas assez, disons quarante, et n'en parlons plus. Je nous vois... complices... à Vérone, en voyage de noces ; devant les portails de San Zenon, tu ferais le guet et moi pendant ce temps-là, je détacherais du vantail la troisième plaque à droite. Depuis mon enfance, j'en suis fou. »

Catherine était là depuis une quinzaine, pourtant à aucun moment elle n'éprouvait cette gêne que l'hôte peut ressentir en demeurant au-delà du week-end où il a été prié, tant elle respirait bien ici, tant elle sentait chez le vieux monsieur de la contrariété à l'idée qu'elle s'en retournât.

« Parle, raconte, ta famille, le Nord. » Sur le personnage de César, il entendait que Catherine en dît toujours plus. « Téléphone à ton père, soulage ta mauvaise conscience. » Il a vite deviné qu'elle pouvait bien la chatouiller. Que plus souvent qu'il ne fallait, Catherine se demandait ce que César pouvait encore bien fricoter.

Ce matin, en chemin pour aller entendre la messe à Saint-Louis-des-Français, la promeneuse s'égara ; lorsqu'elle arriva à l'office, le prêtre donnait la communion ; elle prit son rang, ferma les yeux, la bouche grande ouverte ; alors il lui sembla que l'hostie avait ici un petit goût de pêche. Un peu celui que le barman verse à Venise au *Harry's Bar* dans le verre glacé à point.

« Champagne et pêche, lui avait dit Marano, du Bellini, je connais la recette, plus un soupçon de citron. Pas trop de glace. » Marano, ne serait-il pas l'ultime desservant du diable qui secoue le shaker façon cinéma 1925 ? « Tu aimes ? Un second ? » Il avait embrassé Catherine sur une joue puis, sur la pointe des pieds, avait esquissé un mouvement ; oserait-il glisser jusqu'à sa bouche ?

« Pas dupe le Romain ! Gîte d'étape, ma jolie, voilà ce que je dois me contenter d'être pour toi. Un service en valant un autre, comment n'aimerais-je pas cette espèce rare de demoiselle, berceuse des derniers jours de l'homme. Regarde le Moravia qui vient de convoler avec une gamine de vingt ans. Je sais, à cet âge, si les forces sont réduites, du moins s'il a été un bon amant, il pourra toujours entrouvrir l'album aux souvenirs : tendresse et reconnaissance ; mais ce genre de sentiments, je soupçonne tes compatriotes de n'en avoir guère à offrir. Les Français, je ne les aime guère — jusqu'à leurs penchants politiques, vivraient-ils mille ans, ils sont assis dessus, rivés : toute leur existence de droite ou inexorablement de gauche. Nous autres les Italiens, nous avons été tour à tour royalistes, futuristes, fascistes. A la Libération, je me suis surpris saluant poing fermé ; depuis quelque temps, je penche à nouveau vers la démocratie chrétienne. Socialiste ! Il y a tout de même une limite : je laisse ça à tes compatriotes, des bêtes de somme. A Rome, au dire de Tacite, le mulet gaulois faisait florès, pas toujours des mieux tenus ; ainsi Trimalcion, grand consommateur de garçons, avait-il écarté les jeunes Celtes les prétendant, de plus, dépourvus de bonnes manières. A l'instar du Romain, je préfère mes compatriotes.

— Jamais une dame ?

— Pas entièrement de mon fait, j'ai fait des efforts. Si d'aventure j'en avais trouvé une, j'aurais volontiers cédé... si évidemment la nature l'avait faite comme un garçon. Enfin, tu vois ce que je veux dire ! Mais ce sont là propos de fin de souper. A quatre-vingt-deux ans, comment vas-tu me juger ? »

Neuf heures — Marano tient à porter le plateau qu'il a lui-même garni : un double couvert, le thé avec ses tasses et ses verseuses en Meissen décorées vers 1720, portant la marque de Drehars, le *panettone* confectionné en cuisine, et coupé au rasoir. Le jus de fruits servi frais dans des gobelets en céramique de Naples.

Comme il s'abstenait de frapper, que Catherine ne manifestait nulle gêne — peut-être surpris, attendait-il quelques observations — il lui dit : « Tu appartiens à l'espèce des dames qui, nuit et jour sur le qui-vive, demeurent toujours prêtes et proprettes. J'aime ton naturel, se faire prendre au pipi ! Je croyais qu'il n'y avait que les Italiennes pour baisser culotte avec tant de simplicité : Signe de race ! Mes sœurs — j'en avais sept, Esmeralda, Carlotta, Marina, Diamante, Maria, Francesca, Valina —, c'était à qui, sans attendre, effacerait la culotte, et Francesca, la plus sublime, à Florence sur la place de la Seigneurie, en plein midi, je l'ai vue lâcher son eau entre deux voitures. »

Le visage de Catherine est celui d'une bien jolie dame ; durant la dizaine d'années que nous allons, dorénavant, vivre avec elle, les traits se feront plus charnus, plus délicats, dirait le gourmet, les expressions du début demeurent apparemment les mêmes, celles d'une personne à son aise, non seulement dans son milieu, mais dans le « monde » ou plutôt dans tous les mondes. Le masque de pureté s'est peu à peu effacé. A l'expression de douceur du début a succédé celle d'une certaine dureté ; sans d'ailleurs qu'elle ait fait la moindre chose pour la contenir. Au contraire, comme si, désormais, de nouveaux sentiments étaient plus compatibles avec son état.

Une agitation également dans certains comportements : ainsi, à force de trafiquer des choses dont pour certaines on tente de découvrir l'âge, s'affinerait le sens du temps. De sa fuite !

Imaginez sa stupeur... lorsque de retour d'Italie — son séjour avait duré près d'un trimestre — elle retrouva là un spectacle qu'on ne lui avait plus donné depuis son adolescence, des ifs plantés et taillés, de l'herbe drue, des plants de rosiers frais et secs, de la terre brune, — de cet humus que l'horticulteur distille par sacs et à prix fort ; jusqu'aux arceaux de soutien sortis hier de la forge.

Du haut du perron, le geste large, César l'invite à le rejoindre. Elle grimpe, il descend, lui prend le bras, se retourne vers le parc :

« Alors ?

— Est-ce possible ? Et en si peu de temps !

— Depuis six mois, je négociais l'opération avec Prévosteau. On a tout préparé, attendu le meilleur moment. Pendant dix jours, on a eu jusqu'à six jardiniers — un tour de force. Ça te plaît ?

— C'est encore plus beau que du temps de grand-père.

— Je te préviens, ça va coûter cher. J'avais bien demandé des devis, insisté, mais tu sais ce que c'est... d'autant que j'ai exigé que tout soit cultivé, bordé, pour fêter ton arrivée. »

Encore une heure avant la chute du jour. Au bras l'un de l'autre, César et Catherine foulaient et refoulaient les allées recouvertes de gravier. N'eût été l'absence de Marie, jamais endroit ne leur eût paru aussi aimable.

« Et la maison : ses boiseries, les marches du grand

escalier, les rampes, le parquet à la hongroise, tout ça reluisant comme au premier jour. César, tenir une bicoque ! En cuisine, Odile me donne des cours : beurre blanc, béchamel, mayonnaise. Ma vraie vocation, honorable valet toutes mains, et pour la mécanique j'en remontrerais à quelques-uns. La Maserati, l'ultime cadeau de ta pauvre maman en 51, ronronne aussi voluptueusement qu'au premier jour. De temps à autre, je la sors. En ville, quelques-uns même me donnent encore du " bonjour patron ". »

Le couvert est mis dans le grand salon, des asperges vertes, des petites côtelettes et un sorbet au cassis, Mademoiselle les aime. On dînera à huit heures.

Catherine allait mettre un pied dans la baignoire lorsque César passa le nez, « Tu permets », et de s'asseoir sur le tabouret recouvert de tissu-éponge. Décidément, se dit Catherine, ma vraie vocation ne serait-elle pas de mimer des tableaux vivants pour mes vieux messieurs.

Il exhibe un papier : « En ce qui concerne le jardin, il faudrait peut-être que tu envoies un acompte. Ça me peine, mais c'est un peu de ton fait, il fallait l'abandonner cette bâtisse désuète et laisser choir la vieille carcasse que je suis. Je croyais pourtant t'avoir donné un bon conseil : ne pas travailler ; on n'a pas été mis sur terre pour ça. Tu aurais pu demeurer peinarde, faire un peu de peinture ; au lieu de ça, tu cours le monde, tu t'énerves, tu téléphones. Total, tu as maigri, de visage pas trop, mais du côté des seins, le gauche surtout.

— J'ai déjà entendu ça !

— Dis-moi, de tes jeunes années, que fais-tu ?

— Demande plutôt qu'en ai-je fait. Tu ne me vois pas pousser ; dans quelques mois, les trente ans.

— Et puis, vivre aux crochets d'une jolie personne, de sa fille. Jusqu'à présent, dans nos familles ça ne se faisait pas. A ce propos, j'aurai bien deux ou trois questions à te poser : par exemple, tout cet argent ! Tu diras que ça ne me regarde pas.

— Tu voudrais bien savoir. Je vais te le dire : je fais des affaires, j'achète, je vends. C'est plutôt simple !

— Ça consisterait à acquérir pour pas cher ce qui vaut des mille et des mille.

— Pas toujours aussi évident : il m'est arrivé d'acquérir pour mille et de revendre cent ; rude apprentissage qu'on fait sur le tas, et sur le tas il y en a qui jettent leurs ordures.

— Tu fais des coups, quoi !

— N'est-ce pas ce que vos associés, vos cousins, vos amis n'ont cessé de faire ? Question d'appellation, c'est bien ça ! Chez vous, c'est la laine, le coton, le sucre, la betterave, la mine, moi, ce serait plutôt le bronze de Moderno, le croquis de Fragonard, un cavalier de Delacroix, avec cette différence qu'une chevauchée peinte à l'aquarelle, c'est tout de même plus joli qu'un fût de mélasse, et puis question morale : chez vous une erreur de gestion, ça peut mettre mille ouvriers au chômage ; moi ! si j'ai acheté pour authentique une *Chute d'eau* de Courbet peinte finalement par Patta, ça n'engage que mon magot ; pour mes messieurs ça aussi tu voudrais bien savoir, mes aventures... Entre nous, ce n'est pas la fête ; plutôt des passades qui me laissent le lendemain un goût d'amertume, celui qu'exhale au matin — à la sortie du lit — le petit noir, sans sucre, avalé au bar ; réveil qui peut m'apparaître alors plus sec que la croûte du croissant abandonnée sur le comptoir. Ce n'est que la deuxième tasse avalée, la pâtisserie effeuillée — comme on arrache une feuille à l'artichaut — que je renais à la vie. Parfois à onze heures du matin, lorsque les cloches de Notre-Dame-de-Lorette se mettent à carillonner, il me vient des idées de famille... des enfants.

— Peut-être sera-t-il un peu trop tard.

— Tant pis ! »

Et si Catherine plutôt que d'aller dîner aux chandelles avec l'Italien du jour, le premier qui a téléphoné, à la conversation plus plate que le ravioli — déjà un soupçon de ventre, comme s'il était garni de la même farce — préférait s'enfermer dans son atelier et doucement, débarrasser de son vernis marronné par le temps ce primitif aixois avec lequel depuis des heures elle se mesure : du vernis devenu plus dur que le parmesan que, sur des *penne* cuites *al dente,* Marano se plaît à disperser.

Au téléphone c'est Rome. Le revoilà ; il n'a pas dormi ; il s'inquiète. La mort rôde, il la sent. Pourtant à l'entendre elle ne lui causerait aucun trouble. Mort, affirme-t-il, il ne serait pas malheureux. Reviens, Catherine, j'ai encore des choses à te dire.

Cella l'attend à la sortie des voyageurs.

« Monsieur n'est pas tellement bien, il se parle à lui-même, de longues conversations à haute voix. C'est nouveau ça.

— Que dit-il ?

— Il laisse pourtant les portes ouvertes, à croire que c'est la messe, il parle en latin. »

Il a maigri, ce qui ne convient guère à cet ancien petit gros, il s'emmêle dans les plis de sa houppelande, il prend Catherine dans ses bras : « Fillette, j'ai peut-être une grande affaire pour toi, on va la faire ensemble. Tous les deux on va encore rire. »

« C'est pour Monsieur, ça vient de l'étranger. »

Tendant l'écouteur à Catherine, il lui glisse : « C'est l'Arizonien. » Pendant vingt minutes, ces deux messieurs échangent des aménités entrecoupées de « Très cher Lucius », « la vie est courte », « les biens de ce monde sont choses factices », « à quoi bon, de toute manière avant dix ans, l'un et l'autre seront réduits en poussière ». « Possible, mon très cher ami Marano, mais c'est la plus belle inscription de ma collection.

— Si en contrepartie, je vous offrais ma grande aquarelle de Cézanne : de l'avis général, une pièce superbe. » Il raccroche — il regarde Catherine.

« Ce chien, uniquement pour m'embêter ; me refuser son inscription lépontique découverte dans le lit du Pô : une rareté ! Par méchanceté, sous prétexte que jadis je lui ai soufflé sous le nez le grand vase de Mycènes aujourd'hui chez Getty, il n'en veut pas de mon aquarelle de Cézanne, eh bien, Catherine, je te l'offrirai, je te la léguerai. Ce pousseur de merde, qu'il crève, et le lépontique je l'achèterai à sa vente. Ce maniaque, que depuis bientôt trente ans je pratiquais sans d'ailleurs jamais l'avoir rencontré. Pourtant, à plusieurs reprises il m'avait invité. Sa galerie d'antiques, une des plus belles, une des plus superbes des U.S.A. dessinée par Peï, comme s'il était agréable de voir la beauté illuminer le visage d'un rustre. En 1980, je me décidai. Avant de pénétrer dans son antre, son secrétaire me fit signe : " M. Lucius souffre d'une curieuse malfaçon du larynx, il rote ; la première fois ça surprend, d'autant que ça peut le saisir au détour d'une phrase. Que cela le reprenne, de grâce n'en laissez rien paraître. "

« L'antre ! Ou plutôt une immense grotte avec partout des courants d'eau rompus par des stèles de marbre, de porphyre, d'airain, un de ces chichis ! Imagine ça au cœur des U.S.A. A Fountain Hills, et lui, sautillant, barbe de bouc, un peu la tête qu'à la fin de sa vie s'était faite Robinson, l'acteur, le même air rusé ; et nous deux, de nous prodiguer mille amabilités, jurant à l'autre que ce qu'il possédait était de très loin inégalable. J'avais apporté une série d'ektachromes, des inscriptions surtout de Mésopotamie, des pièces qui pouvaient le tenter, qui pour moi avaient perdu de l'intérêt parce que trop usées ou déjà publiées. Chaque document, il le couvait des yeux longuement, me signalant là une éraflure, ici une restauration, d'après lui affligeante ; finalement, il jeta son dévolu sur quatre pierres phéniciennes. J'en demandai cent cinquante mille dollars.

« Pas question ! A l'entendre, un courtier lui aurait proposé la même qualité pour soixante-dix mille dollars. Et soudain, sans prévenir, tel à l'heure de la sieste un feu de mortier sur des combattants, il lance une série de rots, mais des rots incoercibles le laissant sans voix, hoquetant ; certains ont affirmé qu'il s'agissait là d'un truc visant à désarmer l'interlocuteur, peut-être même à céder sous l'empire de la pitié. Voilà, chère Catherine, à quoi tu t'exposes, rencontrer jusqu'à des mangeurs de pierres. A dire vrai, nous autres sommes encore plus fous que les fous de la planète. »

Catherine le regardait : « Fou ! mais quelque part plutôt heureux.

— Peut-être », dit-il.

A la Villa Médicis, sont exposés quelques dessins de Canova — de ceux du début — morceaux d'Académie, forts, bien rendus, mais trop « propres » pour mettre les sens en émoi.

« Canova, ce n'est pas pour les Français, incapables de discerner là le poids du mystère ; là où Michel-Ange semble, pour un instant, surprendre les secrets de la création, vous ne voyez que corps dénudés. Canova, il y a plus de sensibilité chez lui que chez le Bernin : pas étonnant qu'il se soit si bien entendu avec ton Bonaparte. »

Catherine bâillait.

« Je t'ennuie ? Moi aussi ce matin je broyais du noir jusqu'à ce qu'Antonella, du marché, rapporte des cèpes ; ce soir nous les aurons en salade, mélangés à la truffe blanche et servis avec un soupçon d'huile d'olive et du gros sel. Demain, nous souperons avec Fellini. Il nous montrera des rushes de son prochain film. Mais pas un mot, en période de montage, à la moindre réserve il montre les dents. »

Ils déjeunèrent à Tivoli. Au deuxième expresso, Marano dit : « Décidément, ça n'a pas l'air d'aller ; le rose te descend des joues. Débarrasse le plancher, retourne chez tes Gaulois dont César — pas le tien, mais l'autre — disait qu'ils étaient si rustres, qu'en guise de sièges ils usaient de bottes de paille serrées et coupées à la hauteur du bassin. Économique ! Rien d'étonnant, avec tout ce qu'ils ont mis de côté depuis le siège de Gergovie, qu'ils passent le plus clair de leur temps à amasser des sous et à les compter.

— Mais, que je sache, sesterces, ducats, vous ne les refusez pas. Mon Pannini, par exemple.

— Quel Pannini ? Ce chantre des entrepreneurs ne m'a jamais passionné. Pannini, répéta-t-il. Mais de quoi parles-tu ?

— Du mien.

— D'abord, Pannini ou non, il n'est plus à toi. Puis autant que je le sache — je l'avais d'ailleurs bien recommandé à Setton — le nom de Pannini n'est jamais sorti de sa bouche ni évidemment de la mienne, s'il a été prononcé c'est par toi. Né dans ton imaginaire. C'est fréquent dans nos milieux.

— Vous voulez dire ?

— Que pas un instant je n'ai cru qu'il s'agissait de Pannini. De lui, cette toile, jamais !

— Et pourquoi donc l'avez-vous acquise ?

— Parce qu'elle a été peinte par Visentini — le nom ne te dira rien — Visentini compatriote et ami de Canaletto, mais à la sensibilité si différente : aussi grand graveur que bon dessinateur il a vécu près de cent ans. De lui, on possède peu de toiles sinon l'admirable série vénitienne tenue secrète jusqu'ici dans un palais de la ville. A l'époque, Joseph Smith, consul anglais mais courtier dans l'âme, avait réussi à établir un véritable pont entre Venise et la Grande-

Bretagne; son ambition : faire de Londres un lieu privilégié pour les peintres vénitiens. De Visentini, dont il estimait le talent, il ambitionnait de posséder une toile, la dernière d'une série exécutée vers 1740 pour le Palazzo Contarini — la plus belle et que l'artiste garda jusqu'à la fin de sa vie. Ensuite, où alla-t-elle, mystère ! Peut-être s'agit-il de celle qui fut vendue en 1831, dans une vente assez obscure à Valenciennes sous le nom de Canaletto. Un coup de chance, en marge de la notice éditée à l'occasion de cette dispersion — exemplaire unique que je possède — figurent les dimensions (207 × 320), à deux centimètres près de celles des œuvres de la même série ; il y a bien des chances pour que celle que tu m'as si aimablement cédée soit bel et bien un Visentini. Alors que des Pannini il en passe en vente trois ou quatre, chaque année, des Visentini — du moins de cette qualité, de cette importance — jusque-là, je n'en avais jamais rencontré. Méconnu, en dépit de son talent ; Visentini n'est même pas cité dans l'excellent dictionnaire de Michel Laclotte, une Fondation me le payerait n'importe quoi ! du miel pour ces guêpes. A peine ici depuis deux mois, on m'en offre un million cinq cent mille dollars.

— Et sur le dos de sa " nièce " Catherine. C'est pas beau ça.

— Ainsi le métier rentre, ma chérie. Dorénavant, et jusqu'à la fin de tes jours, au seul nom de Visentini ton petit cœur tressautera ; de plus, je ne t'ai ni trompée ni menti. Je te le répète, aucun nom n'est sorti ni de ma bouche ni de celle de Setton. Pourtant, mentir ! Tout ce que j'aime ! » Il demeura un long moment souriant, silencieux. Il reprit : « Je n'avais pas six ans que mon père prétendait pénétrer mes pensées. Je me taisais, il me traitait de renfermé, d'imbécile : un enfant qui ne dit rien n'a rien à dire. Mes parents revenant volontiers sur le sujet je pris le parti de raconter des craques, certaines des plus belles. Eux, enchantés, et moi bien heureux de leur donner de ces satisfactions. Mes petits trucs, je les essayais d'abord sur ma mère, une Bolonaise — la ville de la péninsule où naissent les plus dégourdies —, pas question de lui raconter n'importe quoi, et à tout propos : ainsi, préoccupée par mes intestins, je choisis d'entretenir la méfiante de l'état de mes selles.

Aimant tout contrôler par elle-même, à huit ans, au matin de mon anniversaire, alors qu'on m'avait donné, en tout et pour tout, un livre d'images à colorier, mes bulletins scolaires n'étant pas des meilleurs, je prétendis que je n'avais rien à exposer. Constipé ! Le pot vide. En fait, ce matin-là, en place d'aller sur le mien, mes petits besoins — du moins une fraction —, j'allais les pousser dans le déversoir de mon frère, le reste dans celui de ma sœur. Afin qu'ils ne s'étonnent pas — j'étais l'aîné — en secret, je confiais à l'un qu'il s'agissait d'un témoignage d'amour de l'archange Gabriel, à l'autre d'un souvenir de sainte Anne. J'aurais bien évoqué la Sainte Vierge Miséricordieuse ! Mais pour des motifs personnels, je préférais la laisser en dehors de tout ça.

— Et ce Visentini, où est-il ?

— Pas de souci, il est en bonnes mains. »

Dans le « milieu », à différentes reprises le nom de Catherine est prononcé, du moins le prénom, jamais le patronyme. Lors de la réception donnée au Laboratoire du Louvre, il a été question de l'intégrer dans l'équipe, mais impossible de mettre la main sur elle.

Elle vient d'achever un périple de deux semaines dans le Périgord, puis dans le Gers. De ses promenades, elle revient, des fiches emplies de notes. Avec ça peu de « souvenirs » ; à force d'être visités, tant de ces lieux ont perdu de leur mystère.

Au Château, César et Odile ont des instructions : Mademoiselle est absente, peut-être à l'étranger. Qu'on laisse un message, on lui fera suivre. Des clients qui continuent à lui faire confiance déposent là des toiles. Généralement, sans prévenir, Catherine débarque pour embrasser César. A l'atelier, elle travaille dur. La lumière est froide, plus belle qu'à Paris.

« Rue d'Aumale, tu as toujours ton appartement ? »

Elle dit oui, elle dit non.

Auch, Castres seraient ses derniers ports d'attache. Une maniaque du secret, ma Catherine. Après tout !

A Rome trois jours, à Bruxelles entre deux trains. A Leningrad, lors d'un colloque organisé en 1985 par les laboratoires des Musées soviétiques, on affirme l'avoir vue — un photographe l'a saisie alors qu'elle faisait le tour de la galerie au bras du professeur Souslov. Serait-ce la raison pour laquelle elle a dû attendre deux mois un visa définitif pour les U.S.A. ?

Si son nom ne figure dans aucun annuaire, en revanche elle siège au Conseil de la Fondation Dutheim ; et, à Londres, elle a le titre de consultante au laboratoire de la Courtauld. A Paris, elle aurait travaillé pour Jacques Andreu — pas un très bon papier —, c'est ce que prétendent ces messieurs de la rue des Saussaies. Nul, sinon son vieil ami, ne sait que ce jour-là, elle était de retour à Rome.

J'ai retenu chez *George's*, à deux pas de l'*Excelsior*. On sourit, on dit bonjour. Bizarre cette jolie fille, passe-temps pour un vieux monsieur aux activités aussi dissimulées que le pied du cèpe enfoui dans la mousse automnale.

A le regarder scruter une peinture, à écouter l'analyse, l'acuité visuelle s'affine, en même temps que le jugement de Catherine se fortifie. Sans parler de la cocasserie du Romain, de ses réactions si imprévisibles, de ses foucades, de ses sautes d'humeur qui permettent de découvrir, là, combien peuvent être complexes les mœurs et les mouvements de ces gens qui se mêlent de l'art : des conversations au téléphone qu'à sa vue il interrompt, des messages recueillis sur le bloc-notes, arrachés, froissés dans la poche de la robe de chambre. Au sous-sol qui occupe la superficie de quatre grandes pièces, ce ne sont que classeurs métalliques, rayonnages, armoires dans lesquelles sont suspendues — tels des vêtements dans de grandes housses — des radiographies par centaines. Comme ce matin on le demandait au téléphone, Catherine se hasarda, jetant là des coups d'œil. Il s'en revient, comme à son habitude, marchant sur de la ouate : « Regarde, ce n'est pas interdit ; ces radios ? Une habitude prise il y a longtemps, depuis qu'il a pensé à livrer les œuvres aux rayons X.

— Et mon pseudo-Pannini, par exemple, il est là ?

— Évidemment, analyse spectrale et tout l'attirail. Indispensable, j'ai trop de responsabilités. Engager une Fondation à investir des centaines de milliers, sinon des millions de dollars... » Marano s'arrêta un moment. « Un jour je t'en dirai plus à propos de mon Grand Œuvre. L'Occident chrétien n'a jamais été aussi menacé ; que les États-Unis cessent, soudain, de nous soutenir, qu'ils élisent à nouveau quelque Carter — cet imbécile ! — qui peut savoir... ? »

Soudain, cet homme rondouillard — apparemment le contraire d'un violent, loin avait-il semblé à Catherine des champs de bataille contemporains, repoussant l'Art encensé d'aujourd'hui à l'instar de l'aveugle qui de sa canne écarte l'obstacle — pouvait se révéler passionné.

« Que voulez-vous dire par là ?

— Un jour tu le sauras. »

# IV

## *Trop tard,*
## *Mademoiselle vient d'embarquer*
## *sur le Concorde de onze heures*

Depuis une petite semaine, Catherine est de retour au Château. Blouse blanche et pinceaux au poing, elle passe d'une toile à l'autre ; pas bien brillant tout cela, mais des instants de détente.

« Père, vous ne devriez pas grimper à tout bout de champ. Vous vous fatiguez. »

César s'essouffle. C'est par un de ces cheminements que connaissent bien les médecins que la mort s'approche de sa proie. Avec sa mère, tant l'organisme était usé, la fin était prévisible ; avec César, la meurtrière y met des formes ; un matin, c'est un état vertigineux, le soir une crise de tachycardie le tient éveillé. Des troubles de la mémoire : mêlant, au lever, le rêve à l'ordinaire. Hier, il a pris Odile pour Catherine. Qu'elle serve à la cuisine, ça n'avait pas l'air de le troubler.

Lui, malade ! Invention de cette vieille folle d'Odile. Allons plutôt faire le tour du jardin. Il cueillit une pomme, puis se traînant jusque sur le banc de pierre, il s'endormit. Catherine l'appela, le secoua doucement — en guise de réponse, de faibles gémissements, un peu ceux d'un nouveau-né. Un filet de bave coulait aux commissures des lèvres. D'un état qui ne dura guère plus de deux ou trois minutes, il s'éveilla, sans nul souvenir, comme jadis, une petite copine de classe de Catherine qui piquait des crises d'épilepsie en sortait quelque peu abattue, mais sans la moindre réminiscence de l'incident.

« Pas fameux, dit le médecin, ce sont peut-être là les signes d'une attaque avortée ; ces derniers temps, la tension est montée, pas très importante, tout de même : 17. Du calme, pas d'alcool, pas de tabac, quelques bêta-bloquants ; avec les beaux jours, ça pourrait s'arranger. »

Au téléphone, le Romain s'énerve, pas de reproches, sinon l'esquisse d'une saynète : on l'abandonne. Puis passant aux faits divers : il s'en passe des choses à Vienne ! A l'Albertina, un des conservateurs, un garçon auquel il a mis jadis le pied à l'étrier, lui a fait discrètement savoir que le musée est sur un coup : des panneaux qui dorment actuellement aux environs d'Innsbruck qui appartiendraient à une très vieille famille de cette bourgeoisie qui, déjà il y a des siècles, s'intéressait à l'Art. Il s'agirait de quatre peintures faites d'après les Jérôme Bosch du Palais des Doges à Venise. Le propriétaire actuel en demande une belle somme — mais finalement pour rien s'il s'agissait des originaux. « Tout peut arriver... Bosch a eu des élèves. Qui sait si les panneaux de Venise ne sont pas les copies de ceux-là. Tu files à Vienne. Les panneaux sont au laboratoire. Il te sera ouvert. Pas un mot : simplement, si tu trouves ça digne d'intérêt, tu fais la moue : çà et là, sur un détail, à propos d'un repeint, lâche un doute comme le poisson une bulle. »

Catherine hésite à partir. César insiste.

« Va, petite, Vienne au printemps, ramène-moi de la Sachertorte. »

A peine débarquée, un télégramme l'attendait. Elle devait, sur l'heure, reprendre le prochain vol. A la maison c'était fini ; le matin, Odile avait découvert César mort dans son fauteuil. Elle avait insisté pour qu'on le laissât ainsi, jusqu'au retour de sa fille. Il était là, tel qu'il était hier, il y a dix ans, ou il y a un demi-siècle, paisible, les traits plutôt goguenards, l'air de se foutre de la mort comme il l'avait fait toute sa vie, les doigts serrant un de ces illustrés où il est question d'amours princières, de moments souverains. César raffolait de ces unions aristocratiques.

Nous deux, on va veiller Monsieur. A trois heures du matin, Odile qui, depuis un moment, dodelinait, s'endormit. Catherine, sur la pointe des pieds, emprunta sur les rayons de la bibliothèque deux albums qu'à tant de reprises elle avait feuilletés, des photos incertaines, la plupart sans légende, tout ce qui restait des trésors qui, jadis, avaient orné la maison. Page après page, chaque document elle le scrutait pour bien se mettre en tête tout ce qui, autrefois, ici, avait fait merveille. Du regard, elle parcourut la pièce : si peu de choses demeurent ; demain on enlèvera jusqu'à l'enveloppe parcheminée de ce père rétréci par la mort, cireux comme un marbre de Nottingham, que ce matin, déjà raidi, il a fallu déplier.

César sommeille comme il devait le faire lorsqu'il passait la nuit avec une petite maîtresse. Homme élégant, il respirait à peine, de peur d'éveiller la dormeuse. Au réveil, il s'inquiétait : avait-il ronflé ?

La mort lui va assez bien : de même le beige un peu doux, passé, de cette vigogne dans laquelle il y a bien vingt-cinq ans à Londres à Savile Row on a taillé la veste ; César a toujours bonne façon, celle du clan, en ville, au Cercle ou aux messes de bout de l'an.

Repose, mon César. Il te gêne ce chapelet, tu n'as pas l'habitude. J'aurais dû plutôt disposer entre tes doigts, et sur ton cœur, quatre as et le Roi. Pour une fois...

En dépit de souhaits exprimés à plusieurs reprises, et respectés — l'annonce du décès ne devait paraître que le lendemain de ses obsèques —, la nouvelle s'est aussitôt répandue. César, on l'aimait bien; avec ça populaire. Au cimetière, une longue queue se forma, Catherine fit un signe : ainsi Odile, elle aussi, reçut les condoléances de ces gens qu'elle avait si souvent servis et jamais connus.

« Mademoiselle Catherine, avec ce temps, tu ne vas pas courir les routes.

— Pose là le plateau. Assieds-toi, Odile. Tu ne dois pas t'inquiéter, la maison, on la garde toi et moi. Je n'y reviendrai peut-être pas souvent. Qu'importe! On s'aime. » Elle décrocha le téléphone. Rue d'Aumale, ça sonna longuement. Rémy aurait été là, elle l'aurait prié de prendre sa brosse à dents, de sauter dans le premier train, mais sans avoir l'un de l'autre pris congé, on s'était éloignés. Décidément, Catherine serait la vie entière poisson rouge dans son bocal en cristal de roche, jusqu'à ce qu'elle tourne en vieille perruque.

A la fin de la matinée, le frère cadet de César se pointa, baisa la main de Catherine, regarda à droite et à gauche : il reste des bricoles, on ne les a jamais partagées. Pourrais-je disposer de quelques-unes, des souvenirs pour mes enfants? Il choisit ce qui demeurait de meilleur. Catherine, elle, se contentera du fauteuil où César s'était endormi.

« Mademoiselle devrait emmener Chardin. Lui jusqu'à la mort de Monsieur, d'ordinaire si propre, ne voilà-t-il pas qu'il va faire ses besoins dans sa chambre. Il va sur ses neuf ans.

— Allez, Chardin, saute. Dorénavant, tu seras mon garde du corps. »

Catherine erre, sillonne les routes, dormant dans des Relais de Campagne, dînant seule dans des trois-étoiles, évitant le regard des hommes, s'inquiétant tout de même à l'idée qu'ils ne la dévorent pas tous des yeux.

Une aventure, à quoi bon ! Recommencer et une fois de plus refermer le registre. Il y a déjà là un certain nombre de fins de chapitres, plutôt mélancoliques.

Un homme lui fait tourner le ventre, le trouble l'envahit. Défaisant les derniers boutons de sa robe, à son dos, il relate de petites histoires en bois de rose et de violette, façon de meubler le silence.

Elle se dit : Tiens, avec celui-là au moins ça va être gai. Une heure plus tard, ce n'est plus qu'une bûche : soliveau demeuré tout l'automne à la bruine, humide, incapable de reprendre feu.

Elle appelle Rome : « Dois-je retourner à Vienne ?

— Inutile. Le nécessaire a été fait...

— Lequel ?

— Je t'expliquerai, dit Marano. De toute façon, j'arrive. L'exposition des peintres napolitains au Grand Palais m'intéresse. A Roissy, viens me chercher. »

Le soir, les deux dînèrent chez Taillevent. Il commanda une fine. Le verre il l'éleva, le reposa, le repoussa, bâilla.

« Me rendrais-tu un service ? File à Londres, arrête-toi quelques instants chez Colnaghi. On te confiera une enveloppe, des photos. De là, pars pour New York. »

A Londres, comme elle se dirigeait vers la file des taxis, un homme s'approcha.

« Mais c'est... mon ami, Setton.

— Eh oui, vous ne voulez toujours pas de ma main. Ravi de vous voir. Trop rapidement ! Inutile d'aller jusqu'en ville, la circulation est bloquée ; des grèves ! Voilà l'enveloppe. Votre *Concorde* s'envole dans deux heures. Je dois vous dire au revoir. » Il haussa les épaules, l'air de dire : j'eusse préféré rester avec vous dîner.

Six heures plus tard, la Rolls de M. Hammer attendait Catherine à la sortie de John F. Kennedy.

Ses valises défaites, elle n'aura que sept blocs à remonter. L'appartement de l'ancien confident de Lénine toujours estimé au Kremlin est tendu de bois sombre. Sur le bureau elle étale quelques photographies.

Mantegna ! Dans le temps présent le dernier à vendre. Infiniment plus beau que celui découvert en 1985 à Marseille. « Prenez votre temps, dit Catherine, quinze millions de dollars. Vraiment pas cher ! Je souhaiterais votre réponse avant d'embarquer demain sur le *Concorde* de onze heures. »

Elle consulte sa montre. Je file. Elle a rendez-vous avec Malcolm Forbes, propriétaire du *Forbes Magazine.*

« Encore un peu de vodka, mademoiselle ? Le *Concorde* se pose dans quarante-cinq minutes. »

Depuis la mort de César, Catherine tourne en rond, elle vit de plus en plus rue d'Aumale, seule ; Rémy, il y a quelques jours en fin d'après-midi, elle l'a aperçu à la terrasse du *Flore* en compagnie d'une fille de couleur. Ravissante, visage farouche, en même temps familier. Catherine cherche, jusqu'au soir où la créole apparaît sur l'écran : ventre nu, épaules rectilignes, se balançant au rythme d'un café-café.

« Alors, tu fais dans l'épicerie exotique : trop de café ça va te tenir éveillé.

— C'est bon pour l'écriture.

— Tu vis avec elle ? »

Il élude, se dérobe.

« Et César ? dis-moi, a-t-il souffert ?

— Du fric, en as-tu besoin ?

— Pas précisément, Gallimard a décidé de parier sur mon génie.

— Alors, à plus tard. Viens, Chardin, ce monsieur pourrait bien te chiper ton sucre. »

« Tu dois t'ennuyer toute seule au Château ?

— M'ennuyer... » dit Odile. Elle répète le mot, elle ne doit pas en connaître la signification.

« Toute seule comme ça.

— Ça a toujours été mon état. Seule. Ça m'a plutôt convenu.

— Jamais d'homme dans ta vie ?

— Si, mais il a été tué en 1940. Et puis bien sûr ! Monsieur César.

— Tu veux dire quoi ?

— Ce que j'en dis, qu'il a été mon maître. A propos, je suis allée chez le notaire, le même que pour vous autres, le fils Jacquot, j'ai fait mon testament. Je n'ai personne, pas même des neveux, alors, tu auras tout, pas grand-chose pour toi, mais tout de même, je n'ai jamais rien dépensé, ça te fera un peu pour tes cigarettes. »

Hachette s'impatiente. « Je vous avais prévenu, dit Catherine, la tâche est immense, il me faudra bien deux ans pour en terminer, sans compter les demeures dont les propriétaires se refusent à ouvrir leur porte : discrétion héréditaire et souvenir de l'impôt sur les grandes fortunes. Irréductibles ! Tel le châtelain de La Haye-Bernard, une demeure sublime où Louis XIII a habité, qui, poliment et fermement, m'a envoyée promener : après tout, si vos gens ont envie de voir de belles choses, qu'ils courent au Louvre ou à Versailles. » Et de conclure : « Il y a là bien plus à voir que chez moi. »

Catherine tâtonne, passe d'un département à l'autre — on pourrait presque imaginer un grand jeu de Monopoly. Qui veut m'acheter : Chambord pour mille points ou Parthenay au cœur du Gâtinais pour le quart.

Elle court..., le val de Sèvres, Melle et le pays mellois, la plaine de Thouars, des demeures admirables comme Ébaupinay ou le singulier château d'Oiron ; au passage, elle franchit les seuils de tant d'églises romanes blotties — heureuse de pérégriner — entre la Charente, la Vienne, le Maine-et-Loire, la Vendée. Catherine imagine qu'elle pourrait se perdre, se rencogner là pour toujours. Un homme, pas d'homme. Le trouverait-elle, celui-là, ardemment elle l'aimerait, mais il n'a ni forme ni visage. A certains moments ça l'inquiète, à d'autres ça la rassure, pas d'envie — sa vie serait-elle à l'image de ces fermoirs de bracelets qui, à force d'avoir été manipulés, usés, n'accrochent plus, jusqu'au soir où la blouse ôtée, on constate la disparition.

Château de Larvajac, monument historique, visite de 3 heures à 6 heures, sauf le mardi et le mercredi.

Rue d'Aumale, quelques messages : Si tu ne fais rien ce soir, nous donnons un dîner pour Styron. C'est toujours amusant chez les Bourgois. Rendez-vous rue de l'Université à vingt heures trente. Visages nouveaux, d'autres voix, l'occasion !

Elle endosse cette blouse de Saint-Laurent qu'elle n'a encore jamais portée. Un quart d'heure devant son miroir ; de ses yeux, qu'elle juge un peu trop petits, elle augmente l'orbe et les lèvres, elle les ourle jusqu'à les retrousser, joli travail de restauratrice.

Pourquoi Christian Bourgois, ce soir-là, tourna-t-il devant Catherine les pages de la maquette d'un prochain ouvrage : des lettres jusqu'ici inédites de Balzac, avec une bien jolie préface de Félicien Marceau ?

« Pour vous, Catherine, qui aimez la peinture, il y a là deux lettres assez piquantes, révélatrices du penchant du romancier pour l'art italien. Celle-là datée de 1828 particulièrement comique où il écrit à Laure, sa sœur chérie :

" *A ta porte, ma chère, à quelques lieues de chez nous, à la limite de la Touraine, j'ai découvert une mine de chefs-d'œuvre, 300 tableaux, peut-être plus encore. Tout ça entassé chez un Livry. Nodier m'en avait déjà parlé. Ça fait tout de même une drôle d'impression de se retrouver soudain à côté d'un Colonel dont le nez t'arrive à la hauteur du nombril. Privé de jambes... avec ça fort civil, qui parle joliment à l'ombre de sa grosse épouse, une de ces femmes qui, chaque fois qu'il l'a fallu, ont donné une nouvelle image de nos héroïnes. Et son bonhomme d'un coup de main, elle te le redresse. Il supporte encore mal ses deux jambes artificielles ; tout de même, il a tenu à nous faire faire le tour de sa maison, nous entraînant de pièce en pièce, claquant ses semelles de bois et de fer sur les sols de marbre, et les parquets en point de Hongrie, parlant si bien de tout ce qui est suspendu sur les murs. Je m'y connais assez bien en peinture, et si tout n'apparaissait pas ' da prima cartello ' du moins, je puis t'assurer que, j'ai cru reconnaître là un Luini, ici un Ribera et deux ou trois madones que Raphaël aurait bien pu bénir. Nous étions là une dizaine, des hobereaux du coin : un Marquis de Villeneuve bien crotté, la veuve d'un Général destitué après les Cent Jours. A l'occasion, attrapant mes cliques et mes claques, je retournerai bavarder avec cette portion d'aristocrate et sa grosse épouse. Si braves l'un et l'autre. "* »

« Des lettres de Balzac, de Stendhal, de Flaubert, prétend Bourgois, il n'y a guère d'années où on n'en découvre de nouvelles. Tout était prétexte pour ces graphomanes. A neuf heures, c'est à la maîtresse du jour, suit le banquier ; à dix heures faire prendre patience aux boutiquiers — correspondances souvent ardentes, qu'on pourrait bien tenir à l'égal de leurs romans, telles ces missives que Balzac écrit à sa mère, à sa sœur, aux antiquaires, admirables compléments à *La Comédie humaine* et au *Cousin Pons*. Et celle-là, Catherine, datée du 2 février 1829, sorte de paraphrase de la précédente adressée cette fois à Stendhal, son complice avide de toutes choses : opéra italien, toiles de Véronèse, Milanaises au regard d'obsidienne, vases étrusques exhumés du sol à quelques lieues de Rome.

« Écoutez plutôt :

“ *Monsieur,*

“ *Ceux qui hantent les petits chemins du Perche, pourraient bien croiser, poussé dans sa charrette par sa noble épouse, un certain Baron de Livry, glorieux débris de la Grande Armée. Je vous conseille la visite, car dans son Château situé à une dizaine de lieues d'Angoulême, il y aura de quoi vous consoler d'avoir parcouru à train d'enfer, ce chemin qui va de Paris à Marseille et puis d'avoir tant vomi les bribes d'un piètre repas avalé sur le quai, avant d'embarquer à bord d'un de ces vaisseaux de ruffians qui affirment que la traversée de Toulon à Civita Vecchia, tient du rêve — tout cela pour prétendre dénicher des restes accumulés par Fesch le Cardinal, le grand-oncle du Corse qui aimait la peinture comme vous, Monsieur, les Milanaises.*

“ *Militaire, le Baron comme tant d'autres à l'époque, embauché par l'événement, poussé par le goût de l'aventure, fasciné par Bonaparte, ajouter un aussi beau nom et une tradition militaire, faisait partie de cette cohorte de jeunes gens qui avaient 14 ans, lorsque le couperet tomba sur le cou de papa-maman.*

“ *Vainqueur, fêté, à force de courir de Potsdam à Schönbrunn, de claquer du talon devant Lannes ou Macdonald, le long de lambris où chatoient les Corrège, les Poussin ou les Véronèse, les vainqueurs, du moins les plus sensibles et les plus malins, s'en retournaient au pays, les fontes garnies de Sebastiano del Piombo, ou de Palma Vecchio.*

“ *Dorénavant, le Baron vit au chaud, caressé par une femme sereine et belle, admiré par quatre fils qui n'ont d'autres occupations que d'entretenir l'artillerie de l'éclopé, car le colonel Baron, vissé dans sa charrette, l'hiver affronte le sanglier, et l'été s'emploie à remettre de l'ordre dans toutes ces choses belles que ses ancêtres et lui ont réussi, tout au long de leur vie, à recueillir.* ” »

Deux lettres qui, depuis qu'on les lui a lues, obsèdent Catherine, d'autant que bien vite, grâce à la tante Yolande, elle en sait plus. Yolande, tante à la mode des familles élégantes, petite personne au visage éternellement juvénile, préside aux destinées des Vieilles Demeures françaises. Sur le patrimoine, sur la plupart des châteaux, Yolande a des fiches : Livry ! elle connaît, toujours debout, en bon état, la bâtisse construite un peu de bric et de broc de Louis XII à Napoléon III.

Sur le propriétaire lui-même, elle ne sait pas grand-chose, sinon qu'il assume l'entretien et tous les frais sans l'aide de la Caisse — plutôt rare pour les temps actuels —, genre hobereau paraît-il, doit être à l'aise avec six cents hectares de bonne terre, du blé, du seigle.

« Si tu le souhaites, Catherine, rien de plus simple, un coup de fil à Livry, il a été un moment le danseur d'Anne, tout de même plus âgé qu'elle, bientôt la soixantaine, mais bel homme. D'un élégant ! »

Chardin ! cesse de me sucer les lèvres, je sais, elles sont grosses, des messieurs m'ont dit qu'ils les croqueraient bien, mais Chardin, tu n'es pas un monsieur, nos voluptés ne sont pas identiques. Allez, trotte garçon : sur l'herbe, pas sur le gravier. Trop tard ! Chardin, goguenard, d'un coup de reins s'est délesté et tout heureux, tourne bassin bas autour de sa crotte. Une tentative pour la recouvrir, sans conviction. Le gravier est si serré.

Que vont-ils penser les châtelains ? Je t'aurais donc si mal élevé.

Truffe à terre — il y a tant à faire ici — Chardin oscille de droite à gauche, un chat est passé par là, un chevreuil, un fumet !

Chardin, ici ! Le labrador fait le sourd. Ça sent si fort

— il aboie — le lapin ! le lièvre ! Elle siffle, il saute, place la tête entre les genoux de sa maîtresse, impossible de le tenir, tant le col est charnu et le poil dru et soyeux. Il s'arrête pile, se retourne, le temps de vérifier si Catherine le suit du regard ; sinon une vie de chien ne vaudrait pas la peine d'être vécue. S'il pouvait parler, il dirait de la belle Catherine qu'avec ses cheveux patinés médailles et ses seins taillés façon citrons d'Espagne, Moderno le Vénitien l'aurait volontiers fondue dans le bronze.

Vieux crétin ! Elle tend les bras ; d'un bond, Chardin saute sur sa proie.

Arrête, il n'y a rien pour toi sous ma jupe. Cochon ! Pas possible, dans une autre vie, un Monsieur Chardin aurait-il compté parmi mes amants.

Elle lui masse le front épais comme la croûte d'un pain de campagne rassis. Gentil chien, calme.

Les deux portes de la Porsche grandes ouvertes, Catherine, pieds au sol, assise de travers, écarte les jambes, happe la fraîche.

Depuis un moment, à travers le rideau de macramé, le garde observe cette fille, encore une excitée à chien. Une salope. Il va être deux heures, il enfile sa veste de velours, sous un pan il fixe sa lanière de cuir.

Catherine se dirige vers la double grille puis revient sur ses pas. Chardin, tu gardes la voiture, n'en profite pas pour mordiller le volant. D'un tour de clef, elle boucle les serrures. Au beau mâle à la toison abricot, assis sur le siège avant, elle fait un signe. Fini de plaisanter ! Mufle de veilleur de nuit, à qui s'approchera il montrera les crocs.

Quatorze heures ! L'homme ouvre les vantaux.

« On visite jusqu'à 17 heures, c'est 10 francs. » Au soleil, la masse des cheveux qui tirent au cuivre tressaute. Épars, des colliers — pacotilles chaneliennes — tiennent lieu de soutien-gorge. La jupe courte est fendue à mi-cuisse.

« Vous pouvez rentrer votre Porsche, mais doucement. C'est ratissé de ce matin.

— Je préfère aller à pied ; ma voiture, mon chien la garde.

— Un labrador ! Ça fait un bon chasseur si on s'en donne la peine. Le vôtre, vous me le confieriez, dit-il en tapant sur le manche du fouet. De ces petits rigolos, j'en ai dressé.

— Pas besoin, mon chien est intelligent.

— Les chiens sont tous intelligents. »

Catherine entrouvre son sac, l'homme en velours repousse le carnet à souches posé sur la table en menuiserie. Vous tenez à payer ? Il dit ça d'une voix blanche. Ne seraient-ce les lettres de Balzac, le château là-bas, qui semble avoir été rincé à l'eau de pluie, les ifs taillés à la parade, les deux pavillons au garde-à-vous, Catherine regretterait d'avoir enfermé Chardin.

« Je vous ai entendue parler à votre chien, un nom de peintre, c'est bien ça ?

— Vous connaissez les noms de peintres ?

— Celui-là, oui, on en a un ici, un ancêtre à Monsieur le Baron. Vous n'avez peut-être pas déjeuné, madame ou mademoiselle ?

— Si, dit Catherine, pas bien loin d'ici.

— Au village ?

— Dans une petite auberge. Je n'ai pas fait très attention. Le patron est sympathique.

— Vous avez dit que vous veniez ici ?

— Pourquoi ? Je n'aurais pas dû ?

— Que si, il nous envoie même des visiteurs. »

Catherine laisse un billet de cinquante francs et s'écarte de la table.

« Votre monnaie, madame.

— C'est pour vous, pour votre peine. »

La monnaie, le garde la couve des yeux, il n'y touche pas.

Catherine marche, le gravier est beau et chaque

caillou ciré par tant d'hivers et tant d'étés évoque pour elle ces parties de billes et les calots que l'on se disputait les jeudis après-midi avec les petits cousins. Ceux-là aussi envolés, disparus, des baisers par-ci, par-là, un soutien-gorge écarté, des petits jeunes. Fille de vieux. Un goût d'amertume la prend, et lui revient le café que sa mère lui conseillait d'avaler sans sucre.

« A droite, mademoiselle, ce mur en ruine c'est le reste d'un aqueduc antique. A ses heures de loisir, Monsieur le Baron creuse lui-même. »

Il y a dans ce paysage, ces ruines bien à propos, un côté Hubert Robert, du Romain à la française. Un joli motif. Dessiner ! elle n'a jamais le temps, un heureux tour de main, hérité peut-être d'une de ses arrière-grand-mères : Anna. Au grenier, Catherine a retrouvé des albums entiers : fleurs peintes, papillons, gouttes d'eau qui perlent sur des feuilles de hêtre ; d'Anna on n'a rien retrouvé d'autre : ni portrait ni lettres, rien ! Sur sa tombe, on déchiffre une date de naissance : « Janvier 1819 » — le lichen a poussé, il faudra un jour que Catherine fasse nettoyer le monument. A propos, reste-t-il une place pour elle ?

« Jeudi ! On ne sera pas nombreux, dit l'homme à la veste de velours : probablement, rien que vous et moi. Monsieur le Baron n'aime guère la publicité, mais, si quelqu'un demande à visiter, il autorise volontiers. »

Il y a plus de six cents mètres jusqu'au château. Il s'arrête, se roule une cigarette.

« Vous permettez ? » Elle sort de son sac un paquet d'américaines. Sur l'amadou il souffle. « Il n'y en a plus beaucoup des comme ça ! Vous permettez que je vous allume ? Vous logez par ici ? »

Elle esquive. Révéler qu'elle était encore à Paris ce matin pour venir ici précisément pourrait mettre la puce à l'oreille, couleur foie de veau, du garde.

« Monsieur le Baron a encore laissé la porte d'entrée entrouverte. Il est distrait, je le mets en garde mais autant parler à ma télévision. Il s'en fout. Il marmonne : de ça et du reste d'ailleurs. C'est le genre poète.

— Il écrit ?

— Par les temps qui courent, tout le monde est obligé, pensez, une bâtisse pareille, des bois, des prés, trois fermes, ça demande de l'écriture. Il en fait, mais ça l'embête. »

Le temps, la mode se lisent sur la bâtisse : du Moyen Age à la Révolution on a dû s'y mettre à trois ou quatre fois, pour parvenir à ce semblant d'unité — avec ce péristyle Louis XVI, cet escalier à double révolution qui devait remonter au Grand Siècle. Dans la tour, on avait dû s'enfermer, attendre le retour des survivants de la neuvième croisade. Du granit sombre taillé au temps roman mettait en relief la broderie Louis XII qui encadrait le parvis.

Sur une banquette de forme arrondie recouverte en points de Saint-Cyr, Catherine déposa son appareil photo, son sac. « Laissez votre manteau, il ne fait jamais froid ici. Depuis Madame, on a pris l'habitude de chauffer dès que ça pince un peu. »

Le vestibule franchi — peint en faux marbre, éclairé par des fenêtres donnant sur le parc, plus larges que hautes, éclairage complété par une immense lanterne à grands panneaux de verre — on accède par trois ou quatre marches à une immense salle : la sensation de se trouver dans un hall d'exposition encombré par tout un aria mobilier qui devait remonter à des temps si anciens qu'on avait l'impression qu'en même temps que l'architecte avait élevé les murs, un metteur en scène l'avait suivi, n'arrêtant rien avant que les deux ne soient tombés d'accord ; de ces arrangements tels qu'on peut en voir sur les estampes gravées sous le règne de Louis XIII par quelque émule d'Abraham Bosse. A la fois, un sentiment d'unité renforcé par toutes ces consoles, ces bibliothèques, ces armoires, qui la plupart allaient de pair, et en même temps de la fantaisie due à la trentaine de fauteuils, de banquettes, de canapés dispersés çà et là, qui remplissaient dans ce décor le rôle de la ponctuation dans un excellent texte.

« Si vous voulez bien me suivre, la visite débute par le petit salon. » Ici, à l'inverse du joli capharnaüm de la galerie, l'unité de style l'emportait, tant chacun des éléments mobiliers paraissait avoir été dessiné, conçu et sculpté par le même ébéniste. « C'est tout Régence, mademoiselle.

— Si beau, si harmonieux !

— C'est le mot, mademoiselle, harmonieux. »

Catherine, habituée depuis son enfance à franchir tant de seuils, n'avait pas de mal à déceler que le convenu, le fabriqué n'étaient pas de mise ici, jusqu'au faux marbre traité avec cette liberté qu'on trouve volontiers dans les demeures romaines ou à Versailles, après que les Italiens eurent passé par là. Miracle que tout ait été préservé.

« La famille a logé ici depuis Saint Louis de père en fils ; même sous la Terreur, il n'est arrivé de mal à personne, le Monsieur d'alors, la Madame et les enfants, lorsqu'ils sont venus pour les traîner au Tribunal, au village on a fait le cordon. Pas toujours riches, comme on dit, mais toujours respectés. »

Catherine caressait du doigt le velours ciselé d'un fauteuil : l'impression que nombre de ces choses avaient été conçues, fabriquées dans le but seul de venir passer un moment d'éternité : celui des objets. Que tout était parfait, à sa place, sinon — Catherine ne pouvait se défendre de ce sentiment — que tout était un peu trop propre, que si le maître des lieux devait surgir, ça serait certainement habillé campagne, usé juste ce qu'il faut, et chaussé de Lobb fabriquées ce matin par Hermès, cirées et brillantes comme les ongles de César après l'ouvrage de la manucure.

Comme s'il devinait les pensées de la visiteuse, le gardien précise : « Ici, c'était le domaine de Madame. L'ancien ? elle aimait, elle n'aimait pas, je n'ai jamais très bien su. La salle à manger, sa chambre à coucher, les rideaux, les tentures, elle a tout fait refaire. Monsieur a failli se fâcher. Telle qu'il l'a reçue de ses parents, la maison, il entend la laisser. Pour accéder au boudoir, ainsi que l'appelait Madame, on va passer la double porte. Admirez, elle vient de la bastide d'Urfé. Vous pouvez toucher, c'est comme de la Valenciennes, c'est le grand-père à Monsieur qui l'a achetée et transportée ici. Poussez, Mademoiselle ; ça bouge au doigt ; en janvier, je passe une huitaine à tout démonter, astiquer, encaustiquer. »

La porte passée, le ton changea. « On est vraiment au château. » Il fallut du temps à Catherine avant de comprendre ce que le garde entendait par là.

« La salle des honneurs ! C'est là que l'aïeul de Monsieur a reçu le Roi : à l'époque c'était Louis XV. L'Empereur lui aussi a failli venir et puis le temps lui a manqué ; des années plus tard, c'est son petit-neveu qui a débarqué. En personne, il a tenu à décorer l'arrière-grand-mère de Monsieur. Elle était vieille, veuve, elle a fait un geste et sur la caisse en cuir à roulettes sur laquelle on déplaçait l'aïeule, Napoléon a épinglé la croix. Il en a défilé ici des choses et des gens ! Rien que pour cette pièce, trente-deux tableaux. Pas une mince affaire. Une fois par an, je décroche tout, on s'y met — y compris Monsieur — et je te grimpe sur l'échelle de dix mètres — il faut ça pour descendre, vérifier les cordes, nettoyer. Ce que vous voyez ici n'est qu'une fraction. Dans la maison on compte près de trois cent vingt tableaux, plus ceux qui sont dans la chambre à Monsieur le Baron.

— Il aime la peinture ?

— Entre nous, mais tout à fait entre nous, je crois qu'il s'en fout. Mais, affaire de respect, ce qu'il a reçu en héritage, ça restera là. Rien vendu, rien acheté. Avec lui, les brocanteurs s'enrichiront pas.

— Et vous, la peinture ?

— Avec tout ce que j'ai à faire dans le château, je n'ai guère le temps d'y penser.

— Vous êtes seul pour garder tout ça ?

— Il y a ma femme et puis Monsieur... » Le visage du garde se tendit : « Qu'on s'y risque ! à nous trois, on fait des malheurs. Un qui se pointe, on tire, après on fait les sommations. »

Ça tourne dans la tête de Catherine, les voilà donc ces toiles qui avaient fait rêver Balzac. Pas des plus exigeants nos romanciers sur la qualité ou l'authenticité, mais du vivant du Cousin Pons, des chefs-d'œuvre on pouvait en trouver pour quatre francs qui voisinaient chez le brocanteur avec le tout-venant. Avec ça, pas regardants — ce qui ne plaisait pas, on le repeignait. Sur le corps de la *Vénus cupide* exécuté par Lorenzo Lotto, à l'occasion un barbouilleur plaqua un voile.

En ce début d'après-midi, c'était comme si Catherine voyait le début d'un film tiré d'une nouvelle de Mérimée ou de Stendhal. Si, à première vue, le maître n'était pas au rendez-vous, en revanche, sur chacun des cartouches on découvrait les noms de Holbein, de Cranach, de Luini.

Le gardien débite ce que le propriétaire a dû lui seriner. Du rêve : « Voilà le portrait de Madame la Duchesse d'Angoulême — elle a passé plusieurs nuits au château. On dit qu'elle était tombée amoureuse d'un grand-oncle à Monsieur le Baron. » Une grande sauteuse celle-là !

« Là-haut, c'est un Poussin. L'autre jour, dans *Le Gâtinais*, on signalait qu'il s'en était vendu un pour des millions. Poussin, vous connaissez ? Madame, mademoiselle, vous ne m'avez pas dit.

— Mademoiselle !

— Je me disais, à votre âge, aimer la peinture, c'est bien. On passe dans l'ancien fumoir ! Le père de Monsieur le Baron en avait fait sa bibliothèque. Vous admirerez là quelques reliures : *Les Fermiers généraux* reliés par le grand Derome.

— Ça ne vous ennuie pas que je prenne mon temps, c'est si joli tout ça », et d'un billet froissé, tel un jeton à la cabine téléphonique, Catherine allongea le temps de l'observation.

« Ce n'était pas la peine, dit le garde en glissant un œil sur le Richelieu. Ah ! au-dessus de la porte, on allait oublier une nature morte au gibier. C'est pas joli, ça ? »

Joli, laid, ce n'était pas le mot. A première vue, de quoi constituer avec le tout une jolie vente à Drouot, salle 6. Pas de quoi casser la patte à un canard d'Oudry ; mais elle en a trop lu de ces récits, où le prétendu trésor se dissimulerait derrière trois briques déplacées dans le foyer, où tant de chefs-d'œuvre oubliés depuis des siècles soudain réapparaissent, faux-semblants ! pièges ! Ici la peinture niche à touche-touche jusqu'aux faîtes... Catherine demeure sur le qui-vive.

« La bibliothèque, Madame l'a plus ou moins transformée. » En quoi ? Catherine ne voyait pas très bien. Sinon, coquet, chintz artistiquement alourdi par des doublures, de quoi essuyer les yeux d'une pleureuse d'un beau quartier.

Tout cela très 1965, du drapé par ce bon M. Samuel qui, d'une poigne d'acier brunie à la manière de ses tringles de rideaux, imposait sa loi du Quai d'Orsay à l'avenue Foch, de Fifth Avenue à Beverly Hills. Catherine allait demander, tant tout cela faisait à la fois cosmopolite et chic, si Madame était étrangère, lorsqu'elle eut l'impression que, profitant de son dos tourné, quelqu'un la fixait ; elle se retourna.

L'homme accusait une cinquantaine d'années, peut-être un peu moins ; assez mal tenu, le nez fureteur, l'œil vif, il avait la tête enchiffonnée dans une sorte de tissu-éponge, un peu comme ces femmes qui se nouent à la hâte une serviette autour de la tête : ainsi pourront-elles — cheveux encore humides — occuper la ligne, tout en offrant leur main à la manucure. L'air plutôt placide, en même temps besogneux, torse boursouflé dans une robe de chambre dont on devinait le molleton épais, mais usé. Sourire un peu goguenard tout de même. « Un général, paraît-il : trisaïeul, ou peut-être même avant. Car militaire on l'a toujours été. La tradition ! Sitôt que l'un d'entre eux, en raison de l'âge ou des blessures, abandonnait les armes — en présence des siens — il accrochait pour toujours son épée, ses dagues, ses pistolets. Manière de montrer que c'en était fini, et Monsieur le Baron n'a pas failli à la coutume : retour d'Algérie, j'étais là quand il a rangé son couteau commando U.S.M. 1. »

Tout ici se mêlait, le présent, le passé, l'élégant, ce bonhomme enturbanné, étant donné son âge et le style de la peinture, avait dû mourir recta avant la Révolution.

« Joli tableau ! Je peux le regarder ?

— A votre aise, mademoiselle, je peux même vous le décrocher. Monsieur est pour la journée à Mortagne chez son notaire. Il ne reviendra pas avant ce soir. » Il dit ça comme si pour la visiteuse et lui, c'était l'école buissonnière. Il ne devait pas être facile, le maître de maison.

« Le tableau à côté, mademoiselle, c'est du Teniers. Facile : du moment qu'il y a des poivrots et un qui pisse, on peut dire Teniers sans se mettre le doigt dans l'œil. Teniers. Celui-là, j'en suis sûr. Teniers, vous connaissez ? Moi, j'ai tout appris, pas dans les livres, mais à force d'entendre les uns et les autres. Et surtout Madame — les Américaines, ça veut tout savoir. Il y avait même eu quelqu'un qui devait venir de Paris.

C'en est resté là. Pour le Teniers, c'est moi qui ai trouvé la signature. »

C'est vrai, elle était là, un peu épaisse, suspecte. Un instant, ce fut le silence, puis sans autre, il dit : « Je m'appelle Lucien » un peu sur le ton d'une confidence, une marque de confiance qu'il faisait à la visiteuse. Pour un peu, il allait lui demander son prénom.

Plus tard, bien plus tard, Lucien prétendit que cette demoiselle, il l'avait eue tout de suite à la bonne.

Après avoir décroché le Teniers, il le plaça sur la table, avança une chaise. Catherine, tout en feignant de s'intéresser à ce motif mille et mille fois répété, revenait sur le portrait.

« Ça serait quelqu'un de la famille, on est sûr ?

— A ce qu'on m'a dit, mais là, je ne m'avancerai pas, ça pourrait être aussi bien une acquisition du grand-aïeul. Bien des tableaux, comme pas mal de choses ici, c'est lui qui les a amenés. Au dire de Monsieur le Baron, faire la guerre avec l'Empereur, c'était amusant, casse-cou et pas banal. Si on n'avait pas écopé d'un boulet — au soir de la bataille, il n'y avait plus qu'à se servir. » Il sourit. Sans doute ça lui aurait bien plu à Lucien de traîner ses bottes d'Austerlitz à Saragosse.

« Le portrait. J'aimerais voir l'envers ! »

Au dos, à même le châssis, d'une écriture vive, du temps, on avait inscrit : « gravé en 1775 ». La mémoire reprenait ses droits : elle l'avait déjà vu ce sujet, sinon la toile, du moins l'estampe, peut-être dans *Connaissance des Arts* ou dans *La Revue du Louvre,* une belle main. Catherine sortit son mouchoir, l'humecta, il n'y aurait plus qu'à le glisser dans la machine à laver.

On n'est pas fille du Nord pour rien. Ordonnée, aussi bien outillée que le chirurgien des urgences au bord de la Nationale, de son sac aussi vaste que le berceau du kangourou elle sortit un réflecteur électrique à lumière rasante, une des dernières trouvailles fabriquées à

Iéna. « Dites donc, vous vous promenez avec tout ça ? » Le ton s'était fait méfiant. Encore un peu et il allait crier « aux gendarmes ». Catherine se pencha, avança, recula. Ce tissu traité à petites touches avec çà et là de ces à-plats rageurs tels qu'on en trouve sur certaines œuvres de Reynolds. La liberté d'un maître. A première vue pas un repeint.

Souriante, elle dit : « Pas trace de signature, même vous le spécialiste... Vous n'en trouveriez pas. »

L'heure passait. Si elle voulait tout voir.

Du regard, Catherine effleurait les vitrines, les parchemins royaux, les Ordres au vélin si fin qu'on aurait pu en garnir de somptueux coussins. Le bon décorateur n'était pas passé par là — partie remise — peut-être l'année prochaine.

A l'instant de franchir le seuil, elle s'en retourna, elle avait oublié de prendre les mesures de la toile.

« Il faudra revenir. Je lui dirai à Monsieur le Baron qu'il a manqué une belle demoiselle. Les jolies dames... »

Catherine fit un geste. « Ah ! non, mademoiselle, vous avez déjà donné plus qu'il ne faut. La prochaine fois, je vous le dis, ce sera même pour le plaisir. »

Pour le plaisir de qui ? Pas de Lucien, elle ne l'a pas regardé, même pas remarqué ses yeux vairons : l'un marron, l'autre bleu — très connu des demoiselles du département. De toute façon, si elle s'en revient, Monsieur le baron ne va pas la louper, un peu de plomb, le genre colvert, le physique, pas le contraire de la précédente Madame.

« Mon chien ! Chardin !

— Ben il a dû filer, c'est plein de gibier ici.

— Chardin ! criait Catherine, Chardin ! Il n'a pu aller loin ?

— Peuvent faire des kilomètres, ces chiens-là.

Mais, vous tracassez pas, un chasseur... ça se perd jamais. A moins qu'on ne l'ait capturé parce qu'il est beau, ça vaut cher.

— Chardin ! criait Catherine.

A quatre heures, au volant, après avoir fait avec Lucien deux fois le tour de la propriété, appelé, il lui dit :

« Vous me laissez votre numéro de téléphone. Je le communique à Monsieur le Baron. S'il y a quelque chose, on vous appellera. »

Catherine est un peu comme ce président américain qui ne pouvait, à la fois, ruminer sa pâte à mâcher et réfléchir. En cette fin de journée, du côté de la conduite ça ne va pas. D'abord son chien. Un des derniers souvenirs de César. Et puis ce portrait. Où donc a-t-elle pu le voir ? Ça l'agace.

Soudain, elle passe en seconde, accélère !

Avant même de défaire son porte-jarretelles, Catherine a empilé sur son bureau les quatre dernières années de *Connaissance des Arts*, une demi-heure à consulter les tables. Rien ! Le bain refroidit. Rien non plus dans le *Burlington*, elle a pourtant bonne mémoire ; l'article, la mise en page en trois colonnes, les reproductions, elle les « voit ». Elle s'obstine. Des étagères, elle sort d'anciens numéros d'*Apollo*. A peine entrouvert ; elle sait que c'est là. L'eau est juste tiède. 1981. Petit miracle que connaissent bien les rongeurs qui se nourrissent en bibliothèque. Six feuillets ! La série complète « des portraits exécutés par le peintre Greuze et exposés au Salon et gravés en 1780 par l'Abbé Mollay, correspondant de l'Académie de Genève ». Le troisième à droite, tête enchiffonnée, c'est lui ! Un peu souriant, mais pas gêné de poser ainsi — une tenue d'hospice : aujourd'hui on le dirait clochard ou grabataire — Monsieur de Laborde ! peint à l'âge de 65 ans. Hauteur : 2 pieds 1 pouce. Largeur : 1 pied,

9 pouces. Les mesures mentionnées par l'Abbé correspondent à peu de chose près aux 66 centimètres de hauteur et aux 52 centimètres de largeur. Un Greuze retrouvé.

De la boîte, Catherine extrait un loukoum ; au fur et à mesure qu'elle tourne les pages, elle les saupoudre de sucre glace.

La toile on la retrouvera encore en 1782 dans les dépouilles de M. de Choiseul. Jusqu'à la Révolution, elle résiste au naufrage. Depuis lors elle a disparu, égarée, pas nécessairement détruite. De quoi faire le bonheur du chercheur et arrondir les fins de mois du curieux. Retrouvaille pour l'un, trouvaille pour l'autre.

Catherine se glisse dans l'eau tiédasse, ouvre grand le robinet, une nappe soyeuse, brûlante, glisse sur son ventre, caresse sa peau, pas une once de graisse, soudain elle sursaute, elle s'était assoupie. L'eau allait atteindre le menton. Ce n'est pas que cette toile vaille des mille et des cents, mais sa présence ici est bon signe, ce château pourrait bien mériter le détour, peut-être ici se dissimule-t-il bien d'autres choses. Taïaut... Taïaut... Pour Catherine, la chasse est ouverte.

« C'est Lucien, mademoiselle. On l'a retrouvé, votre chien. C'est Monsieur. Un long moment, il a couru derrière la voiture à Monsieur le Baron. Il l'avait déjà adopté, depuis, il ne le quitte plus — Monsieur demande ce qu'on doit en faire. Il pense aller à Paris en fin de semaine. A cette heure, il est parti dîner dans les environs. Je vous laisse notre téléphone. Vous appelez demain... Pour cette nuit, c'est moi qui vais vous le garder. »

Catherine s'endort, des barrières douanières, un gabelou s'incline et dans la malle arrière découvre, enfoui sous la couverture, le cadavre de M. Greuze qu'on allait jeter dans quelque fosse. Catherine se réveille, le loukoum au bord des lèvres, elle étend la main, se verse un fond de bourbon et, les yeux fermés, sans glace, l'avale sec. En vain! le sommeil s'est éloigné. Chardin, son labrador, Greuze, l'air goguenard de Lucien et le beau château. Et le baron, à qui ressemble-t-il ? Baron perché ; baron du Perche. Un vieux sans doute. Ancien combattant.

Au réveil, autant qu'on pourrait en juger, en se tordant le cou, là-haut au-dessus de la rue d'Aumale, un soleil éclatant a chassé les nuées ; chemise de batiste aux genoux, Catherine file vers le bureau, une fois encore, vérifier les textes. Ça tourne dans sa tête, elle la rattrape en tirant sur une mèche ; et si elle se lavait les cheveux, ça fait tomber la fièvre. Une heure plus tard, la question demeure entière, cette coiffure gonflée à la diable, qui plaît tant à Marano, va-t-elle la raccourcir ? Elle imagine une rencontre : Bonjour, monsieur, vous avez un portrait qui évoque le visage d'un mien disparu, les traits de mon cher aïeul ; ou bien une complainte douce : Il ressemble tant à l'homme qui a abandonné ma mère mais qui, pour moi, était devenu comme mon père. Troisième version : Monsieur, je collectionne à tout va, j'adore les portraits, ce personnage entrevu me plaît fort. Mais finalement, se demande Catherine, à quoi bon ce cirque ? Le tableau, même de la main du maître, ne vaut pas des mille et des cents ; de plus, ce Monsieur de Laborde compte peut-être parmi ses ancêtres. Autant le mettre au fait. Voilà qui fera bonne façon : « Vous avez, monsieur, un joli Greuze. C'est assez rare. Gardez-le donc. Mais, si vous me laissez carte blanche, pourrais-je trouver ici de plus beaux trésors à vous signaler. »

Elle descend rue Saint-Lazare, achète n'importe quoi qu'elle prépare n'importe comment. Rate des œufs brouillés. Jusqu'à sa sieste. Elle s'énerve.

Le surlendemain, le baron Livry soupèse l'enveloppe, du vergé élégant. L'écriture est un peu rustaude, en même temps ronde, de ces personnes élevées à la Légion d'honneur. On remercie pour le chien, on propose de venir le rechercher à Livry. En quelque sorte, on en dit un peu plus sur sa vie, la raison de la visite au château, ses travaux d'historienne au service de Hachette, la tante Yolande.

« Ce chien est d'un familier. Descends de ce canapé !

— Je lui ai dit, à la demoiselle. Ça a besoin d'être dressé.

— A propos, comment est-elle ?

— Une grande fille, comme je vous vois, Monsieur le Baron.

— Brune ou blonde ?

— Brune avec des reflets. A première vue, ça serait pas tellement le goût de Monsieur, un peu grande. Mais tout de même pas excessivement — seulement, avec les dames, souvent la taille ça saute aux yeux ; vingt-huit trente ans. » Lucien hocha la tête. « Ça ne devrait pas déplaire à Monsieur. Car si je comprends bien elle a demandé un rendez-vous à Monsieur le Baron. Ah ! j'oubliais, sa Porsche, elle a une Porsche, immatriculée du côté de Lille. Comme son chien, l'adresse sur le collier, c'est également département du Nord.

— Qu'est-ce qu'on va en faire de celui-là ? Il ne me quitte plus.

— Si Monsieur va à Paris, fin de semaine. »

L'écriture de la visiteuse, l'analyse de Lucien... Bertrand décroche le téléphone. Au cousin Nicolaï, un peu de par là, beaucoup de la Somme et qui connaît son monde, il demande :

« Ça te dit quelque chose, une Catherine. Une fille qui serait du Nord, qui prépare un livre sur les châteaux, petite-nièce par alliance de Yolande.

— Catherine, dis-tu ! Si c'est celle à laquelle je pense — la fille de César — du côté de ma mère, nous sommes un peu cousins, éloignés. » Nicolaï a insisté sur

« éloignés ». « Pas question de mélanger les serviettes en fil avec les cotons du Nord, fussent-elles nid d'abeille. Pas vue depuis un siècle. Indépendante à ce qu'on dit, si c'est la même, elle bricole aussi dans la peinture, mais si tu cherches quelqu'un pour réparer tes tableaux, j'ai peut-être une meilleure adresse. »

La lettre, Bertrand la file entre deux doigts, avec la délicatesse d'un chasseur de papillons. Pour la réponse, il la choisira impersonnelle : il sera à Paris la semaine prochaine, du mardi au jeudi matin, il propose la fin de la journée, au *Polo*. Qu'elle laisse là un message. Elle pourra ainsi y récupérer son chien. Gentille bête. Un peu follette. Et c'est signé : « Bertrand de Livry. »

*Le Polo !...* sans autre. Pas d'adresse, on connaît ! Si on ne connaît pas... vaut mieux jouer à autre chose. Astuce ou bien étourderie de classe. *Polo.* Bel endroit pour une brute ? Catherine lit et relit la lettre, elle sourit. Elle aime le ton. Filou ! Lui faire le coup du *Polo.* Pas d'adresse. Pas de numéro de téléphone.

A partir de là, l'auteur ne peut plus rien. La roue tourne ! Voilà donc deux personnages qui ne se sont jamais vus, qui ne se doutent en aucune manière que de cette rencontre leur vie va s'en trouver modifiée, bousculée, mais, qui irrésistiblement, tels les saumons qui remontent la rivière, reprenant la vieille route, tracée d'éternité, vont se diriger l'un vers l'autre, tout en respectant les règles du grand jeu social.

Lundi, Catherine est passée chez l'oncle Didelot, histoire de saluer l'ancêtre.

Bertrand ! Évidemment, il le connaît. « Un garçon bien, militaire, une longue tradition chez les siens. A la retraite depuis deux ou trois ans, bel officier, il a fait Diên Biên Phu ; après cela, il a quitté l'armée, officier de la Légion d'honneur. Marié à une Américaine riche, snob, assez belle fille, ça a duré cinq ou six ans, puis ils se sont séparés. Ah ! j'allais oublier, il excelle dans les travaux d'aiguille, ça va te faire rire, mais Mélanie lui reconnaît un vrai talent. Au Jockey nous y sommes tous passés, il fait des portraits épatants avec des fils de couleurs ; mon nez, par exemple, tu as peut-être pas remarqué, un peu fort, eh bien, depuis qu'il l'a fait en laine il ne cesse de me peser. Livry, vraiment, je ne l'ai pas vu depuis longtemps, sinon par hasard, je dirais entre deux trains. Désires-tu le rencontrer ? »

# V

## *Livry ! Bertrand Livry pour vous servir*

Elle a choisi la robe en piqué blanc, qui couvre les bras, remonte au col, juste serrée à la taille, simple, élégante ; pas si légère qu'il y paraît, pour avoir crevé de chaleur l'été dernier au mois d'août à Venise, mais un séjour plutôt gai : l'éternel Autrichien de rencontre — là où il faut, au Palais Decazes — fou de Catherine, autant que des petits pois le risotto — aussi vite écossés, aussi vite avalés. Dîner un soir au *Harry's bar*, déjeuner à Torcello : c'est d'un banal... Il caressait les manches de toile. A l'entendre, il n'avait jamais vu ensemble aussi raffiné et l'épiderme aussi rose tendre que sur le portrait de sa tante Starhemberg, peint par Lazlo. Il ne pouvait évoquer une dame, qu'elle ne fût une petite-nièce de François-Joseph, et l'Empereur, il en parlait comme l'édenté d'un consommé au vermicelle.

Côtoyant la piscine, un homme s'avance, au pas de baron, chevau-léger : « Bonjour, mademoiselle, je m'appelle Livry. Cette laisse c'est celle de Chardin. Il m'a demandé de l'héberger encore quelques jours au château. Il semble bien s'y plaire. Pour vous il m'a chargé de mille choses : à l'occasion de vous embrasser. » Elle répond :

« Mon grand-père paternel me racontait que de son temps, lorsqu'il descendait à Paris, il avait toujours sa chambre réservée au Jockey. Est-ce toujours possible ?

— Toujours, mademoiselle.

— Les dames également ?

— Patience, il y en a déjà une à l'Académie. »

Un court trajet jusqu'au guéridon, mais suffisant pour juger de la hardiesse du pas, de l'attache aux reins ; ce qu'il a entrevu du visage le rassure, mais lui, qui si volontiers se lasse avant d'entreprendre, ne paraît pas disposé, en cette fin d'après-midi, à brûler ses vaisseaux. Il va prendre son temps. D'un geste, il invite la visiteuse à prendre place dans un siège en rotin.

Pas de soutien-gorge ! Voilà qui aurait irrité Cécilia : à l'entendre, rien n'est plus mauvais pour la tenue des seins. Cécilia parlait de son corps, et d'ailleurs aussi de celui de Bertrand sur le ton d'un mécano.

La visiteuse, elle, à ses avantages laisse tout loisir, comme à ses colliers fantaisie qui coulent de la nuque aux hanches et bougent au rythme de ses propos.

« Le thé, léger ?

— Comme il vient.

— Il vient fort, ne contrarions pas le destin ; il veut que ce soir il soit sombre. »

Très difficile dans ces robes taillées de façon vague d'en savoir plus, le baron Bertrand de Livry ne pouvait tout de même pas, d'emblée, solliciter de cette demoiselle qu'elle lui enlève un doute.

« Alors, on s'intéresse à mon château, pourtant il se fait vieux, un peu comme moi. » Il sourit, il attendit, elle lui rendit la pareille. Toi, mon petit bonhomme, jouer les coquettes à ton âge... N'empêche que les cinquante, il ne les fait pas, sinon les traits ravinés de ces gauchos qui, dos droit comme la conscience de Lincoln, les genoux heurtant les panses des bestiaux, de temps à autre, ostensiblement, présentent à la caméra le paquet de Marlboro. Hâlé profond — pas du bronzage à la lampe, un rien dilué dans le gin, juste ce qu'il faut pour faire ressortir le bleu de l'œil ; pantalon serré, velours beige clair. Force et souplesse ! Prudence, Catherine ! doit cogner dur, indistinctement homme... femme.

Le Mont-Valérien se dessine en contre-jour ; la nuit tombe. La mauvaise heure ! Calme, mon garçon ! Si avant même de prononcer un mot sur l'objet de la rencontre, il s'approchait d'elle, prenait ses lèvres. Elle le toise, lui sourit. Une allumeuse ? Avec quelque chose de si convenable dans le maintien — et les mains. Sans façon, il se saisit de la droite, la retourne, comme s'il voulait en consulter les lignes — des doigts longs, puissants. « Vous jouez du piano ? » Au poignet, une Cartier des bonnes années, à l'annulaire, un cercle épais.

« Pardonnez-moi, votre lettre... je n'ai pas très bien compris... vous êtes historienne et vous appréciez la peinture... »

Elle hocha la tête, un peu plus compliqué : restauratrice de tableaux, documentaliste, à ce titre elle va de château en château. Elle s'étendit sur son bouquin, il lui arrive également de conseiller quelques musées étrangers, de grandes fondations, des organismes qui, de nos jours, disposent de fonds considérables.

« Au dire de mon gardien, vous avez aimé un de mes tableaux : un Teniers.

— Celui-là, je dois le dire, je n'y crois guère, un honnête pastiche — sans doute ancien — mais pas du maître.

— Vous voyez ça à vue de nez, mazette ! » Il se lève, parle un instant au dos de Catherine, puis de retour, lui fait face, se penche, saisit sa propre tasse de thé.

« Je peux ? » demanda-t-il. Il la vida dans le siphon de la piscine : « Je n'aime pas le thé. »

— Pourquoi en buvez-vous ?

— Pour faire bien... l'alcool, vous devez réprouver. Bien fichue comme vous êtes, sportive, quoi.

— Incapable de courir cinq cents mètres. »

Il abandonne, il fallait chercher autre chose.

Il est beau ce type : une chevelure fin novembre, premières neiges à Megève — hobereau ou parfait ruffian. Modèle pour les lectrices de *Vogue* avec un rien d'assurance — peut-être un peu trop — à moins que derrière la timidité ne se dissimule. On trouve assez ça en province.

« Vous allez tourner longtemps autour de moi ? » Puis elle regrette — de temps à autre, on surprend une saccade, une légère claudication.

« Déjà huit heures ! Où voulez-vous aller dîner ?

— Dîner, mais ce n'était pas au programme.

— Lorsque j'étais enfant, ma grand-mère me répétait : ce qui n'est pas prévu vaut d'être vécu. Je l'aimais bien ma grand-mère.

— Elle vous a quitté il y a longtemps ?

— Moi ! Je ne l'ai jamais vue. » Il éclate de rire ! Il fait son numéro, la petite âme de Catherine commencerait-elle une grippe ? Venez dîner... elle connaît l'antienne. Partagez le repas d'un anachorète. Abandonné ! Vous me donnerez deux heures, en tout bien tout honneur. Le ton baisse. « Ce n'est pas toujours drôle de se retrouver chaque soir en face de soi-même. Encore au château, je peux toujours aller faire la converse avec mes parents de toile — soixante-dix-sept portraits — ceux des miens. A l'un ou l'autre je parle. Ils me racontent la guerre de Cent ans — celle de 70 — moi j'écoute. Si vous acceptez de passer la soirée en ma compagnie, prenez donc un bourbon, ça aide. Faut être patient envers les vieux messieurs, ils radotent volontiers. »

— L'âge, ça a l'air de vous chiffonner, ça fait deux fois que vous l'évoquez.

Au *Jardin du Printemps*, rue de Penthièvre, baguettes en main, qu'il manie avec le brio du premier tambour de la garde, Bertrand parle. Catherine éprouve le sentiment que jamais cet homme n'en a tant dit.

« Je n'ai jamais ce qu'on appelle réussi, d'ailleurs je n'ai jamais essayé. A la guerre, j'ai été blessé avant d'entreprendre une grande action. Une carrière sans relief, plutôt doué pour la monte ; à Rome, en 65, j'ai remporté le concours de sauts, mais le moral n'y était pas. J'ai abandonné la compétition. J'élève encore quelques chevaux, de temps à autre, je les fais courir. Finalement. pas capable de faire grand-chose. Jadis, peut-être en raison de ma taille, d'une certaine inclination de caractère, on m'aurait embauché pour, au crépuscule, allumer les lumignons et à minuit souffler dessus : Valet-bougie ! On trouve ça dans Saint-Simon.

— D'après votre garde — il vous aime beaucoup celui-là —, vous seriez à la tête d'une belle exploitation.

— A force, j'ai appris ; levé à l'aube, je conduis le tracteur, je n'en fais pas trop. Je déteste être sur le dos de mes fermiers. A quoi bon, pas d'héritiers, de lointains cousins, j'ai assez de sous pour tenir jusqu'à la fin. J'ai hérité de métrages entiers de broderies, de points à l'aiguille. Si je vous disais ce que je fais, ça vous ferait rire. De la tapisserie ! je tiens ça de mon trisaïeul. Drôle d'occupation pour un guerrier, il faut dire que sa taille, l'artillerie anglaise l'avait réduite de moitié. Un jour je vous raconterai.

— Ainsi, vous n'ambitionnez plus rien.

— Un soir prochain, vous séduire, vous déshabiller, vous faire l'amour, un rêve ! Au début, ça peut paraître grisant, plein de lendemains, après... Je n'aime pas les après : toujours un peu la même chose, mêmes saynètes, mêmes duperies. Par exemple, ce soir j'emploie les meilleurs trucs, mes meilleures trappes ; que la petite Catherine tombe dedans, je lui tordrai le cou, si mince, si élégant. Ce serait vraiment du gâchis. »

On en était au café, il grignotait du gingembre, il parlait à Catherine un instant en vieil ami, un autre en professionnel de la séduction : l'inviter à passer le prochain week-end à la campagne. Normal ! Histoire de retrouver Chardin.

Dix heures ! Elle acheva une deuxième tasse de café. Il est temps de rentrer.

« Je retourne à Livry ; demain matin je dois présider une cérémonie aux morts.

— Paraît poussive votre Peugeot. Soyez prudent ; à cette heure, les poids lourds encombrent la route. »

Il la déposa rue d'Aumale.

« A jeudi prochain.

— Quoi, jeudi, mais nous sommes déjà mardi.

— Deux jours à attendre, ça me paraît d'un long.

— Je viendrai vendredi ; demain, j'ai promis à la vieille femme de charge de mes parents — elle m'a élevée — d'aller passer la soirée avec elle, parce que moi aussi, j'ai un Château, et du côté de Tourcoing une admirable demeure, quelque chose dans le genre Palais pour un Président de Chambre des Notaires du Nord-Pas-de-Calais, entouré de terres qui s'étendent à perte de vue — deux hectares et demi — bordés par de grands panneaux d'affichage : horizon de charme ; Cinzano ! c'est déjà toute l'Italie. Vendredi, si vous voulez toujours de moi, je pourrai être là en fin de journée. Je repartirai dimanche. J'apporterai du caviar.

— Inutile, mademoiselle, j'en cultive dans mes serres. »

Catherine partit tôt ; lorsqu'elle arriva devant les grilles il faisait encore grand jour. Pour la première fois de sa vie, elle a passé ces dernières heures énervée comme une mouche. On dînera auprès d'un grand feu — rêve de midinette, et après... Il l'a prévenue. Coucher avec un quinquagénaire ! Finalement pour rafler ce portrait, encore une fois faire du fric, du « blé », aurait dit Rémy, mais le combat est là trop inégal, autant boxer avec un édredon. Des tableaux : il ne sait même pas duquel il s'agit. Un innocent, aurait dit Marie — et même ce vieux coquin de César aurait pris le parti de ce bec jaune.

A peine la portière entrouverte, Chardin bondit sur sa maîtresse, puis sautant par-dessus le siège, se terre à l'arrière, et, comme pour punir la lâcheuse, pisse sur le tapis.

« Normal, mademoiselle, la jalousie ! lance Lucien.

— La jalousie ? »

Il s'efface :

« Eh oui, mademoiselle, c'est moi, et en jaquette ; c'est l'ancienne Madame qui avait imposé ça. Moi, ça ne me gêne pas, et Monsieur, il a continué. Cette nuit, vous occuperez la chambre de Mme de Staël. Vous connaissez ? Elle aurait passé plusieurs jours ici, à tenir la main au grand aïeul à Monsieur, elle est même devenue copine avec sa femme. Celle-là, ça devait être quelqu'un. »

Lucien ouvre la porte :

« Je n'ai pas été souvent d'accord avec les arrangements de la dernière Madame, mais ici, la première fois qu'elle est venue, le tissu fichait le camp de partout. Je ne sais pas comment vous trouverez celui-là, couvert de faisans, un métrage qu'elle a acheté dans une vente à Londres. Si vous me le demandez : j'aime assez bien, assorti au mobilier de palissandre qui vient de la famille de Monsieur. Et à mademoiselle, ça plaît ? »

Pas de réponse.

L'air en boule, se dit Lucien. Je n'aurais pas dû lui parler de l'autre.

Catherine a dénoué son catogan ; grave question, jusqu'à quand les laissera-t-elle en liberté ? A trente et un ans, ça va encore. Elle endosse un fourreau en drap léger, marine, pour toute heure à partir de midi sonné, la jupe ouverte très haut. Elle secoue la tête : Rince-toi l'œil, mon bonhomme. A l'hobereau, elle va donner la fête.

On dînera dans le décor le plus ancien du château.

Le couvert était dressé dans un espace réduit, qui, avec ses panneaux en marqueteries à décor d'instruments scientifiques, de bouches à feu, de luths, de flûtes à bec évoquait les studiolos toscans, remarquable également par l'amoncellement des livres, empilés un peu partout, surgissant aussi bien sur les plateaux de deux guéridons que sur les lattes des planchers lessivés et peints en blanc. Pas l'ombre d'une place pour un bibelot ou pour un tableau.

« Le menu : potage de lentilles, œufs meurette, carré d'agneau. En guise de dessert, vous aurez à choisir.

— Je devine : pot de crème chocolat et café.

— Vous voulez dire ?

— Que c'est un repas aimable, j'appréhendais le pire : caviar, blinis, écrevisses, soufflé Rothschild, autant de pièges à souris : le beau gentilhomme qui reçoit dans son castel une petite dinde. Et je te vais la plumer...

— Je déteste la dinde, je méprise le poulet, l'oie seule est aimable : en confit ! »

A la fin du repas, Catherine sortit un long étui en crocodile noir cerclé d'or : elle le lui tendit. « Ça vous choque, peut-être. Une femme cigare en bouche ? »

Un long moment il demeura sans parler.

« Mes tableaux, c'est pour ça que vous avez fait deux cent cinquante kilomètres.

— Je ne sais pas encore très bien si c'est pour ça, comme vous dites, ou pour autre chose, peut-être les deux. » Ils devisèrent, parlèrent de peinture. A dix heures, il lui dit : « Je vous accompagne jusqu'à votre chambre, elle est à deux pas de la mienne si vous avez peur, pas la peine de frapper : on ajoutera un oreiller. »

Il parlait d'un ton égal, passant d'une chose à l'autre, simple ou un peu énorme, comme si tout allait de soi, comme si rien de ce qu'il pouvait dire ne devait être pris comme équivoque. « Demain matin, très tôt, avec Lucien nous allons essayer un nouveau motoculteur, je serai là pour déjeuner, la maison est à vous. »

De la valise, Catherine sortit deux chemises, l'une et l'autre blanches, l'une et l'autre pour la nuit, des deux, elle choisit la plus simple, juste une petite broderie. Dans les heures qui vont suivre, il y a peu de chances pour que l'alerte sonne ! Un bonhomme à n'attaquer qu'à coup sûr.

Son sommeil fut calme comme en témoigne la jolie enveloppe de coton demeurée aussi nette, sans pli, que la veille. Elle allume : le décor est banal, ces faisans empesés dans la toile — de l'archivu pour les chaumières à week-end : chambres de chasseurs ! On se croirait au coin de la rue Bonaparte, chez Mme Castaing. Elle s'est pas cassé la tête l'Américaine à Monsieur le Baron. Catherine sonne.

« Je suis Victoire, la femme de Monsieur Lucien. » Blouse noire, généreusement garnie, la quarantaine ; elle ouvre les rideaux, pousse les volets, dépose sur le lit le plateau volant, verse le thé. Lait ou citron ?

A l'instant de quitter la pièce, Victoire glisse : « Que mademoiselle se couvre, du moins légèrement, les galeries du château sont encore fraîches, surtout le matin. Monsieur a bien insisté, mademoiselle peut aller où elle le désire. Si elle a besoin de quelque chose, dans chaque pièce à côté de la minuterie, elle trouvera une sonnette. »

Catherine brûle d'envie de courir dans les galeries, mais elle s'efforce de traîner, tartinant ses toasts, mêlant à la confiture de framboises les cerises entières.

Aussitôt habillée, elle file sur les lieux du crime, allant d'une toile à l'autre ; elle s'arrête ici. Là, elle enlève ses chaussures, attrape une chaise, entasse deux in-folio, demeure un moment contemplant une madone, à moins que ce ne soit pour égarer l'observateur ! sait-on jamais. Elle descend. Au portrait enturbanné, elle glisse une œillade sans s'arrêter : l'indifférence — tels ces malfrats qui, avant de s'attaquer à vingt-cinq carats, nonchalamment glissent d'une vitrine à l'autre. De temps à autre, un clin d'œil sur les cimaises, sur les plafonds, une caméra serait-elle branchée ? Déjà, petite fille, Catherine aimait à se faire peur ; mais visiblement, ici, il n'y a ni caméra ni garde ; en guise de menottes, elle porte autour de son poignet deux bracelets d'or terminés par des mufles léonins — présents de Marano déterrés à quelques pas de sa maison, non loin de l'antre où, il y a deux millénaires, travaillait Locuste, la vieille tueuse, et, à cent pas de là, la baraque où Pétrone besognait les poèmes de Néron et accessoirement son derrière.

A voir Catherine ici, Marano rirait bien. Dix heures ; elle pousse l'escabeau, grimpe, saisit la toile — le cadre est lourd — de ces beaux cadres que Saint-Aubin aimait à dessiner. Sur une table en ébène filetée de cuivre, elle pose le portrait.

« Bonjour, monsieur de Laborde ! Ainsi, depuis plus de deux siècles, vous dormez ; et si je vous secouais un peu les puces ! »

Ah ! le joli morceau de peinture. On peut imaginer le créateur, pinceau en main — tel Jupiter avec ses foudres jetant sa peinture au vol, la recueillant, puis sur la toile, la piquant comme le trait au cœur de la cible. La crasse ! Là également le temps fait son œuvre, atténuant provisoirement la violence des tons, comme sur le visage du dormeur on pousse les rideaux. Il suffirait que Catherine les tire.

Il était là, jambes écartées, bottées, planté à l'entrée de la grande salle.

« Du soleil, mademoiselle, l'amorce de l'été ; plutôt

que d'errer au milieu de toutes ces vieilleries, venez plutôt rosir vos joues.

— Vous me trouvez pâle ? Je suis moche ?

— Venez plutôt voir mes rhododendrons, les meilleurs durent une grande partie de l'année, comme vous, midi, minuit, en toute saison, vous devez être assez belle.

— L'hiver ne me va pas très bien.

— Fragile !

— De la mécanique, pas tellement, ça serait plutôt du côté... » elle tourna son index comme si elle déroulait une boucle de cheveux.

Les rhododendrons n'étaient plus en fleur, Catherine se tordit un peu les chevilles. « Monsieur, vous marchez si rapidement, je m'essouffle à vous suivre. Puis, vous ne me regardez pas. A quoi pensez-vous ? Dites-m'en donc un peu plus sur vous. Parlez-moi de votre tracteur. Les soucis des messieurs on les connaît : des machines agricoles, des voitures de pompiers. Alors ce tracteur ?

— Assez formidable, il fait un peu tout : moissonne, lie et à un rythme... Seulement, ça vaut une fortune. »

Sur la terrasse, un peu avant la tombée du jour, au pied du grand escalier, Lucien sert le thé. Bertrand s'éclipse, s'en revient un épais lainage à la main. « Mettez ça sur vos épaules : un simple éternuement, mon château est si fragile !

— Joli, dit-elle en caressant le tissu.

— Pas d'inquiétude, aucune dame avant vous ne l'a porté.

— Pourquoi me dites-vous ça ?

— Parce que vous êtes une jalouse, ça saute aux yeux.

— Peut-être, mais pas une emmerdeuse. »

Il hocha la tête ; là-dessus, il en avait déjà entendu long. Il beurre un toast, puis le tend à Catherine. Il la regarde, il en oublie le tracteur, en même temps il se dit : déjà samedi, que vais-je en faire de la petite jusqu'à demain soir ? L'approcher d'un peu trop près, elle va ruer, peut-être filer, dommage, elle est drôle, un instant elle « fait » sévère, à d'autres, elle pourrait bien, la folle, m'entraîner au lit. Elle doit me tenir pour un vieux.

Il lui tendit une serviette et garda la main de Catherine serrée.

« Vous n'allez tout de même pas me les sucer mes doigts. » Subitement, elle a pris un ton dur. « Je n'aime pas les gens, dit-elle.

— Vous voulez dire ?

— Que je n'aime pas les gens.

— Mais je ne vous ai rien fait. »

Devant son air décontenancé, elle ajouta : « J'aime pas les gens, mais vous, comme on dit dans les romans d'antan, peut-être êtes-vous aimable.

— Et mes tableaux ?

— Il y en a un. » A peine dit, elle voulut se reprendre. « A première vue un très joli portrait. J'ai peut-être retrouvé une trace un peu par hasard, en feuilletant une revue. Auriez-vous un ancêtre de Laborde en deux mots ?

— Le marquis, mon arrière-arrière-grand-père.

— Ce pourrait être celui-là.

— Mais vous êtes très calée.

— Allons le voir.

— Plutôt embêtant, dit Bertrand ; et d'après vous, ça serait bien peint ? » Il hocha la tête l'air de dire : je veux bien. Et ça vous plaît ?

Encore un peu, se dit Catherine, il va me l'offrir. L'eût-il fait, l'eût-elle accepté, c'en était fini d'un certain jeu, celui qui jusqu'alors avait la préférence de Catherine, où elle entendait être maîtresse et imbattable. Si on n'en respectait pas les règles, il perdait sa raison d'être. Le jeu des objets... résurgence du jeu de la marchande auquel, enfant, elle jouait avec ses petites amies.

Histoire de gagner du temps, elle se pencha sur la toile, la scrutant tel l'ophtalmologiste le fait avec le fond de l'œil du patient. Non, elle ne dira pas à Bertrand que c'est tout le portrait de papa, que pour elle ça serait un beau souvenir. Non, car à le dire, ça sonnerait faux. Alors, retournant ses cartes, comme peut le faire un joueur qui abandonne la partie, elle lui dit :

« Il s'agit là d'une jolie composition. Greuze, probablement, la prochaine fois je pourrai vous en dire plus. » Et chacun d'interpréter à sa façon ce que Catherine venait de dire. La prochaine fois...

« Greuze, je dois avouer, dit Bertrand, que jusqu'à ce jour je n'ai pas souvenir d'avoir beaucoup entendu ce nom. Greuze ! Si j'en juge par la petite rue qui porte son nom — ma vieille tante Mélanie jusqu'à sa mort en 1950 habitait là — ça ne doit pas être un artiste immense. »

A la fin de la journée, Catherine retrouva Bertrand à la bibliothèque, à demi dissimulé derrière des piles de livres. « Ça m'amuse votre histoire. J'en apprends des choses, tant de peintres en ce temps-là — car il semble qu'il y en ait eu des masses à l'époque. Comment faites-vous pour reconnaître là un Greuze ? »

Le dîner ! Catherine descendit moulée dans une sorte de gaine écaillée, feuilles de jais, scintillante, qui recueillait les reflets des bougies ; un feu de trois bûches forestières dans une cheminée longue comme un in-folio ; au-dessus, un grand portrait en pied. Elle s'approche : une signature, illisible ; une date : 1978.

— C'est ? dit Catherine.

— Depuis lors, nous avons divorcé.

— Jolie !

— A votre bon cœur. Jugez ! Plaisante, certes, mais

dure. Pas méchante, sinon qu'elle ne veut rien entreprendre : brûler des feuilles mortes, épiloguer sur Jefferson, sur le sort des communautés noires, sur la hausse du Dow Jones, sans consulter ses avocats. Ce portrait qu'a fait d'elle un de ses amis anglais, elle ne l'a jamais beaucoup aimé. Elle prétend toujours le reprendre, mais le temps passe. Je la comprends, d'ailleurs, de ces œuvres qui marquent l'âge dont, vingt ans plus tard, on ne supporte plus la vue.

— Elle semble avoir joué un grand rôle dans votre vie.

— Plutôt dans celle du château. C'est lui qu'elle a cru épouser. La bicoque, les meubles, la cave — une cave séculaire, célèbre dans tout le coin. Cela dit, une excellente personne.

— Vous en parlez comme si elle avait disparu.

— De ma vie, certainement, mais toujours présente ici, par les décors refaits, par une certaine manière de disposer les objets suivant son goût ou celui de son conseiller. Tout cela je l'ai laissé en l'état. Je l'ai rencontrée en 1971 à un concours hippique, elle appartenait à l'équipe américaine — volontaire bénévole pour soigner les bêtes, elle les aime, elle ne monte d'ailleurs pas mal. Ce jour-là, à Vichy, je venais de remporter le Trophée, elle s'approcha de moi, elle me suivait paraît-il depuis un certain concours hippique à Fontainebleau ; elle savait tout de ma vie, de ma famille, de mon histoire ; mais où donc a-t-elle été pêcher tous ces renseignements ? Très simple, elle s'était fait des amis parmi les miens ; en réalité, c'est surtout de la manière dont je montais qu'elle raffolait.

« Des jours, je la fis trotter, m'efforçant d'humaniser les méthodes d'équitation américaines, efficaces, il faut le dire, classiques, élégantes, sinon un peu trop sèches, qui nécessitent des chevaux bien dressés.

« Gladys, une perfectionniste comme on apprend à l'être dans les campus pendant des mois, ne m'a plus lâché. Un soir, à Los Angeles, à la fin des Jeux Olympiques — j'avais été éliminé — peut-être pour me consoler, je la trouvai dans mon lit ; fort affable, pas des plus douées, mais là aussi, se révélant avide d'apprendre. Comme volontiers, après quelques passages à l'acte, elle s'enquérait de mon état, je la soupçonnais dès que je m'étais assoupi, de prendre là-dessus également des notes. Quelques mois plus tard, de ses tics hippiques, comme de certaines de ses petites inhibitions, il ne demeurait que le souvenir ; avec ça plutôt flatteur à exhiber : U.S.A. blonde, habillée le matin pour servir à seize heures. Bientôt, au château, et sans que j'eusse là-dessus à donner mon consentement, les bulldozers allaient ronfler, tracer deux carrières longues de cent quatre-vingts mètres et larges de quatre-vingts, tout ça coupé par une douzaine d'obstacles : piste d'entraînement hippique. En même temps passionnée par ce que recèlent ces murs, elle allait s'inscrire à l'École du Louvre. A la veille de notre séparation — six ans plus tard — elle mettait la dernière main sur une thèse, les *Mobiliers royaux dans les collections américaines*. Je dois reconnaître que l'arrivée de cette belle personne à Livry a contribué à arranger bien des choses. Depuis cinquante ans, on n'avait guère refait ici toiture, enduits, cheminées ; elle réussit là, en bien peu de temps, à redonner à cette maison sinon un supplément d'émotion, du moins de l'animation ; et à goûter, chez ma tante Villeneuve, je la surpris évoquant Livry comme s'il s'agissait du berceau des Williamson, d'autant plus aisément qu'un marquis de Livry — l'oncle du grand aïeul — s'était enrôlé dans les rangs de La Fayette — un peu tard d'ailleurs, et qui jamais ne franchit l'océan. Dorénavant le 4 juillet de chaque année, Gladys devant le personnel — les fermiers, les gens du village —, à côté des couleurs de la France, faisait hisser sur le plus haut des donjons celles de la jeune Amérique.

« Ému par cette passion néophyte, touché par cet attachement manifesté par un étranger pour ce berceau de pierre, à plusieurs reprises, je m'efforçai de la mettre en garde. De même, vous, Catherine, lorsque vous rédigerez le texte de votre livre, enfoncez-vous bien dans votre tête rêveuse que ces bâtiments sont des attrape-songes et à en prendre un dans ses filets, on le paye souvent fort cher.

« Ce ne sont pas tant les mémoires des décorateurs, des tapissiers, du plombier, du couvreur, qui allaient décourager ma belle Américaine, que ce monde des châtelains qui, au début, entraînait ses fantasmes mais qui allait se révéler pour elle plus ennuyeux, surtout plus impénétrable que ses compatriotes de Dallas. Assez vite, après qu'elle eut perçu que l'importance de sa fortune ne semblait pas faire tourner nos têtes, elle se lassa de l'équitation, des tours d'Europe que chaque année nous accomplissions. A Vienne, avec ses lipizzans, je la soupçonne d'avoir caressé un maître écuyer ; de Saumur, elle s'en revint penaude ; tombée sur un bec, se plaignant de ces cavaliers français qui réservaient plutôt leurs soins à leurs montures qu'aux écuyères enamourées ; et ainsi se détacha-t-elle du château. Le vendredi, si elle venait, c'était accompagnée d'un jeune Bostonien, les joues couleur de pêche de Cavaillon, conservateur de son état, une potiche famille rose qu'elle mit sous son bras lorsqu'elle me fit ses adieux. Ses hommes de loi réglèrent tout, hormis les factures, pour elle secondaires, qu'elle n'avait pas eu le temps d'honorer. Quatre ans de ma retraite allaient y passer. »

Catherine, tel un chat au lendemain d'un déménagement, fit le tour de la chambre, de la salle de bains ; devant la coiffeuse, elle régla à sa mesure les éclairages, fit ronfler le séchoir à cheveux, découvrit rangés comme sur les rayons de chez Saks, Fifth Avenue, des élastiques à la gomme encore vivace, des rouges à lèvres pour blondes, pour rousses, du khôl. Le fait que ces bricoles étaient encore fraîches, plutôt que d'agacer la visiteuse, semblait, au contraire, la réconforter ; elle n'eût pas apprécié de recueillir un monsieur abandonné de tous, vaincu par l'âge, réduit à la première venue, tandis que ce cavalier préoccupé par son tracteur, qui la regarde comme le grimpeur la Jungfrau, à l'instant de l'affronter à mains nues, avait de quoi exciter sa petite âme.

A sa tête pensante, elle donne un ultime coup de brosse, du doigt elle effleure le peignoir de bain. Bien beau linge, les draps brodés... Porthault sans doute !

On gratte à la porte. Elle dit « Entrez ».

On gratte de plus en plus. Elle rit, elle ouvre : c'est M. Chardin qui, cette nuit, prétend la passer aux pieds de sa maîtresse. Celui-là il l'apprécie la vie de château !

Le lendemain matin très tôt, Catherine se glisse dans la galerie, cotons et petites fioles au poing. Son matériel de campagne qu'elle ne manque jamais d'emporter.

Sur la toile, un paquet entier de coton allait devenir flocons terreux comme si l'artisane avait débarrassé la composition d'un humus brunâtre et spongieux, et, sous l'essence diluée, chaque trait apparaissait comme autant de coins d'un azur bleu et grenat après des passages nébuleux. Superbe ! Plus étonnant encore : le modèle qui ce matin se présentait sous les traits d'un quinquagénaire plutôt morose, délivré de tant de crasse, se révélait jeune, à peine la trentaine, des yeux marron, ardents et malicieux ; jusqu'au turban mué en une sorte de cotonnade légère, dont les blancs cassés faisaient mieux chanter l'éclat des boucles brunes, à croire que Monsieur de Laborde, cheveux rincés, sans prendre la peine de les sécher, s'était ainsi exposé.

« Victoire m'a dit que je vous trouverai ici. Que faites-vous ?

— Le voilà toiletté, Monsieur de Laborde.
— Mais ce n'est pas mon tableau.
— Nettoyé par mes soins. Pas l'ombre d'une retouche. Dans son genre, un chef-d'œuvre.
— Et si je vous laissais faire, tous mes tableaux vous pourriez ainsi les métamorphoser ?
— Tous non, mais un certain nombre. Pour cela...
— Il faudrait que vous séjourniez ici, c'est ça.
— Peut-être, mais le temps me manque. Mon livre, et puis je ne me vois pas m'installer ici. Nous risquerions, vous et moi, de perdre nos habitudes. »

Il s'approche de Catherine. Va-t-il la prendre dans ses bras ?

Elle crut que de la tête, de sa toile, Monsieur de Laborde lui faisait un signe. Que non, il ne fallait pas.

« Samedi ?
— Quoi, samedi ?
— Vous revenez. »

Il a dit ça comme il aurait pu le dire à une petite cousine trente ans plus tôt.

« Je vais dans le Nord. Un jour vous m'accompagnerez, lorsque je serai plus sûre de vous.
— Vous voulez dire ?
— Lorsque je serai plus sûre de moi. »

La semaine, elle la consacra aux demeures de la Thiérache et de la Champagne ; elle ne veut pas trop s'éloigner de Paris, d'un téléphone possible, sinon que de ce moyen le nouvel ami n'use guère.

Rue d'Aumale, un peu avant minuit, Marano s'informe.

Elle lui raconte tout, ça va prendre du temps : le dîner chez les Bourgois, les deux lettres de Balzac, un château empli de mille et mille choses, toujours debout, comme l'héritier, le baron Livry, vous connaissez ?

« Jamais entendu parler. »

Accrochée au fil, heureuse d'avoir quelqu'un avec qui s'entretenir de Bertrand, elle décrit le portrait.

« Ne t'excite pas trop, ma chérie, ce genre de peinture est toujours difficile à négocier. »

Elle s'insurge : « Pas question d'affaires ici !

— Toi, tu es amoureuse. Prudence, ma chérie. Chacun se distrait comme il veut. Cet après-midi, je suis passé chez Bulgari ; il y a là un joli porte-cigarettes : Fabergé 1908.

— Vous fumez ? C'est nouveau.

— Moi, non, mais un bien joli petit garçon que j'ai pêché dans les couloirs de l'*Hassler*, il prétend m'aimer — et pour moi tout seul. Je sais, ce n'est pas convenable, les frasques de ton vieil ami si heureux d'offrir à un giton de quoi le faire rougir de plaisir, et qui parle un de ces dialectes... qu'on ne baragouine plus qu'au fond des Pouilles. Je te l'imiterai : à mourir de rire, avec ça un mouvement des hanches... rien qu'à le voir onduler... A propos, ton châtelain tu couches avec ? »

Sur le cadran, Catherine fit le 16, le numéro du château.

« Vous revenez ! La voilà la bonne nouvelle. Vous voir : vous regarder bouger, croquer l'agneau, avaler le Petrus comme le Saharien l'eau du puits. Avant de m'endormir, c'est mon nouveau jeu, je vous déshabille. Un soir je commence par le bas, à d'autres je débute par les épaules. Rêve de collégien !

— Demeurez donc dans l'irréalité, c'est bien mieux. Car je ne ferai rien pour contrecarrer vos entreprises, mais après c'est vous qui serez mon prisonnier, et peut-être plus longtemps que vous ne l'imaginez. Un monsieur comme vous, je n'en ferai qu'une bouchée. »

Elle se tut un moment, puis reprit : « D'autant que vous devez être si bon à manger. »

Tout au long de la route, Catherine s'efforce de ne penser à rien : ne rien prévoir, tout abandonner à la chance. A plusieurs reprises, Marano le lui dit : son étoile est bonne, et cette année pour elle sera glorieuse. Ah ! le plaisant bonhomme que cet Italien, si drôle, si canaille, désarmant lui aussi, à sa manière. Quatre-vingts ans passés, qui couvre une petite frappe d'objets de Fabergé.

Il bruine. Bertrand est là, à la grille, sans manteau. Il saute dans la voiture. Au bas de l'escalier, Lucien saisit la valise : « On demande Monsieur au téléphone. »

Madame Victoire annonce que le thé est servi dans le fumoir.

« Je dois prévenir mademoiselle qu'on l'a changée de chambre. Depuis mardi, on n'a pas arrêté : lessiver les placards, aérer partout, parce que le parfum ça a la vie dure : d'autant que la Madame d'avant, en partant — ça fera deux ans dans un mois — a tout abandonné : robes, manteaux, lingerie; depuis c'est resté. Mardi, Monsieur s'est décidé. Il a dit : " Débarrassez tout ça, faites ce que vous voulez avec, en tout cas que tout disparaisse pour l'arrivée de mademoiselle. " »

Lucien pose la valise. « C'est la première fois que Monsieur le Baron touche à la chambre. »

Il regarda Catherine, plus raisin que figue, l'air de juger les affaires de cette jeunesse en assez bonne voie.

La cloche sonne le dîner. Catherine surprend Bertrand qui s'échine sur des registres, des colonnes de chiffres : « La comptabilité, quel casse-tête ! Jadis, mon père la tenait, à l'époque c'était plus simple. Gladys s'y connaissait assez bien, elle l'avait apprise, elle tapait même à la machine.

— Ces choses-là, dit Catherine, je m'y entends. Si Monsieur y consent, je pourrais faire un essai. Et à propos d'épouse, pourquoi, après d'autres stations, m'avez-vous installée dans la chambre... nuptiale ?

— La pièce est plus spacieuse, la salle de bains mieux adaptée, plus " cosy ", ainsi jargonnent les petites annonces ; plus tard, si ça vous chante, vous pourrez faire des modifications ; ainsi les tentures, un peu trop chichi à mon goût, début Napoléon III, mode ! » Il répéta : « plus tard ».

Elle le regarda. Méticuleux, il grattait le culot de sa pipe. « Plus tard », comme si, dorénavant, il était assuré d'une présence constante, puis reprenant : « Ai-je rêvé, ou ne m'avez-vous pas dit qu'auparavant vous montiez à cheval ?

— A la suite de deux chutes, je me suis arrêtée. La peur !

— Pour demain matin, j'ai demandé qu'on selle Donifra, une jument tout ce qu'il y a de nonchalante. Il y a de si jolies randonnées tout autour. »

Catherine ne tomba pas ; mieux encore, de retour au bout de deux heures de parcours, Donifra, après avoir réussi d'un coup de tête à se débarrasser du licol tenu par Bertrand, s'en vint au petit trot rejoindre Catherine. De la tête, elle lui donnait des petits coups, attendant de la demoiselle des marques d'affection.

« Vous plaisez aux bêtes, Catherine ; ne vous abandonnez pas, sinon vous exciteriez ma jalousie.

— Jaloux, vous !

— Il y a un commencement à tout. »

Depuis le boulevard périphérique, la pluie n'avait cessé de tomber ; par chance, rue d'Aumale, devant chez elle, la place était encore libre. Elle courut jusqu'à la malle arrière, sur sa valise reposait un paquet ficelé dans une couverture, et un mot : « Monsieur de Laborde, qui par vous ressuscite, éprouve les mêmes sentiments que ceux que j'ai à votre endroit : brûlant de vous rejoindre et de vivre du matin au lendemain à vos côtés ! »

Catherine demeure abasourdie : lui était-elle apparue telle une quémandeuse ? Le dégoût ! elle était au bord des larmes, désespérée. Rien contre lui, tout contre elle ; qu'elle était vile, semblable à tant d'autres : trafiquants, gens d'argent. Pire qu'eux ! Un sentiment de honte. Ainsi, et plus averti qu'il ne paraissait, Bertrand avait-il vu clair dans le jeu de la visiteuse, il avait décidé de céder à son caprice. Il m'aime, et moi je suis une salope, pensa Catherine.

En lui offrant ce portrait, Livry venait d'ouvrir une brèche, juste à l'endroit où les défenseurs de la place avaient omis de disposer des sentinelles.

Refuser la toile. Dire qu'elle ne pouvait l'accepter, que c'était là un des plus beaux fleurons du château : mais il n'entendra pas, et la situation sera plus gênante encore. Qu'est-ce qui m'a pris, se répétait Catherine, ainsi exposer à cet homme mes travers et mes défauts.

Pour la première fois de sa vie, elle se regarde avec la même attention aiguë qu'elle porte à l'œuvre, après l'avoir dévernie — sur elle, jusqu'ici, elle ne s'était jamais résolue à « passer le coton » — c'est là un état nouveau. Ce qu'on nomme élan du cœur.

Qu'elle demeure trois jours sans entendre sa voix, elle, généralement discrète, à tout propos jette son nom. Ainsi la semaine passée, il a fallu qu'elle en dise un peu plus à Odile : « Ça ferait un beau mari pour toi. » Ce qui agace le plus Catherine, c'est que cet homme, sans y toucher, réussit à la fois à l'intimider et à l'émouvoir. Serait-ce son âge ? Après tout, il aurait pu être un frère très cadet de César. A moins que ce ne soit son côté gamin : pantalon long, spencer noir et au bras le ruban des communiants, cette photo où il tient la main maternelle, pas tellement changé depuis lors, mais plus encore son extrême gentillesse, où se mêlent courtoisie et pudeur également. Il faut qu'il trotte à cheval, posé sur les étriers, qu'il se retourne pour corriger les mouvements de Catherine, pour reprendre son air « macho », du sang de polo, fils de Rubirosa et de Lauren Bacall, et pour couronner le tout, ce tableau. Ce cadeau : inconsciemment elle a dû tout manigancer; ainsi, ce matin, lorsqu'elle a ouvert le coffre, qu'elle a aperçu le paquet, elle a « su » que Monsieur de Laborde était là-dessous.

Sur l'heure elle aurait dû reprendre le volant, rouler jusqu'à Livry, révéler à Bertrand, s'il ne le savait pas déjà, qu'elle est une vilaine personne, une courtière. Elle aurait sangloté. Il l'aurait prise dans ses bras. Catherine venait enfin de comprendre qu'elle aimait Bertrand. Elle avait posé le portrait contre le dos d'une chaise. Elle décrocha le téléphone. Bertrand lui dit qu'à tout cela il n'attachait nulle importance, seul comptait que ce tableau lui plaise. « Vous allez revenir, dit-il, vite. Attendre jusqu'à vendredi, c'est peut-être ça la fin du monde. Et puis, il y a du travail ici, vous m'avez promis de regarder tous mes trésors, ajoutez la petite jument, elle s'impatiente, elle ne parle que de vous. »

Catherine enrage : c'est trop simple le procédé Livry, on dînera au coin d'un feu, on regardera un policier à la télévision, demain on la traînera chez des cousins aussi titrés que les grands chevaux de Lorraine, pour le soir, à l'instant de la quitter, se saisir du bout de ses doigts, sans pour autant les broyer, les insérer tel un boisseau de roseaux dans la paume de sa main droite, et en guise de bouquet, un baiser furtif sur les lunules.

Elle aime — elle n'excusera rien. Pourtant, elle n'en sait guère de la vie de ce monsieur, car lui aussi a quelques raisons à invoquer.

Depuis trente ans inscrit sur les registres : homme à femmes, comme on disait au temps de papa-maman, on lui en a beaucoup prêté — il s'en défend —, enrageant contre ces simples d'esprit qui confondent si volontiers les tombeurs de filles, les chasseurs impénitents, avec l'émotionnel. Il est vrai, c'est plus fort que lui, en croiser une, c'est vérifier l'intensité et la couleur du regard, en même temps la taille, l'ordonnance des seins, le galbe des mollets, l'harmonie des épaules, la finesse des chevilles, tout cela effectué à la vitesse d'un ordinateur : calcul où tout réduit à un seul chiffre devrait fournir l'indication idéale : 1, 6, 7, 12, chiffres qui ne seraient pas nécessairement attribués à la plus belle, à la plus parfaite, mais qui se soldent impérativement par une envie irrésistible d'étreindre l'une ou l'autre, et cette grande rousse aux yeux verts qui vers lui s'avance : Bertrand qui volontiers se dit honnête homme se ronge à l'idée de ne pas résister.

Éprouve-t-il quelques difficultés à se fondre dans le sommeil, il entre en mémoire un peu comme d'autres le font en religion, et à la place de psaumes surgissent des visages. Pour les uns, le souvenir est demeuré implacable, pour les autres on les devine dans le contre-jour, un orbe, la forme d'une coiffure. Longue éducation, tant d'expérience, et même si on a commencé un peu tard, même s'il faut compter pour des années « margarine » le temps qu'il a fallu pour différencier le nylon de la soie, grignoter les bouts de sein sans jamais les avaler, faire ronronner la patiente, transformer le souffle en gémissements — que de jours envolés ! Cela en valait-il la peine ? Les Paula, les Louise, les Marie, miel pour quelques semaines, qui les unes, les autres ont prétendu éprouver ici un grand bonheur. Sincères ? Sûrement mais mêlant un peu tout, les murs de granit, la belle tenue de l'hôte sur son alezan, le frottis ancestral, si bien qu'à l'idée même de venir passer la nuit sous huit cents mètres carrés de toit en ardoises, dans une demeure « François » ou « Louis », elles se disent transportées. Évidemment elles écoperont de la visite des cuisines dont les dernières réfections remontent à 1630, de la salle d'armes où les familiers de François Ier aimaient à se rencontrer dans un décor peint par un élève du Primatice : rigoler au charmant spectacle de ces dames qui, mutuellement, se pinçaient la pointe des seins. Voyageuses du week-end, sans même le besoin d'une pichenette, qui se retrouvaient éparses sur le grand lit Empire. Dans le nombre, on enregistre quelques ratés. Recommencer ! un baiser rapide sur les lèvres devrait suffire. Demain à l'aube, je vais aux canards. Si ça vous amuse, je vous ferai réveiller. Thé ou café ? Taxé d'égoïsme... rien pour lui ne vaut la peine de troubler cette vie qu'il s'est peu à peu fabriquée.

Bientôt la soixantaine ! Après... après ! restera la chasse, puis la prostate, et enfin le trou.

Que de fois pourtant il a rêvé d'une union, celle du grand aïeul et de son épouse, celle de ses grands-parents : exemplaire, harmonieuse, attendrissante, la main de l'homme qui couvre celle de la femme, image telle qu'en offrent ces calcaires sculptés en Égypte sous la XVIIIe dynastie.

Malheureusement le plus souvent on se retrouve en tête à tête, et du charmant visage d'antan, seul demeure le souvenir, masque plaqué sur l'écroulé, comme les toiles empruntées aux façades des cathédrales que le Lorrain Monsu Desiderio peignait vers 1560, bâtisses apparemment de briques et de granit, mais qui, trop longtemps exposées à la chaleur des lumignons, minéraux devenus résine, s'amollissent, s'effondrent, s'affaissent, coulent. Qui aurait alors le cœur d'abandonner l'autre ?

A ces dames souvent lasses du conjoint, Bertrand explique que, si d'aventure le marquis mari au détour de la chasse se rompt les os, en épousant Bertrand elles seraient ravalées à l'humble titre de baronne. Convaincre toutes ces Judith, ces Mathilde, ces Véronique qu'il n'est qu'assaisonnement.

A ces jeux, Bertrand aurait bien fini par y laisser sa peau, mais c'est sa guerre, et pour celle-ci il a l'âme d'un mercenaire qui à l'issue du combat se dit : vivement la retraite ; mais que surgisse l'ennemi héréditaire, il serre ses buffleteries, enfourche la monture — ne pas lâcher les brides ; régner autant qu'il sera possible sur ce petit royaume : souvenirs, archives dérisoires qui, à peine les braises éteintes du goupillon, se déliteront — ne vous attardez pas Mesdemoiselles dans les allées du petit cimetière où sont enterrés les miens et les restes incomplets du grand aïeul. Plutôt tristounet tout ça, heureusement, au coin du saule pleureur guette l'Imprévisible.

Bertrand, pour la cinquième fois depuis une petite heure, consulte le bracelet. Qu'ont-elles donc les aiguilles à traîner — les piles seraient-elles usées ? Il allait remonter les marches lorsqu'une porte claqua. Il se retourna. « Que vous êtes belle, et ce manteau, je ne le connaissais pas.

— Ungaro.

— Il faudra vraiment que j'apprenne. »

Et tels des amants qui ne s'étaient pas revus depuis une longue séparation, un voyage en Terre de Feu, le plus naturellement du monde ils s'étreignirent.

« Mon Dieu, dit-il.

— Ne rougissez pas, jeune homme !

— Mademoiselle peut-elle me prêter la clef du coffre arrière, que je monte sa valise.

— Tout à l'heure. »

Peu de temps avant de passer à table, Catherine descendit jusqu'au perron, ouvrit le coffre, sortit sa valise et un paquet.

« Vous pouvez défaire les ficelles, dit-elle à Victoire.

— Mais c'est le tableau dont Monsieur le Baron avait disposé pour mademoiselle. Ça n'a donc pas plu ? »

Catherine ne répond pas. Le bruit alla de l'office jusqu'à la chambre de Monsieur.

On frappe à la porte.

« Le portrait !

— Je l'ai rapporté. A Paris, il n'a que faire là-bas, il a toujours vécu ici, et, le matin, au réveil, tant que j'occuperai cette chambre — ça dépendra de vous — j'apercevrai le visage de Monsieur de Laborde. Infiniment de charme... »

La matinée du lendemain, Catherine la passa allant de pièce en pièce, un bloc à la main. De temps à autre, elle pousse l'échelle.

« Vous trouvez des merveilles, des grands maîtres comme on dit ?

— A première vue, non, plutôt un tas de jolies petites choses ; de quoi épater vos visiteurs. »

A table, Catherine, l'assiette à pain repoussée, consulte ses notes : « D'un premier bilan, rapide, à vue de nez, vous pourriez tirer de tout cela de quoi régler pas mal d'arriérés, finalement, un assez piètre résultat, mais après que restera-t-il de ce qui a constitué un peu du charme et du mystère de cette maison ? Ce château vidé, qu'en penserait l'âme du romancier, s'il revenait ici ? »

Jusqu'à ce jour, Catherine n'avait pas parlé à Bertrand des deux lettres de Balzac.

« J'aurais pu vous en entretenir plus tôt, mais ne m'auriez-vous pas soupçonnée de sordides manœuvres, de ces gens qui écument les vieilles demeures. D'ailleurs, à dire vrai, ça a pu m'arriver, au hasard de mes pérégrinations, d'acquérir, comment dirai-je, un souvenir — âme de brocanteur — puis de reprendre la route : peut-être prétextes pour me fuir. Je pense à la tête de mes aïeux : la fille du juif errant — courir ! car je suis une coureuse. Autant que vous le sachiez : rien de tout cela ne m'amuse plus. Fichue, quoi ! espérant trouver sous ce toit encore un leurre, or, voilà, il faut bien que je vous le dise : à l'idée de m'éloigner d'ici, de ne plus vous revoir... Et si je vous tuais ?

— Vous iriez en prison.

— Alors je vous blesserai légèrement. Essayez plutôt de me comprendre. Sur le papier — je dis bien sur le papier, précisa-t-elle en frappant de l'ongle sur le carnet — je suis folle de vous. Je ne pense qu'à vous. A la fois ça m'enchante, c'est si nouveau pour moi ce nouvel état d'âme, d'autre part, une collégienne. Stupide ! Et plus vous retardez, plus je m'enfonce. Ou jamais nous ne coucherons ensemble et jusqu'à mon dernier jour je demeurerai imbécile, folle d'une image, ou bien... si Monsieur se décide. Alors ! ce ne serait pas gagné pour autant. Imaginez un flop ! On rentrerait chacun chez soi. A l'occasion, à Paris, vous m'inviteriez à dîner, moi je refuserai parce que ça m'assomme de partager un repas avec un monsieur qui m'a ratée. Ou bien ça réussit, alors, Bertrand, mesurez ce qui en adviendra car il faut être lucide, je ne vous lâcherai plus, pas plus que vous ne vous débarrasserez de ce joli portrait. Vous me l'avez offert, il est dans ma chambre. Ma chambre est dans votre château. Mon Dieu, la vie est bien compliquée.

— Je dois vous dire qu'il y en a un ici qui ne comprend rien à tout ça, c'est Lucien qui, tout à l'heure, m'a pris à part. N'avait-il pas eu tort, suivant vos instructions, de pitonner la toile au-dessus du lit. Je l'ai rassuré. Dorénavant, lui ai-je dit, tout le monde doit être aux ordres de Mademoiselle. »

Depuis un moment, pour mieux fixer ses idées, Bertrand s'occupait à mettre du beurre sur des mouillettes, puis du dos de sa cuiller à écraser le dôme de l'œuf à la coque. « Pour ajouter à mes propos, dit-il, ils sont pondus de ce matin, pour le reste, si ce soir, plutôt que d'aller méditer un mauvais coup dans votre chambre, vous consacriez un moment à visiter la mienne, demeurée en l'état depuis le Directoire, de quoi nourrir votre curiosité : de jolies aquarelles romantiques, une crédence offerte par François Ier à son aide de camp, il l'appelait : « Mon joli Livry. » Une chambre successivement occupée — la tradition remonte à la Renaissance — par les maîtres des lieux, de ces gens qui à toute époque servirent le Roi, l'Empire, la République, mais toujours demeurant ce que le ciel en avait fait à l'origine : des Livry ; des souvenirs du grand aïeul, de son fils, de mon arrière-grand-père qui fut chambellan du duc d'Aumale, de mon grand-père fauché à Vauquois en 1917, de mon père pendu à une suspente de son parachute, mitraillé à bout portant par les Allemands à quelques kilomètres d'Arromanches, le matin du débarquement. De la visite de ma chambre, de ce qui s'ensuivra on pourrait en parler devant une tasse de thé demain matin.

« Cette chambre dont Monsieur et Madame Lucien — j'ai deux amis sous ce toit — m'ont souligné les mystères et la beauté comme s'il s'agissait de la cabine du Capitaine Nemo, n'est pas sans m'inquiéter. Je vous imagine, cherchant le sommeil, l'œil rivé sur de sombres vestiaires entrouverts dans lesquels flottent les nippes et les restes de jolies nièces qui sont tombées dans vos filets. »

Il ouvrit la porte. A l'instant de pénétrer, il saisit Catherine par le bras, et gravement lui demanda : « Êtes-vous sûre de vouloir franchir le seuil ?

— Pourquoi pas ?

— Asseyez-vous, dit-il en repoussant une selle qui interdisait l'accès du seul fauteuil encore disponible. C'est le bordel... Un jour, de retour de la ville où je m'étais attardé, je trouvais l'épouse qui, accompagnée de son maître d'hôtel, prétendait remettre de l'ordre ici ; j'ai dû quelque peu m'emporter. » Bertrand allait, venait, d'un bout de la pièce à l'autre, enjambant les obstacles, virevoltant autour des sièges et des guéridons, et sous ses talons, révélée par les derniers feux du couchant, de la poussière noyée dans les fils de la Savonnerie s'échappait telles des fumerolles légères.

Dominant la cohue au fond de la chambre, un mausolée colossal, celui sous lequel aurait pu reposer la blanche Iphigénie, intact, au milieu d'un champ de ruines, le lit ! Bertrand parlait de ce meuble comme d'un être vivant, qui, depuis qu'il est sorti des ateliers du grand Jacob, recèle une fraction des secrets de la famille.

« Depuis bientôt deux cents ans, chaque parturiente, du moins de la branche aînée, à la veille d'accoucher, va s'étendre sur cette couche. »

L'heure tourne, la mémoire de Catherine se brouille. Tout a dû commencer un peu avant minuit, faute d'un siège, pourtant il y en avait un et fort beau, du genre qu'on appelle « fauteuil d'Officier » où, par une astuce de l'ébéniste, l'accoudoir se rompt pour laisser la place à l'épée. Mais pour aller jusque-là, en plus de la distance, il aurait fallu le débarrasser d'une masse de papiers. Bertrand, assis au bord du lit, d'un des tiroirs de la table de chevet avait extirpé un dossier ; des lettres adressées par l'Empereur à l'aïeul, trois expédiées de l'île d'Elbe, deux de Sainte-Hélène. Difficiles à déchiffrer, les notules rageuses du Corse.

« De vraies lettres ? et écrites par Napoléon !... » Un long moment Catherine demeura ânonnant un mot puis un autre.

« Ne restez pas là, debout, venez à côté de moi » et, tendant la main, précédant encore son mouvement, carrément, il s'étendit en travers du lit l'entraînant avec lui. Sous le coup de la surprise, elle lâcha les missives impériales.

En dire plus... l'auteur du récit n'excellant pas dans ce genre d'exercice, où tout mouvement peut être fauteur de plaisir, préfère s'en tenir à ce que disait ce joli romancier contemporain d'un Trianon qui n'était pas encore un hôtel meublé — que cette nuit-là, l'île fut peuplée d'amants heureux.

Bien plus tard, Catherine perdue dans les bras de son amant, éclairée par une lumière de pleine lune, tenta de s'orienter : des meubles aux formes confuses, des épaves qui grouillaient à terre : tables, colonnes, chenets, autant d'éléments dont un enfant peureux aurait pu retirer qu'il pouvait s'agir de monstres qui, à la faveur de la demi-obscurité, surgissaient du sol, pour se montrer finalement aimables. « Vous dormez, Monsieur ? » Il s'étira : « Je rêvais plutôt. » Il se souleva. « Votre corps est si gai, et sous l'effet de ces rayons froids, vous qui habillée faites, plutôt Junon, cette nuit, dévêtue, vous apparaissez, je dirais, désarmée, gracile même.

— Elle va bien votre imagination. Nue ! gracile ! me voir ainsi ; dans cette pièce où vous avez pris soin de tout éteindre ne demeure que ma silhouette. La pénombre ! Nue ! A ce propos, je ne sais comment vous avez fait pour à la fois vous jeter sur le lit, m'y précipiter, en même temps éteindre la lumière et me déshabiller. Acrobate et femme de chambre ! Vous ne manquez pas de dispositions.

— Pour vous servir. »

# VI

# *Saint François et le loup au soir de Waterloo*

L'aube arriva en catimini, Bertrand s'était assoupi, Catherine sommeillait, mais à la manière des dames éprises, un œil à demi ouvert, quêtant un réveil, prête même à le favoriser. Étendu sur son épaule, il dormait si bien. Doucement, elle approcha le bracelet : six heures, à ce train, le petit déjeuner, il allait falloir patienter.

La lumière, en entrant, fit d'abord la pièce blafarde. Un peu plus tard, comme au sortir des tunnels où subitement on passe de l'ombre au jour, les tonalités de toutes ces choses ressortent prudemment tel le lapin, à l'aurore : d'abord le corps de Bertrand, puis la pointe des seins de Catherine, l'incarnat des ongles de ses pieds, le vert très pomme de la Savonnerie, le rose aux joues de l'hôte, grisé par le chaume de la barbe.

Lorsqu'elle ouvrit une nouvelle fois l'œil, Bertrand, dos à l'air, était retourné à sa liaison avec les ombres. D'une des croisées demeurée ouverte, une brise légère s'éleva, écartant le voilage qui, depuis le haut du ciel de lit, recouvrait la tête de la couche. Sur le mur, là où ordinairement on accroche le crucifix en bois ou en ivoire, une composition ; ainsi Catherine put constater que l'un et l'autre égarés dans les méandres de cette fête nocturne se retrouvaient ce matin, la tête au pied du lit. Le tissu léger, de temps à autre, chatouillait le bout de l'orteil ; Catherine en saisit un coin, le tira vers elle. Ainsi apparut un panneau peint, quasiment de la largeur du lit et haut de quelque soixante centimètres.

« Quelque chose vous dérange ? » Et Bertrand de la happer par la nuque pour mieux se perdre dans la poitrine offerte, et de buissonner jusqu'à ce que les rayons de soleil chauffent les oreilles. « J'ai faim, dit-il.

— Et alors ?

— On sonnerait le petit déjeuner.

— Avec moi, et dans votre lit ? Et celui-là, qui est-ce ? demanda-t-elle en désignant un portrait en pied qui du marbre de la cheminée, atteignait le plafond.

— C'est le grand aïeul représenté en 1802 en lieutenant de chasseur. »

Il sourit. « Depuis le temps qu'il entend parler de vous.

— Enchanté de le connaître. Il a l'air si jeune.

— Peut-être ! Mais aujourd'hui, il aurait tout de même plus de deux cents ans. Né en 1777. Lorsque Henri Riesener — le fils de l'ébéniste — le peint, il est aide de camp d'Eugène de Beauharnais, le fils de Joséphine. Beau garçon, l'ancêtre, avec tout de même un rien de contraint dans le visage, je dirais de triste, à moins que ce ne soit de l'ennui. La guerre ! D'après les notes qu'il a laissées — rédigées pour la plupart après le drame —, il était de ces myriades d'hommes qui ont fait tant de ces campagnes, écœurés par tant de sacrifices — petites gens enrôlés de force : achetés d'une certaine manière pour satisfaire les ambitions du Corse.

« En 1795, à dix-neuf ans, gagné par les idées du temps, poussé par de nobles sentiments, il part aux armées : les guerres de Vendée, l'expédition d'Égypte — Vivant Denon, dans une lettre — elle est là dans ce fouillis — adressée à son ami Louvet, député du Loiret à la Convention, évoque un jeune Livry à l'intelligence si vive, à la sensibilité si brillante.

— Le voilà donc ce grand aïeul ! » Catherine, tout en conversant, s'était emparée de la robe de chambre. « C'est lui l'hôte de Balzac, qui a tant aimé la peinture ?

— A la folie, y consacrant sa solde, ses primes et le reste. Pour celui-là, dit Bertrand, désignant le panneau situé au-dessus du lit, en place de décaisser un Napoléon, il a dû donner trente-deux livres de sa chair.

— Curieux ! » dit-elle.

Pendant un long moment, assise à croupetons sur le matelas, elle demeura l'œil fixé d'abord sur le côté gauche de la composition, puis tournant autour du lit, elle passa à l'autre partie — prenant son temps, offrant à l'hôte une vue imprenable sur sa nuque longue, creusée profond, dissimulée derrière la masse des cheveux ; la toucher, ça ne tiendrait qu'à lui, d'abord doucement, il lui caresserait le cou puis passant à des pressions plus rudes...

« Vous n'avez pas mal au dos ? Parce que, question masseur, j'ai paraît-il une assez bonne main.

— J'en ai déjà eu un petit aperçu cette nuit.

— Ce panneau, qu'a-t-il donc de si particulier ?

— A contre-jour je le vois plutôt mal, et puis il est si large.

— Alors, grimpez », dit Bertrand amusé.

Sans attendre, d'un double coup de pied, envoyant promener ses chaussons, Catherine foula le drap à l'emplacement où le maître de maison mettait ordinairement son nez.

« Habillée dans ma robe de chambre, vous êtes encore une autre personne.

— Je ne vous plais peut-être plus.

— Ce n'est pas le mot ! Nue, tout de même, c'est plus plaisant. Mais mes propos ne vous intéressent pas, c'est visible, pas de chance ! Une maîtresse qui, à toutes choses, préfère la peinture. Quelle vie va être la mienne, traîner de musée en musée.

— Et de quelle manière est-il arrivé ici ? »

Du matelas, Bertrand et Lucien eurent du mal à disposer le panneau sur le parquet.

« Il pèse son poids, dit ce dernier, et puis cette nappe de poussière... Je vais chercher une brosse.

— Surtout pas, dit Catherine, un simple plumeau fera l'affaire. Curieux sujet : un saint homme à l'air terrifié, un guerrier à tête de loup qui s'apprête à trucider un enfant sous les yeux d'une jeune personne à la robe longue et rose, habillée comme pour un bal et que tout a l'air de laisser plutôt indifférente. Avec ça, cette colline si plaisamment plantée d'oliviers taillés en formes arrondies comme en Toscane.

— D'après vous, ça serait l'œuvre d'un artiste connu ?

— A l'époque, d'Italie, des Flandres, du Rhin, il n'y avait guère de cités qui ne fussent en droit de revendiquer le meilleur. La facture est ici assez primitive, du moins apparemment — fin XV$^{e}$ je dirais, et si j'ai bien compris, rapportée par le joli militaire qui, le shako enfoncé jusqu'aux yeux, nous suit du regard. Prise de guerre ? Souvenir ?

— Celui d'un soir à Waterloo. »

A une ou deux reprises, Donifra a fait des écarts. « Prenez-la un peu plus dans les jambes. Quelque chose vous préoccupe, elle le sent ; aux petites juments, il ne faut pas leur en raconter.

— Peut-être qu'elle aussi pense au tableau. Rentrons, je veux le revoir. »

Depuis un long moment, à genoux, centimètre après centimètre, elle en observe les détails.

« Ce qui m'inquiète c'est l'état de conservation : après cinq siècles, c'est à ne pas y croire, les vernis à peine entamés, des craquelures infimes. Et si c'était une de ces " Forgeries ", comme on disait à l'époque.

Vers 1840, avec la vogue de plus en plus grande pour le Moyen Age et la Haute Renaissance, les copistes, particulièrement les Italiens, s'en sont donné à cœur joie, et encore de nos jours, en dépit des progrès scientifiques, il est parfois " coton " de trancher entre l'authentique et le pastiche.

— Si je comprends bien, s'il s'agit d'un faux il faudrait qu'il ait vu le jour bien après la chute de l'Empire, or, il est entré dans le patrimoine familial au tout début du mois de novembre 1815 — six mois après le désastre. Cadeau de mariage offert par le père de la fiancée à mon trisaïeul.

« Comme vous le voyez sur ce portrait en pied, il était ce qu'on pouvait appeler un bel homme, mais pas de très grande taille. En 1815, il a trente-huit ans, il a beaucoup bourlingué. Douze ans auparavant, à l'issue de la paix d'Amiens, il comptait aux effectifs du premier chasseur à cheval. Lieutenant, en 1805 il est légèrement blessé à Austerlitz. En 1808, il combat en Espagne sous les ordres de Soult ; six ans plus tard, il traversera la Berezina ; colonel, demi-solde à la Première Restauration, il rejoint l'Empereur lorsque celui-ci débarque à Fréjus. Au soir du 10 juin, il est convoqué à l'Élysée avec deux de ses cousins : Fleury de Chaboulon, premier secrétaire intime de Sa Majesté, et La Bédoyère ; celui-là a vingt-neuf ans, les yeux bleus, courageux jusqu'à la témérité, empli de charme, il a la confiance de l'Empereur. Tous les trois ont combattu ensemble, ils se connaissent bien, ils ont assisté à l'incendie de Moscou, et ils ont bataillé à Montmirail.

" Pas de temps à perdre, dit Chaboulon. Vous deux, je connais votre témérité, votre subtilité, vous parlez l'allemand et l'anglais. Dans une heure, vous quitterez Paris pour le Nord, là vous vous séparerez. Votre mission : pénétrer les lignes ennemies, enquêter : rapi-

dement en savoir plus à propos des discordes qui opposeraient en principe les Prussiens aux Anglais. "
Chaboulon donna à l'ancêtre cinq mille francs en or, et un sauf-conduit pour Lille ; de là, à la faveur d'un de ces grands va-et-vient de Français et d'étrangers, il gagnera Bruxelles et le quartier général de Wellington.

Les deux hommes quittent Paris, La Bédoyère arrive le 6 à Lille dans la matinée et Livry au milieu de la journée ; chacun laisse là son équipement militaire et prend l'identité l'un d'un marchand, l'autre d'un minotier, et sous des habits flamands se faufilent à Gand et de là à Bruxelles. C'est leur tête qu'ils jouent, s'ils sont pris on les fusillera. Tout cela, Catherine, je vous le raconte parce que d'une part, mon arrière-grand-mère est native de Waterloo, d'autre part, parce que la présence de ce tableau ici est un épisode lié à la bataille elle-même.

Le 7 juin à Bruxelles, l'aïeul y restera jusqu'au 10. En ville, c'est la fête, les bals s'y succèdent ; on manque de larbins, Livry réussit à se faire engager : le traiteur fournit le costume et la perruque. Le premier soir, il sert le champagne aux Allemands qui reçoivent les Anglais, et le lendemain aux officiers écossais qui aubadent les amis hollandais. Au petit jour, échauffés par le vin de Champagne et le tokay, ces messieurs parlent, déploient des cartes, et pendant que Livry passe le chaud-froid de volaille il en apprend plus sur des lignes qu'on dit trop étendues, qu'on redoute de voir, soudain, enfoncées et surtout sur une certaine voie romaine qui partant de Bavay, en France, aboutit à Tongres en Belgique. Il est primordial de la tenir.

Deux jours plus tard, l'aïeul, précédé par Chaboulon, pénétrait dans la tente impériale. L'Empereur pendant un long moment regarda Livry. Au jeune colonel il fait un signe de tête, alors l'aïeul surmontant sa timidité, penché sur la carte, prétend qu'avec une masse de cavalerie on pouvait tomber sur les cantonnements de l'ennemi, les écraser, de là filer sur Bruxelles, rejeter les Anglais sur l'Escault et les Prussiens sur la Meuse, pour se retrouver quelques jours plus tard jusqu'à Coblence. Il paraît que Napoléon sourit, posa sa main — une main potelée, douce, chaude — sur celle de l'aïeul : " Ce Colonel, dit-il, parle le langage d'un Chef d'État-Major, c'est bien. " Puis sans autre, Sa Majesté se replongea dans ses cartes, sans plus lever la tête, sans un mot à l'adresse de Livry.

Le jeudi 15 juin, à deux heures du matin, la diane résonne dans tous les bivouacs. L'armée française s'ébranle, l'ordre est de forcer la Sambre, à midi de tomber sur l'ennemi, pour entrer vivement en Belgique. Le temps est beau. A six heures, le ciel est bleu " couleur de l'espérance ", aurait dit l'Empereur. Seulement voilà, déjà à sept heures du matin, les morts se comptent par dizaines et les blessés par centaines. La cavalerie de Reille traverse la Sambre, pénètre dans Charleroi, chasse les Prussiens devant elle ; Napoléon suivra, mais avec une heure de retard sur ses prévisions. Premier grain de sable, le général Vandamme, installé dans un château, flâne dans son lit, et l'unique officier chargé par Soult d'aller le secouer se casse la jambe en route : retard qu'on ne parviendra pas à rattraper. Par trois fois, Livry croise l'Empereur. Napoléon est là partout, en observation directe, et les mouvements s'exécutent sous ses yeux : une sorte de grand jeu ! Catherine, je vous embête avec mon histoire, mais elle me tient si à cœur, je crois que ces trois jours j'en connais minute par minute les détails.

Le 16 juin fut une journée accablante, à la touffeur — la température est de 31 degrés — s'ajoute l'humidité, fruit des pluies diluviennes : on patauge dans la boue jusqu'à mi-jambe ; pourtant l'eau potable manque, on boit jusque dans les flaques. Aux déchaînements de la nature s'ajoute l'impéritie de l'intendance : rien à manger. Ce qui va se passer, pendant les quarante-huit heures suivantes, tout est relaté dans les notes de l'aïeul, manuscrits habillés en maroquin vert par Messier, le relieur des Romantiques. Beaucoup de faits se recoupent avec les récits du temps, d'autres paraissent parfois contradictoires, des révélations étonnantes sur le rôle des musiques françaises, allemandes ou écossaises. Ces hautbois, ces trompettes, ces tambours qui devaient jouer, frapper pendant ces tueries. Au feuillet 33, parlant de l'Empereur, l'aïeul dit : Mon Dieu, qu'il est beau le Corse ! Çà et là des notes sur la manière dont Sa Majesté passa les dernières heures à la veille de l'ultime combat, dormant cette nuit-là bottes aux jambes, en capote et le chapeau sur la tête.

A six heures du matin — l'heure de la montre impériale réglée sur la sienne — le Grand Maréchal Bertrand, de sa main, effleure l'auguste épaule. Sans même rassembler ses esprits, Napoléon se dresse, imbibe un linge d'eau de Cologne, se frotte vivement le visage et la tête. A neuf heures, sur des assiettes de Sèvres, dans de la vaisselle de Biennais posée sans nappe sur une longue table graisseuse, Napoléon se fait servir ce qu'il appelait un déjeuner-dîner. Arrive son frère Jérôme suivi de tous les généraux ; ne prêtant guère de crédit aux renseignements fournis par l'entourage, Napoléon fait le tour de ses armées. A un moment donné, il se retourne. A dix pieds, à La Bédoyère et à Livry qui retiennent leurs montures, l'Empereur aurait ajouté : " J'aime à vous voir là, les garçons. " Mouvements achevés, l'Empereur revient au Caillou ; s'étend sur son lit de camp, à onze heures, son frère Jérôme le réveille. Napoléon le repousse : " Va prendre la tête de ta division. "

« Je ne sais pas pourquoi je vous raconte tout cela, Catherine, mais c'est la faute de ce tableau.

— A vous entendre, dorénavant on ne m'enlèvera pas de l'idée que vous étiez ces jours-là à Waterloo. »

« Nous autres, si attachés à la vie, affolés par les bombinettes, le sida, les retours de vacances, nous n'imaginons pas la manière dont chacun, Prussien, Anglais, Français, affrontait le danger, accueillait la mort, jusqu'à Napoléon qui ne cesse d'aller et de venir, qui parcourt au petit trot les lignes d'infanterie, qui devant le Corps n° 1, est assailli par une grêle d'obus. Miracle qu'il n'ait pas été atteint, et l'aïeul qui le suit à quelques pas, jeté à terre, retient tout de même sa monture et l'enfourche. " Il ne fait pas bon ici ", aurait dit l'Empereur.

Wellington, qui perd encore plus d'hommes que les Français, décide de lâcher du terrain, du moins à l'état-major français on l'imagine. A seize heures trente la roue tourne. A l'horizon des nuages de poussière : seize mille hommes, quarante-quatre canons, c'est le général Bülow et ses Prussiens. Sous l'avalanche Napoléon, qui renoncera pour ce jour à en finir avec Wellington, tente de concentrer toutes ses forces pour se dégager des Prussiens. La Garde avance baïonnette au canon.

Au milieu de tous ces épisodes terrifiants, l'aïeul relate que l'humour continue à régner. Ainsi, vers trois heures, alors qu'un petit groupe amenait à l'arrière pour y être interrogé un capitaine anglais, La Bédoyère, qui avait reconnu un danseur de Bruxelles, griffonna une note, l'Empereur sourit, fait un signe, arrête l'escorte : " Capitaine Elphinstone, n'étiez-vous pas à Bruxelles, il y a quarante-huit heures, au bal donné par la duchesse de Richemont ? "

A six heures du soir, la vieille garde éparpillée, submergée, rétrograde lentement. Napoléon, qui manque d'être pris, n'a que le temps de se mettre sous la protection d'un des derniers carrés : le Lion-Belgique. Au milieu de cinq cents hommes, il y a là les noms les plus sublimes : Ney, Soult, Bertrand, Gourgaud, le prince Jérôme : des Prussiens sabre au clair taillent et s'approchent. On supplie l'Empereur de se retirer. Livry entouré de quelques vétérans de Marengo, de son corps, s'efforce de couvrir l'Empereur ; aux boulets se mêle la mitraille. L'aïeul s'effondre frappé par un éclat au sommet de la cuisse gauche et par une balle au milieu du genou droit. On le piétine, il ne souffre même pas. Lorsqu'il s'éveille, la nuit est tombée. Il appelle, on ne répond pas. Lorsqu'il reprend ses esprits, il est couché sur un lit, un vieil homme est là, dont le visage ne lui est pas inconnu. " Le colonel me reconnaîtrait-il ? L'Espagne ! J'étais l'ordonnance du maréchal Lannes. A vous, mon colonel, j'ai servi la soupe pendant le siège de Saragosse. " A ses côtés, une grande fille taillée comme pour soutenir un buffet d'orgue. " C'est Perrine, ma fille, depuis cinq heures ce matin, elle cherche un chirurgien : pas facile, tout le monde fout le camp. Elle et moi nous vous avons mis des garrots, tâchez de ne pas trop remuer, sinon le sang va encore couler. " Le blessé lève la tête. " Ne regardez pas, mon colonel. " Les draps sont rouges de sang. A nouveau, l'aïeul s'évanouit. Un sentiment de froid. Il s'éveille, un homme est là, uniforme brodé bleu couvert de sanies, de crasse, une barbe de trois jours : " Je suis le major Lion, Officier de Santé, adjoint au baron Ivon, chirurgien de Sa Majesté. Mon colonel, ces braves gens acceptent de vous cacher à leurs risques et périls. Les Prussiens courent partout massacrant les survivants. Pour moi, je ne puis rien pour vous ; vous êtes pratiquement exsangue.

— Fichu ?

— En temps ordinaire peut-être pas, en vous amputant.

— Me couper la jambe !

— Les deux, mon colonel, et encore...

— Je refuse !

— C'est ce qu'on dit. Vous autres, vous n'auriez pas un petit coup à boire, je tiens à peine debout. En quarante-huit heures, avec le baron Percy, on a procédé à plus de cent vingt amputations. "

Le chirurgien se penche, hume les plaies. " Éprouvez-vous des fourmillements, des sensations de froid ?

— Des crampes plutôt.

— Classique, mon colonel, les crampes... Il reste encore une chance, tailler illico, s'arrêter un peu au-dessous des genoux, sinon, dans moins d'une semaine, il faudra réopérer, aller plus haut. C'est pile ou face ! Vous acceptez ou avant trois jours vous mourrez dans des douleurs atroces. Vous allez ingurgiter ce qui me reste d'opium — pas des masses. "

On frappe à la porte, des coups de crosse. Le père ouvre. Plus rien à boire ! rien à manger ! Des hommes s'en vont exténués.

" Mademoiselle, donnez-moi des draps et si possible de la corde, pas trop fine mais solide ; il va falloir vous attacher, mon colonel : les bras, le torse, les cuisses. Au papa de la jeune fille, il parle à l'oreille : apportez un grand sac. " Le major sans même prendre la peine ni de se laver les mains, ni de retrousser les manches de son bel habit ornementé, le plus tranquillement du monde, sous les yeux du patient, défait les boucles de sa trousse et en sort deux scies. " On se détend, mon colonel. Mâchoires desserrées. " A lire les notes de l'aïeul, il prétend avoir perçu à peine l'entame. Tout de même au bruit de la scie sur l'os, il poussa un cri : " On ne hurle pas, mon colonel ! Maintenant on serre les quenottes, je suis sur le muscle. A ce que je vois, vous êtes cavalier, allons, ça ne fait pas si mal que ça. "

Le papa semble fasciné par les mouvements de la scie, par la précision des gestes du chirurgien, par son apparente indifférence. Un instant, il parut rechigner lorsque le sang gicla sur les broderies de son uniforme. " Allez l'ancien, serrez un peu la corde. " Lorsque le membre fut détaché, il dit : " Pour la deuxième, ça sera peut-être plus difficile, l'opium va cesser son effet, heureusement, d'une certaine manière, la nécrose a déjà attaqué les nerfs, moins de sensibilité. " Il fit un signe, et le vieux, dans le sac, laissa choir la jambe. " Mon colonel, dans quatre minutes ce sera fini.

— Je préfère crever, je vais vomir. Cul-de-jatte ! J'ai envie de pisser, laissez-moi mourir.

— Très bien, dit le praticien, simplement, un dernier geste, mon colonel : Soulevez-vous un chouia, regardez-moi bien dans les yeux : ' Allez, hop ! ' et d'un coup de tête énorme, celui d'un bélier de dix ans, le major heurtant du front celui du blessé, l'assomma littéralement. ' Vous autres, vite, passez-moi ma scie, celle de droite : la propre ' " — en fait, la lame était oxydée comme brunie par des traces de mille pintes de vieux sang séché. Alors, ouvrant largement la main, bien grasse, aux doigts courts, pinçant la peau un peu au-dessous du genou, sans autre, il tailla. Arrivé au muscle, Livry se mit à geindre, puis à vomir. " Il va se réveiller. Toi, ma mignonne, fais-lui le coup de la cantinière, le grand jeu ! Tu l'attrapes par le cou, comme ça, bien, qu'il se blottisse contre tes nénés, il y a de la ressource, dit-il trouvant le moyen de rire, et serre à l'étouffer ! " La douleur fut si violente — la scie venait de rompre un faisceau de nerfs — que pour mieux tenir la tête, Perrine de ses deux bras l'agrippa jusqu'à la naissance de ses seins. Lui, serrait les dents, mordait le tissu ; de là, il passa à la peau. Sous l'emprise de la souffrance, à pleines dents il mâchait dans cette chair fraîche, épaisse, élastique, tendre. Il lui faisait mal, il croisa son regard, elle lui dit : " Ne craignez rien. " La blouse glissa quelque peu, le sein apparut et, comme l'enfant qui trouve le mamelon, il le prit dans sa bouche, oubliant pour l'instant la douleur et son drame ; la deuxième jambe tomba dans le sac de jute. Les plaies, le major les aspergea d'acide phénique. " La bouteille, je vous la laisse. Ne défaites pas les sangles avant trois ou quatre heures, doucement ; si le sang rejaillit, remettez-les vite. On ne fait pas de pansement, c'est encore un truc de Larrey : laissez la viande à l'air libre, juste un drap à cause de la vermine. " Au père de la petite, il glissa : " Pas une chance sur dix de s'en sortir. Ce soir, la fièvre qui va grimper risque de le laisser sans force. Toutefois, s'il résiste, si dans quatre ou cinq jours la gangrène n'a pas reparu, ce sera déjà ça de fait. Si ça empire, allez le déclarer aux Anglais, ils ne sont pas si mauvais bougres : un amputé, un colonel, ils le prendront en charge. " Et, se penchant sur l'opéré : " Et la santé, mon colonel, comment ça va ?

— J'ai mal à la tête. "

Et le chirurgien de s'esclaffer : " Pas étonnant ! Major Cyclope ! C'est le surnom qu'au soir de Wagram m'a donné Larrey, un truc à moi ; endormir le patient, j'ai l'habitude, et sans fracturer l'os, je te l'envoie *ad patres* cinq ou dix minutes : on n'a encore rien trouvé de mieux. "

Vers midi, un fourgon passa empli de blessés — pour la plupart des Français — d'un bond, le médecin sauta sur la ridelle arrière. Bonne chance !

« Catherine, vous aurez peine à croire à tout ça et pourtant, il n'y a pas ici un mot d'invention, tout est là consigné dans des dossiers : l'opération, les suites : à la façon brutale et froide d'un mémorialiste du temps. »

Nuit et jour, pendant plus d'une semaine, le père et la fille allaient lutter pour que survive ce jeune colonel, qui, du lundi au jeudi, n'ouvrit pratiquement pas l'œil, sinon pour boire du bouillon. Dormant, grognant. Il ne semblait pas souffrir : une seule chose au début, il fit un signe : pisser, dit-il, mais pas devant elle.

Le père alla chercher un vase de faïence — le sien — tout orné de fleurettes bleues.

Le vendredi, le colonel parut reprendre ses esprits.

" Je vous encombre, dès que je serai un peu vaillant, je filerai " ; puis il ajouta : " J'allais dire sur mes pieds. Mes pieds ! Et mes bottes qu'en a-t-on fait ? Je venais tout juste de les commander.

— Une demi-heure pour les astiquer, ça vous fera toujours un souci en moins ", dit le vieux.

Aux premiers jours de l'automne, on achevait de nettoyer le champ de bataille. Un hiver là-dessus et bientôt l'herbe allait recouvrir cette nécropole saturée en trois jours.

Perrine, dont le visage aurait enchanté Balzac — il aurait évoqué Memling ou Van Eyck, le nez retroussé qui donnait l'impression que sous l'effet d'un souffle, les narines, minces sur l'os et charnues à la base, allaient se redresser — à vingt-deux ans, elle en paraissait dix-sept — la maman disparue, tenait la maison du père. Lui, grand comme l'épopée, jadis coureur de jupons et de champs de bataille, cinq blessures, indiscipliné, n'avait jamais dépassé le grade de maréchal des logis. En 1812, démobilisé avec une pension qui suffisait à peine à nourrir son maigre, il allait se retirer dans ce village natal, tournant des boules aux notables des environs, enjolivant les crosses de leurs fusils ; et Perrine, en plus de la maison, du ménage, de la cuisine, dorénavant, assumait la fonction d'infirmière.

La vie reprenait, le médecin qui avait mis la petite au monde, palpa les plaies. " Bien travaillé le confrère ! Et ça ne fait pas mal ? Bâti comme la vieille garde ; bientôt, colonel, vous allez pouvoir rentrer chez vous.

— Pas question, dit Perrine. Père et moi nous sommes allés jusqu'à Bruxelles ; on nous a indiqué le spécialiste des prothèses ; il est venu lui-même, il a pris les mesures — affaire de trois mois, le temps qu'il s'accoutume. Jusque-là, colonel, vous resterez ici.

— Et ma famille ?

— A ce que j'ai pu comprendre — vous avez pas mal

parlé pendant des nuits — ça n'a pas eu l'air de vous préoccuper beaucoup ; en revanche, les prénoms des dames, ça a défilé.

— Pour vous, colonel, ajouta le médecin, fini de traîner des journées entières au lit. " D'abord il fallut l'asseoir dans un fauteuil pour quelques minutes, puis, chaque jour, augmenter un peu plus. Au début, il éprouva quelques troubles, des vertiges, peut-être aussi des impressions de douleurs, là où pourtant il n'y avait plus rien.

A nul autre, Perrine ne laissa la charge de porter l'éclopé.

Poussant le fauteuil du père, puis avisant le grabataire, elle lui disait : " Mettez vos bras autour de mon cou. " Alors, sans heurts, en souplesse, elle empoignait le bonhomme — du moins ce qu'il en restait — et l'installait sur le siège.

Un matin, comme elle était penchée sur lui, le corsage entrebâillé, il lui dit : " Ces seins que j'ai mordus, j'ai dû vous faire mal.

— Oubliez, colonel, oubliez. "

Pour elle c'était du bon temps, du meilleur. Il lui lisait *Le Moniteur* et au notaire elle empruntait des livres.

" Ce tableau, comme il est beau ! disait-il, c'est d'ailleurs la première image que j'ai aperçue en reprenant mes esprits.

— Souvenir d'Espagne, mon colonel, dit le papa. Des trésors, on aurait pu en déménager plus que des pièces d'artillerie. Ce n'était pas le maréchal Soult qui allait nous freiner. Prise de guerre, comme il disait d'ailleurs, par centaines, il en a chargé ses fourgons. Il n'y avait que l'embarras du choix. Le tableau, je l'ai trouvé dans le palais d'un duc. Le maréchal, à peine le vit-il qu'il voulut me le racheter, j'ai dit : non, ça sera la dot de ma fille. En attendant, des fiancés elle ne veut pas en entendre parler, pourtant il n'en manque pas.

Elle prétend rester avec moi, ça me peine, elle est jolie, mais la beauté ça ne dure pas. Vous devriez lui dire, mon colonel. Vous, elle vous écoutera. "

Plus tard, alors que Perrine devisait avec l'aïeul, elle se retourna : " Mon père s'inquiète ; vous avez une fiancée ?

— Dieu merci, non, la pauvre, et qui voudrait dorénavant de moi ? "

Perrine qui devait déjà avoir sa petite idée en tête, lui dit : " Je veux rester avec vous toujours. Je vous soignerai ; votre future dame elle aura besoin d'une femme de chambre. Question linge, je m'y connais : le plissé et tout, je repasse très bien. "

D'une pièce à l'autre, elle promenait le colonel. De temps à autre, sans gêne, innocemment, de l'index, elle effleurait son visage, suivait l'orbe des yeux, la courbe du nez, jusqu'à ce qu'elle touche le contour de ses lèvres.

" Laissez-moi, un infirme ! Petite idiote, vous attacher à un homme-tronc. " Ce matin-là, le père était sorti, elle s'approcha du fauteuil : " Mettez vos bras autour de mon cou, fermez les yeux. " De sa bouche, Perrine se mit à entreprendre le parcours emprunté, un instant plus tôt, par son doigt : arrivée aux lèvres du colonel, elle fit si bien qu'il se passa ce qui devait arriver, et d'empoigner l'officier, de le placer sur le lit, en cinq sept de le déshabiller, puis enlevant ses propres vêtements de le saisir à bras-le-corps : " Allez, dit-elle, vous ne voyez donc pas que j'en meurs d'envie ! " Ainsi, à Waterloo, Perrine perdit ses innocences dans les bras d'un colonel de la quatrième division de cavalerie du Premier Corps. A peine remise, elle ouvrit les yeux et dit : encore, et encore et encore ! et le tenant sur elle, elle le faisait sauter comme on le fait avec les enfants. Au début — on l'imagine — ce ne fut pas si simple, mais tant l'un et l'autre mirent de bonne volonté qu'il s'en fallut d'un rien pour que le papa ne les surprît.

“ Perrine, comment ferai-je lorsque vous me quitterez ?

— Vous retournerez à votre château, vous trouverez une belle demoiselle, vous m'oublierez, ça sera très bien comme ça. Souvenir ! ”

« Cinq mois après les trois jours fatals, après avoir parcouru les derniers champs de bataille, relevé les inscriptions funéraires tracées généralement à la craie sur une simple croix, en dépit des efforts de l'état-major général, des anciens aides de camp, des services de l'intendant général Daure, on comptait encore plus de trois cents disparus — beaucoup certainement écrasés, engloutis dans la boue, d'autres prisonniers gardés jusque-là au secret, dans des geôles prussiennes ou anglaises — des déserteurs aussi.

La Bédoyère ne se faisait toujours pas à la disparition de Livry ; des remords avec ça ; deux amis qui — ils se l'étaient juré — jamais ne se quitteraient. Peut-être un indice, un témoin possible, Roguet, un des pages de la Cour, prétendait qu'il avait vu le 18, un peu avant la tombée du jour, un officier de l'état-major couché à terre ensanglanté, vivant, il avait voulu s'approcher, mais l'arrivée subite d'éléments ennemis l'avait dissuadé.

Jusqu'à une certaine soirée consacrée au whist où, par hasard, le major Lion, chirurgien attaché à l'état-major du baron Yvon, évoquant son dur métier, relata le cas d'un jeune colonel que sous les yeux d'une jolie fille, il avait dû amputer des deux jambes. A-t-il survécu ? Il avait l'air solide, une belle nature, il s'appelait : Livry.

Le surlendemain, La Bédoyère, accompagné de son propre médecin, frappait à la porte d'une petite ferme située à peine à une lieue de celle des Quatre-Bras. Un vieil homme leur ouvrit, Livry était assis dans la salle commune, la tête enfoncée dans des oreillers.

Il conta son aventure. “ Aux deux, au papa, à la fille, je dois de vivre. ”

Le médecin palpa l'abdomen, il reprit : “ Bien soigné, un peu trop, il faudra perdre du poids, dix kilos d'excédent sur des béquilles...

— La voiture est là, dit La Bédoyère. A Paris, on va te fêter.

— Me montrer dans cet état ! Impossible, dit l'aïeul. Peut-être plus tard. ”

Perrine s'approcha, déjà plus assurée : “ Le colonel, dit-elle, laissez-le-nous encore quelque temps ; les appareils fabriqués à Bruxelles, il les supporte encore mal. ” Puis à l'oreille de La Bédoyère elle dit : “ Il ne se remet pas. La nuit je me réveille et il pleure. On a toujours peur d'entendre le coup de pistolet. ”

« La Bédoyère revint en janvier, l'aïeul était assis sur une sorte de siège monté sur un chariot roulant : “ Le travail de l'Ancien, dit-il en désignant le père. Un si brave homme. Perrine et moi, nous partirons le mois prochain, aux premiers beaux jours.

— Cette fille, qu'en feras-tu ? As-tu réfléchi ?

— Ma femme, si elle accepte. Un bien triste marié. ” Au père il précise : “ Vous partirez avec nous, vous aurez votre place au château.

— Nenni, je reste, c'est mon pays ici ; pour la petite, emmenez-la, elle est folle de vous. ”

La Bédoyère s'occupa du reste. En mai, à l'instant de se séparer, l'Ancien s'avança, tenant à deux bras un paquet enveloppé dans une couverture : “ Mon cadeau de mariage, le tableau que vous aimez bien, dorénavant il est à vous. ”

Ainsi, le beau garçon, ou ce qu'il en restait, s'en alla étendu sur une litière de crin confectionnée par le carrossier de Cambacérès, à petites étapes jusqu'au château.

Dans la région, on s'apitoya, mais pas outre mesure,

tant il y avait de douleurs à consoler. Pour le domaine, il fallait surtout sauver la bâtisse et les terres environnantes. Pour la pension, elle ne serait pas bien grasse, les Tuileries poursuivant de leur hargne la " clique à Bonaparte ".

" La Flamande ", comme on l'appelait à la cuisine, ne se sentait guère à sa place. Un jour on la plaignait, le lendemain on la jalousait. Elle se serait bien occupée de travaux domestiques, mais l'aïeul lui fit comprendre que l'idée ne lui plaisait guère. De temps à autre, il la surprenait à la bibliothèque.

" Je croyais que tu ne savais pas lire, Perrine.

— Ça ne doit pas être si difficile, tous ces enfants qui dévorent des livres et écrivent. Elle lui tendit le volume *Les Liaisons dangereuses.* Comment s'y prend-on ?

— Patience ! Ce que je dois faire avec mes jambes de bois et de fer, fais-le avec ta tête. Assieds-toi près de moi. " Il lui apprit les lettres, en même temps, elle traçait l'alphabet ; six mois plus tard, elle adressait ses premières lettres à son père. A sa mort, l'aïeul les a recueillies, toutes empreintes de sensibilité et si joliment rédigées.

« Je ne vais pas vous conter par les détails la suite de cette aventure, dire qu'elle fut heureuse, le mot n'est pas assez fort, heureux comme s'il fallait pour l'être, payer, toujours payer — ici en livres de chair. En avril 1817, ils se marièrent ; et du village et des châteaux des environs, tous, bleus, blancs ou rouges, s'en allèrent danser à Livry, et faire la fête.

L'aïeul s'était remis au cheval. L'arrière-grand-mère lui fit quatre garçons. Occupée à aimer son homme, à torcher les petits, à diriger les fermages, à vérifier des devis, n'exigeant rien, souriant à tous, on allait reconnaître les vertus et le courage de la petite femme du colonel. En 1858, l'aïeul s'en est allé, six ans plus tard, Napoléon III fit exprès le voyage pour remettre à cette femme admirable la Croix de la Légion d'honneur.

En 1882, dans ce lit, recouvert et brodé par le colonel, veillée par les personnages qui depuis des siècles sont nés, ont rendu l'âme sous ces voilages, émue par les scènes peintes sur ce panneau rapporté d'Espagne par son père, elle s'est endormie paisiblement. Voilà, Catherine, un peu l'histoire de la famille, également un petit éclaircissement sur la présence de cette peinture qui retient si vivement votre attention. Mais vos yeux charbonnent, j'ai beaucoup bavardé. Je vous raccompagne dans votre chambre.

— Ne m'en veuillez pas, dit Catherine, je suis bien trop fatiguée pour aller jusque-là ; et puis, pour tout vous dire, j'ai peur la nuit ; déshabillez-moi, plutôt. Vous avez là-dessus, me semble-t-il, une réelle expérience. »

Lorsqu'elle ouvrit un œil, Bertrand — ce qui jusque-là, du moins avec elle, ne lui était pas arrivé — dormait comme la marmotte en hiver, terré dans son sommeil, voluptueusement, tel un sportif qui après l'effort se délasse dans un bain très chaud, mousseux. Elle se dit : s'il dort ainsi, c'est parce qu'il est content de son sort, que le présent état lui convient. Comme d'ailleurs il lui plaît à elle.

Pour faire le point, la voiture est un bon endroit ; à condition que la joliesse du temps ne vienne pas la distraire ; aussi roule-t-elle vitres fermées, recluse. Y voir un peu plus clair. Dupe ! elle ne voudrait pas l'être, ce n'est pas son emploi. Elle se méfie, pareils sentiments sont nouveaux pour elle. Heureuse avec lui certainement, mais voilà, ce n'est pas comme dans les romans Harlequin où tout ce qu'on découvrira de bien, ce sera pour la vie ; la sienne avec Bertrand a débuté il y a à peine cinquante jours. Difficulté supplémentaire, il ne ressemble pas aux autres, du moins ceux qu'elle a rencontrés jusque-là. Le juger, il est certainement moins brillant que Rémy, moins roué que Marano, pas rusé pour un sou, et pourtant, ce matin, entre Verneuil et Dreux, Bertrand entre tous lui paraît le plus aimable, donc finalement le plus intelligent, le plus subtil pour la bonne raison qu'aucun encore n'a réussi à la mettre dans cet état.

Féminine ! Elle aurait tant voulu l'être. Vois-tu, lui disait sa mère, moi, je ne l'ai jamais été. Pourtant, j'ai été belle, mais ça n'a rien à voir. Toi, tu ferais un petit effort, tu pourrais bien le devenir.

Féminine ! Rémy, lui, prétendait qu'elle était un mec. Elle avait posé la question à Marano : « Féminine, toi ! — il a éclaté de rire — sans aucun doute, mais à la française.

— Ça veut dire ?

— Difficile, difficile... » avait-il dit, gloussant des mains comme une poule le fait en battant des ailes : « Féminines tes compatriotes ! Même Boldini, le peintre des grandes putes, a cassé là ses pinceaux. Féminine ! Est-ce bien français ? Mais de grâce, ne te force pas ma chérie, telle que tu es, tu me plais. Ce que j'aime en toi — qui me ferait bander si je le pouvais encore — ce sont tes qualités masculines. As-tu remarqué combien, dans ce monde où on trafique de la beauté qui sera bientôt le tien, il n'y a guère de place pour les amants, à moins que tout simplement on n'admette, une fois pour toutes, que ces choses sublimes, peintures, sculptures, mosaïques, pierres tendres ou dures, sont nos véritables maîtresses. »

Pour tout compliquer, et risquant bien de brouiller un peu plus les cartes, ce panneau qui, à peine entrevu, est cocassement entré dans sa vie le jour même où, pour la première fois, elle s'est offerte à Bertrand — à moins que ce ne soit lui qui l'ait prise — est en passe de devenir un supplément à beaucoup de jouissances.

Cette peinture, si elle est d'époque, dans quel atelier est-elle née ? Pas si loin de celui de Botticelli. Catherine croyait avoir de l'instinct — du nez comme on dit — mais également, elle savait combien, en ces matières, toute avancée peut se révéler perverse, fausser l'acuité du regard, l'égarer.

A l'entrée de la dernière bretelle en direction de Paris, elle se dit : si le tableau est d'un maître de la Renaissance, au prix où se vendent les Lorenzo Lotto — dix millions de dollars — combien vaut celui-ci ?

L'après-midi, elle remettait à Hachette son manuscrit accompagné d'une masse de photos et de soustitres.

Rue d'Aumale, la femme de ménage n'est pas venue, c'est une Portugaise, donc c'est du ventre qu'elle souffre. Catherine passe l'aspirateur, efface la trace d'une tasse de thé sur le marbre de la cheminée. Fille du Nord, elle « wassingue ». Des chiffons, elle passe aux monographies page après page : un motif semblable ! Des recueils de Berenson — qui, il y a un demi-siècle, constituaient le corpus de toute une peinture de l'Italie du Nord à l'aube de la Renaissance — aux travaux de Zeri — il a beaucoup écrit là-dessus —, car, si ce tableau n'est pas un pastiche, sans doute est-il de ces contrées et de ces temps.

On sonne, Hachette livre des épreuves, il manque des légendes.

Quatre jours plus tard, elle était de retour à Livry. Sans gêne, sur le perron, devant Lucien, les amants s'enlacèrent.

« Le thé est prêt. »

L'auteur en dirait bien un peu plus mais, les tasses

vides, Catherine et Bertrand grimpèrent au premier étage et lui fermèrent la porte au nez.

« A trop vous pencher sur ce panneau votre dos risque de se voûter, à trop cligner du regard, attention aux pattes d'oie... Pourquoi donc ne pas solliciter l'avis de votre ami Marano ? »

Catherine s'obstine, elle trouvera elle toute seule. En réalité, elle se méfie toujours du vieux Romain. Une fois il l'a dupée et, lui révélant plus tard la vérité, il s'est moqué d'elle. A Bertrand elle ne tient pas à conter l'histoire du Visentini, de quelle manière elle l'a acquis. Le faire, ce serait en dire un peu plus sur elle, sur ce monde, qui est devenu le sien — du marigot où nonchalamment reposent les crocodiles, on se gardera de vouloir en mesurer la température sous peine d'y perdre le doigt, univers souvent comique mais toujours nauséeux où l'on découvre le fils trafiquant sur le dos du père, après d'ailleurs que ce dernier, pour satisfaire une passion dévorante, enlèvera pour quelques sous à sa fille cadette ce qui en vaut mille fois plus.

Catherine tourne autour du panneau. Impossible de lui faire desserrer les lèvres. Qu'elle le soumette aux gens du Louvre, à la Brera, à l'Accademia à Venise, on finira peut-être par lui révéler la vérité ; mais le faire c'est permettre à des fiches de se remplir, s'exposer à ce que pour toujours l'administration française s'oppose à sa sortie.

Bertrand, à voir ainsi s'agiter Catherine autour de ce morceau de bois, la prend dans ses bras.

« Du calme ! Il n'y a pas le feu au château. Mettons qu'il soit de Raphaël ou de Jules ou de Jacques... Puisque jamais je ne le vendrai.

— Possible, dit Catherine. Mais ce tableau, regardez-le, il souffre, il voudrait parler, le temps est venu. Certains de mes maîtres à l'École du Louvre, plus tard Marano, m'ont assuré que les objets sont comme les prévenus : inculpés, au début ou ils mentent ou ils refusent de communiquer. Avec le temps — il faudra quelquefois patienter trois ou quatre siècles —, et puis soudain parce qu'un œil neuf les a scrutés, les voilà qui avouent tout : qui les a engendrés, leur âge. Pas nécessairement le savoir, mais le plus souvent l'instinct, le flair, et surtout la chance, trois associés qui ne marchent pas volontiers l'un sans l'autre. Le charme également, les bureaux des conservateurs sont peuplés de gens gris parce que trop souvent privés de cette grâce. Moi-même, en ai-je seulement une once ? De l'instinct, sans doute je n'en manque pas. Ainsi, moi toute seule j'ai senti que vous étiez " bien ". Comme d'ailleurs cette peinture est " bien ". Et comment ne le serait-elle pas, elle qui, si intimement, est liée à nos premières étreintes. »

Bertrand piqué au jeu est agenouillé aux côtés de Catherine. Profitant de cette lumière de juin, histoire de faire prendre l'air à cet objet vieux de quatre ou cinq siècles, il l'a posé contre le mur du château en haut des marches du grand escalier.

« Peint sur bois tendre, du peuplier, dit Catherine. Le support favori des Italiens aux temps passés. Également son parquetage avec, en guise de soutien, ces trois longerons de bois de la même essence que le panneau — procédés qui l'ont aidé à traverser sans se gondoler quatre ou cinq siècles en dépit des températures ou des situations hygrométriques différentes : un parquetage à l'ancienne, antérieur à ceux du XVIII^e^. J'ai pas mal appris à ce sujet rue de Châteaudun dans l'atelier de Huet, l'un des meilleurs spécialistes de notre temps. A part cela, rien, sinon ces quatre lettres tracées au dos. »

A cette heure les rayons du soleil font office de lumière rasante.

« Asta. C'est bien ça. Une signature ? Ce nom ne figure nulle part. J'ai cherché, feuilleté lexiques, monographies, fiches. Asta on ne connaît pas, sinon que les lettres ont été tracées dans une encre très foncée qui, avec le temps, peu à peu a imprégné le bois : des caractères, comment dirais-je, encore gothisants...

— Ainsi, grâce à vous, Catherine, je serais l'heureux possesseur d'un Asta ?

— Possible, mais qui est ce M. Asta ? »

Catherine machinalement promène ses doigts le long des traverses jusqu'à ce que, parvenus à trois ou quatre centimètres du bord, elle s'arrête, force quelque peu, s'acharne.

« Ça bouge ! »

Du haut des doigts elle s'obstine.

« Vous qui êtes costaud, Bertrand, essayez !

— Ça résiste ! J'ai un marteau qui me sert à démonter certaines armes. Précis, pas méchant. »

Et de la tête d'acier habillée d'un morceau de flanelle, à petits coups parcimonieux, comme s'il s'agissait d'extraire un corps étranger d'un os, Bertrand tapote.

« Il y a là comme une sorte de glissière », dit-il.

Un coup, encore un autre ! Alors, sans qu'il eût besoin de forcer, le morceau de menuiserie, tenu aux extrémités par deux arrêts, allait livrer un secret. Le premier ! Ainsi, sous l'espace masqué depuis des siècles, apparurent distinctement, comme sous les traits du burin sur la plaque de cuivre, deux signes : le premier, une sorte de lettre.

« C'est le *gamma* des Grecs, dit Bertrand, pour une fois ça sert, les études ; à moins que ce ne soit tout simplement un " y ". »

A trois centimètres à droite un triangle aux côtés tracés inégalement — peut-être le symbole d'une montagne ou plutôt d'une colline.

« Asta, le *gamma*, le monticule, serait-ce un rébus que nous propose le temps passé ? »

Chardin s'ennuie. L'histoire de l'art l'embête, il bâille, s'approche de sa maîtresse, flaire la peinture.

« Catherine, à force de vous écouter, votre chien pourrait bien un jour s'y entendre.

— Viens, Chardin, on va se promener. Ça nous donnera peut-être des idées. »

A six heures, lorsqu'elle s'en revint, elle trouva sur son oreiller un mot tracé par Bertrand. « Je suis au fumoir. J'ai reçu un coup de téléphone. Rome s'inquiète à votre sujet. On attend de vos nouvelles. »

Le maître de Livry, les pieds posés sur un fauteuil, alignait des chiffres.

« Marano ! Je suis navrée, il vous a dérangé.

— On a plutôt bavardé et gaiement. On a fait connaissance. J'ai même eu l'impression qu'il demeurait là accroché au bout du fil, préoccupé à votre sujet, au nôtre, vérifiant mes sentiments à votre endroit, les vôtres au mien, tout ça à petites touches... Ce monsieur vous aime beaucoup, m'a-t-il semblé... Il a quel âge ?

— Dans les quatre-vingt-deux, quatre-vingt-trois. De ça on évite de parler.

— Il est malade, le savez-vous ? Si j'ai bien compris, il m'a parlé de rayons... On n'a pas voulu prononcer le mot fatal.

— A vous il a dit tout cela, sans vous connaître ? Et dès le premier entretien.

— Il m'a recommandé de taire son état, mais à la manière des enfants : qu'en se confessant à moi, un inconnu, il entendait que je vous informe. Surtout, m'a-t-il dit, ne dites rien. Des gars comme moi, incultes, à force d'écouter on finit par lire entre les propos. Appelez-le. Le téléphone, j'ai remarqué, plus pratique que le confessionnal, a souvent de meilleures résonances. De votre chambre, faites le O, de là vous passez au monde entier. »

A peine eut-elle Marano au bout du fil, plutôt que de s'enquérir de son état, pour gagner du temps, appréhendant de l'entendre lui révéler son mal, son étendue, sautant sur l'occasion, oubliant tout ce qu'elle s'était résolue à lui cacher, lui révéla l'existence du panneau, sa découverte. Pour le faire rire, ajoutant qu'un tableau avait ainsi participé à sa nuit de noces ; parlant, parlant pour retarder le moment où le vieux Romain allait s'étendre sur son état.

« Ne serait-ce pas une de ces belles copies ? a-t-il demandé. Du XIXe siècle où on surprenait si souvent le diable derrière son chevalet. »

Lorsqu'elle lui révéla la présence de la gâche de bois, les signes qui se dissimulaient là, un bon quart d'heure s'était écoulé, et Marano, tel un enfant à qui on conte une belle histoire, ne cessait de la presser :

« Dis-m'en plus encore », coupant ses silences par des Amusant ! par des Incroyable ! « Un *gamma* ! Je ne vois pas. Je vais consulter mes notes. Et le motif de la composition, un saint ? Plusieurs personnages, dis-tu, dont un à tête de loup ? »

Catherine ne voulait pas tout lâcher mais les questions fusaient. Comment résister ?

« Ce rébus, sans doute une signature. En ce temps-là on raffolait des emblèmes. Et rien d'autre ? »

Ainsi Catherine fut-elle contrainte également d'évoquer les quatre lettres de Asta. Il répétait « Tout cela est si amusant ! »

« Professeur !

— Oui.

— Vous n'allez pas me faire le coup du Visentini, me traîner dans la farine ?

— Avoue que ça a été une bonne leçon. Appelle-moi ce soir, demain, cette nuit, expédie-moi les photos de face et de dos. »

A l'instant de plonger sa cuillère dans la tasse de consommé, Bertrand demanda :

« Alors, il vous a parlé ?

— Je lui ai tout dit sur le panneau.

— Et son état ? »

Catherine hocha la tête :

« On dit volontiers que nous autres, les femmes, sommes moins lâches que les hommes. Pourtant là, j'ai reculé, préférant le distraire ; en lui contant l'affaire du tableau, à ma manière je l'ai soigné. A l'heure qu'il est, il doit avoir déjà élaboré une demi-douzaine de solutions. »

Le lendemain matin, Catherine, la loupe à la main, examina le dos du panneau centimètre après centimètre. Rien d'autre sinon deux traits parallèles d'un centimètre de hauteur, si légèrement tracés qu'ils lui avaient échappé. Peut-être le chiffre II romain. Il était dix heures. Elle appela Rome.

« Avez-vous bien dormi ?

— Mal et divinement bien. Ton histoire m'enchante.

— Professeur, vous êtes souffrant ?

— Ah, il te l'a dit. Il a eu raison : te le révéler, je n'y serais pas parvenu.

— Grave ?

— A mon âge il y a longtemps que je l'attends... Elle s'est enfin décidée. On ne prononce pas son nom. Rassure-toi, je ne souffre pas, un peu de gêne. Avec ça un drôle d'endroit, comme un petit signe du destin. Autre chose et heureux de te le dire, à l'entendre ton monsieur m'a fait bonne impression, bien élevé, on entend ça au son de la voix. Celui-là, efforce-toi de le garder. Ainsi je m'en irai rassuré. Et les photographies ?

— Dans quelques instants je retourne à Paris. J'aurai les copies demain matin. Que Cella me prenne à l'arrivée d'Alitalia à l'avion de dix heures. »

« Revenez vite, dit Bertrand. Sans vous mon asthme me reprend.

— De l'asthme ? Mais je ne savais pas.

— Moi non plus. Mais vous, aussitôt partie, je vais me concocter une petite crise. »

# VII

# *Une canaille*
# *à la paupière d'encre*

Il faisait encore grand jour, Marano l'attendait. Il lui dit :

« A te voir, je constate que je suis bien touché. Cesse de me regarder. Tu me trouves amaigri ? Qu'importe. Ça me donne de l'appétit. Les photos ! »

Un long moment il resta penché sur les documents.

« L'homme à la tête de loup, une vieille connaissance. »

Pendant plus de trois heures et sans l'ombre d'une fatigue Marano tourna et retourna fiches, photographies.

« *Gamma*, rien, pas l'ombre d'un artiste même de troisième zone dont le nom commence ainsi.

— Et Asta ?

— En langage courant, commun, *asta* est synonyme de vente aux enchères, la vente au marteau. C'est le vieil asta romain. On peut toujours l'imaginer inscrit par un magasinier dans une salle des ventes au dos d'un objet déposé. Toutefois, pour quel motif l'avoir tracé à l'encre ? En général dans ces lieux on use plus volontiers de la craie. »

Décrochant le téléphone, Marano composa l'indicatif du Vatican et le numéro de Figieri, un de ses anciens disciples, archiviste à la Curie. « Voyez ce qu'on pourrait bien trouver en matière de peinture siennoise et qui serait apparu peut-être dans une vente publique entre le XVI^e et le XIX^e siècle ? Je sais que la plupart de ces catalogues, le plus souvent des notices, ont depuis lors disparu. »

Le lendemain Figieri appela. Après avoir fouillé et refouillé, il déclara forfait. « Ce qui ne signifie pas grand-chose », dit-il, précisant que de ces centaines de catalogues, édités aux siècles passés, bien peu avaient survécu.

Drapé dans son immense robe de chambre, en dépit du fait que la maison était chauffée — on était en juin et la température extérieure était clémente —, Marano semblait grelotter. La photographie, il la traînait d'un meuble à l'autre, ne se résolvant pas à la quitter des yeux.

« A première vue, dit-il, on penserait à Sassetta. Admirable artiste qui a travaillé à Sienne aux environs de 1470 ; il est sorti de l'oubli au début de ce siècle grâce à Berenson. » A plusieurs reprises, il évoque ce personnage à tête de loup, monstre à la fois homme et animal qu'on retrouve sur des compositions faites par Sassetta pour la paroisse de Borgo vers 1480.

« Ce qui me frappe dans les photographies que tu as faites, c'est la qualité de l'œuvre. Si elle répond à mes espérances, ce tableau dépasserait en beauté le panneau du musée de Chantilly ou celui du musée de Baltimore. Imagine son prix ! On va gagner un fric fou.

— Professeur, vous oubliez...

— Ah, mon Dieu, c'est vrai... Bien connu, les dames aussitôt amoureuses subitement se veulent honnêtes. Ce n'est pas gentil ce que je dis. Et puis moi-même je suis un imbécile : Gagner un peu plus d'argent pour enfoncer encore plus profondément en terre ma dépouille. Ce qui est cocasse avec des gens de mon espèce, c'est qu'oubliant le pire, ils ne cessent d'espérer. Amasser encore, toujours plus de fric. Allons, oublions. Allons, oublions tout ça. Toi et moi demeurons associés pour le mieux. On va l'enrichir ton petit Français, mais prudence! Cette peau de loup on pourra la croire zibeline alors qu'elle n'est peut-être que la dépouille d'une bique. Un Sassetta! Faut-il encore le prouver. Dans ce monde de l'expertise, avant d'entrer dans la lice il faut se couvrir le torse et la tête d'une armure d'airain. Un Sassetta demeuré jusqu'ici inconnu, ça va donner du vague à l'âme aux chercheurs, des houles d'amertume pour tous ceux qui prétendent régner sur l'artiste ou sur son école. Sans nul doute il me faut l'avoir sous les yeux, le respirer. Un Sassetta enfoui à quelques dizaines de lieues de Paris, dissimulé depuis le soir de Waterloo, c'est si beau, trop beau, une histoire à la Mérimée. Ce tableau, je dois le voir et vite! »

Il prit alors un ton si suppliant que Catherine crut déceler la voix d'un homme dont les jours étaient comptés.

« Mais ce panneau, comment l'amener jusqu'à Rome?

— De la même manière que l'autre est venu de Lille jusqu'ici sans tambour ni trompette. Le même bonhomme.

— Le même? Celui qui sentait si mauvais?

— Ne crains rien, Catherine, ses effluves n'ont rien perdu de leur intensité.

— Imaginez que ce type disparaisse, qu'il se fasse prendre, qu'il meure en chemin. S'il arrive quelque chose à cette peinture, vous imaginez ma situation par rapport à l'homme que j'aime? Bertrand, qu'il me méprise, je me jette à l'eau.

— Je ne voudrais pas quitter cette terre la conscience encore plus chargée. Le Seigneur déjà à l'idée de m'accueillir renâcle. Je te le répète, ce Toto que tu as aperçu dans le Nord, il est à moi, il est ma légende, et les récits qu'il me réserve sont plus enchanteurs que les *Contes des Mille et Une Nuits* revus par Mandrin ou Casanova.

— Savez-vous qu'il puait tellement dans la pièce où il n'est demeuré que le temps de se saisir de la toile, de l'emballer, peut-être cinq minutes, à Odile il lui a fallu durant trois jours aérer tant l'odeur avait imprégné jusqu'aux tentures...

— Encore un élément de sa force, si puissante, si tenace qu'aucun policier, même leurs chiens ne peuvent la supporter. Avec ça, transpirant à volonté, à ce point — peut-être unique dans les annales — qu'au dire de nos amis de la police, il a toujours été impossible de prendre ses empreintes. Pour ce qui est de son état civil, des Borghese, en Italie, en Corse, en Tunisie, on en trouve autant que des Colonna, des Este ou des Ferrare. Dans la famille de Toto, de père en fils on use de ce nom épais comme l'Histoire, glorieux, providentiel, pour mieux détourner, trousser, usurper, gruger. Toto, lui, depuis son enfance n'a qu'une passion, les œuvres d'art ou plus précisément leur transport. Beaucoup de doigté, infiniment de discrétion. Dans le monde entier il trotte, douane ouverte, comme si un Très-Haut lui avait concédé le monopole de toute circulation clandestine. Qu'un oncle décède dans son palais de la via Cantonni — dans le mois qui suit, tout ce qui constituait le décor de la maison, des cassone peints par Bellini aux trousseaux des arrière-grand-mamans, se retrouvera à l'adresse choisie par ses petits-neveux ; à Toronto, à Londres, à Moscou, car même de l'autre côté du rideau de fer le toboggan Borghese fonctionne. Horaire respecté, sans grincements, sans heurts, silence, et évidemment honneur. Pour certaines interventions Toto refuse son concours, ainsi les objets notés par le gouvernement italien ou ceux faisant l'objet de recherches un peu particulières. Si ses clients sont des marginaux ce sont des gens de parole : entre chez un antiquaire via Babuino, rue

Bonaparte, à Old Bound Street, commande, pour la livraison Toto fera le reste. A plusieurs reprises il s'est retrouvé dans un bureau de police, ces messieurs prétendant y voir un peu plus clair dans ses activités. A peine l'interrogatoire commencé le téléphone sonne : lâchez-le. S'il le faut l'intervention viendra du plus haut. A ceux qui s'insurgent, on chuchote qu'il est plus utile libre qu'enfermé. Un signe de lui et dans les consignes de la gare de Milan on retrouvera le Giorgione dérobé à l'église de San Liberale. De même l'année dernière un homme demanda à parler au prêtre de San Giovanni : ceci est pour vous. On déballa le paquet, le Corrège de la collection Ferrari était là intact. Sans rançon évidemment.

« Moi, il m'aime ! Pour répondre à ma passion, à mes exigences, que j'acquière un objet à Istanbul, au Ghana ou à Detroit, on me le livrera à Rome dans la semaine qui suit. Aucune formalité. Pas de demande d'importation. Pas de tracasseries douanières, question de sensibilité. Car je suis comme ça. Qu'un objet subisse quelque contrainte, qu'il passe entre des mains administratives, à mes yeux il aura perdu une fraction de ses charmes.

« Depuis des années lui et moi entretenons des rapports assez étranges, quasiment filiaux. Il me plaît de l'interroger, de mettre sa mémoire à l'épreuve, elle est encyclopédique, qui lui permet de décrire un panneau de Duccio, une grenouille sculptée par Riccio, qu'il a pu avoir entre les mains il y a parfois plus de trente ans. “ Ce qui est entré là-dedans, dit-il en se frappant le front, n'en sortira plus jamais. ”

« Célibataire, il vit aux portes de Rome dans un duplex, lavant ses carreaux et promenant l'aspirateur. Pas de boîte postale, absent des annuaires. Borghese Toto ne figure que sur quelques calepins. Fidèle à qui l'emploie, muet comme un égorgé, on le paie grassement.

« Ton monsieur acceptera de lui confier son trésor, sans autre garantie que la mienne ou la tienne. Depuis plus de trente ans jamais il n'est arrivé de pépin. Cela dit, qu'on l'arrête à un passage frontalier, qu'il décède subitement, alors ça... »

Catherine demeura jusqu'à la fin de la semaine dans la villa romaine. Le matin, accompagnant le Professeur à la clinique, le soir devisant, lui parlant de Bertrand, de sa vie, de ce genre de Français que les étrangers connaissent assez mal, qu'on croit légers — Ancien Régime — et qui souvent constituent le sel de ce pays, travaillant sur une terre mille et mille fois défrichée par les leurs et qu'à chaque génération ils arrosent de leur sang. Lui-même, à seize ans, arrêté par les Allemands, torturé, allait par son silence sauver la vie du radio pianotant à Londres, dissimulé dans un des greniers de Livry.

Chaque jour Catherine téléphone à Bertrand.

« Je suis en passe de devenir une auxiliaire de la mort. Toute ma famille et bientôt ce vieil homme. Il supporte mal les rayons, il prétend écourter les séances, les supprimer. Et puis à l'idée d'en manquer une il enrage. Ses amis désertent la maison préférant aller en Toscane dans leurs jolies demeures, profiter de la saison. Et puis, approcher d'un moribond... Moi aussi je veux prendre un peu d'air. Quelques jours avec vous, et puis si c'est nécessaire j'y retournerai. Vendredi, je passerai la nuit rue d'Aumale. Si vous n'y voyez pas d'inconvénient, je serai à Livry le lendemain, à la fin de la matinée.

— Le tableau...

— Il le trouve superbe. Je vous en parlerai. Mais les photos ne lui suffisent pas. »

A Roissy, à la sortie, un homme exhibait une pancarte sur laquelle était inscrit au feutre « Catherine ». Elle leva le nez, Bertrand l'attendait.

« Alors, on me surveille. Jusqu'à l'heure de mon arrivée ? Comment avez-vous appris ?

— Un de mes anciens sergents, né près d'ici, chef de la sécurité de l'aéroport. Je lui ai communiqué votre nom. Dix minutes plus tard Catherine apparaissait sur les écrans. Et l'endroit, et l'heure d'arrivée. »

Catherine lui pinça le bras.

« Cette nuit, vous la passerez dans mon lit, chez moi, sur un sommier où reposait il y a trois ou quatre ans la dépouille d'un pendu...

— Porte-bonheur », dit Bertrand.

Catherine lui relata les propos de Marano.

« Pour lui votre tableau est un pur chef-d'œuvre. Vaillant, il serait déjà ici depuis des semaines, et loupe à la main ; mais au dire de Cella, il n'a plus guère de ressort. A l'idée de partir, il semble s'être fait. Il se voudrait stoïcien, cet hédoniste. En réalité son rêve ultime ne serait-il pas de se présenter au Ciel, votre tableau sous le bras ?

— C'est gai, dit Bertrand.

— Ce n'est pas tellement le tableau qui excite sa passion que d'en découvrir les secrets. Il veut le voir, il est tout prêt à nous envoyer son homme — paraît-il au monde ce qu'il y a de plus sûr. »

« Je ne veux pas trop m'étendre au téléphone, dit Marano. Je te préciserai demain le jour et l'heure de son arrivée. Fais en sorte qu'on lui ouvre la porte sans rien lui demander. Reçois-le toi-même. Il te connaît. Ultérieurement je te ferai savoir le jour et l'heure de son retour. »

Toto n'eut pas à carillonner. A dix heures, un véhicule semblable à ceux qu'on loue à la journée s'engageait dans la grande allée, sans hâte, soucieux, peut-être, d'épargner l'ordonnance du gravier.

Catherine était sur le perron, Bertrand un peu à l'écart. A Catherine, Toto consentit un petit signe de tête, genre : on se connaît, puis sans attendre, il franchit la porte donnant sur le vestibule.

« Souhaitez-vous prendre une tasse de café ? »

Toto ne répondit pas. Peut-être est-il dur d'oreille.

Dans l'imposante salle des États, le panneau, adossé contre une console, apparaissait si petit ! Des poches de son paletot — le même que lors de sa visite dans le Nord —, l'homme sortit une paire de gants que, posément, il enfila. Pas le moindre coup d'œil sur la pièce, pas le moindre intérêt semble-t-il pour tout ce qui l'entourait : murs, décors, rien n'avait le pouvoir de retenir son attention. Simplement, après s'être emparé de la peinture, il la retourna, la posa à terre, s'agenouilla ; puis, de l'index, désigna quatre petites encoches, chacune d'une dizaine de centimètres de long et quinze de large, taillées dans l'épaisseur de la feuillure.

Fardeau sous le bras, il fit un signe de tête et se retira.

Des portes arrière de la camionnette il sortit des sangles, ficela le fardeau contre la paroi capitonnée et, reprenant sa place au volant, mit le moteur en marche, fit demi-tour, direction le portail.

« Et s'il ne revenait pas, dit Catherine.

— Le tableau ou le colosse ? Celui-là, je l'aurais bien gardé à demeure, au sanglier, un fumet semblable... Même les chiens il les égarerait... A propos, qu'a-t-il donc voulu désigner en nous montrant ces petites encoches ? Un détail qui jusque-là avait échappé. Peut-être pour le fixer au mur ? Mais il ne pèse pas si lourd qu'on ait besoin d'autant de précautions. »

Le surlendemain matin, à dix heures, Toto Borghese, tel le chien qui rapporte, déposait la peinture aux pieds de Marano.

Deux sandwiches, trois expresso suivis d'une plaque

entière de chocolat suisse. A le voir tailler, avaler, Marano pensait à ces mécaniciens qui au temps des locomotives à vapeur, pour entretenir le foyer, engouffraient des masses de combustible.

« Qu'en penses-tu ? »

Toto se leva, détourna la tête, pour, dans sa main qu'il plia en cornet, y souffler discrètement un rot : Marano entendait-il poser là un problème d'esthétique ? C'eût été vraiment la première fois, d'autant que de sa vie Toto — du moins l'affirmait-il — n'avait jamais examiné un objet à lui confié. Un transporteur ! Rien d'autre : deux jambes, deux bras et une tête. Ajoutez la petite boussole pour mieux glisser entre les poteaux frontaliers...

« Alors ?...

— Déjà vu... Le même bois, les quatre alvéoles, l'endroit où ils sont disposés, absolument semblable au dos des deux peintures que j'ai réceptionnées le 10 avril 1979 à un détour de la route qui par Casalmaggiore mène de Brescia à Parme. Et que le lendemain même à seize heures précises je livrais face à l'entrée principale de la gare de Zurich. »

Un long moment, sans dire un mot Marano demeura rencogné dans son fauteuil.

« Sacré Toto !

— Fameuse, cette grappa. Rien que pour elle j'aurai toujours plaisir à revenir chez vous. Unique...

— Ressers-toi, mon bon ami.

— J'ajoute que le poids de chacun des panneaux que j'ai transportés d'Italie en Suisse est à quelques grammes près identique à celui que je viens de vous livrer. Huit kilos trois cents, et taillés dans un de ces peupliers de chez nous.

— Toto, le jour où tu rendras ton âme au Seigneur, en trouver une autre dotée d'une semblable mémoire ! Ainsi, te suffit-il de soulever un bonheur-du-jour, un miroir ou une sculpture — ce tableau, pour que naturellement elle enregistre la qualité, l'essence, le poids de quelques-uns de ces détails qui échappent à la plupart pour, ce matin, les restituer dix ou quinze ans plus tard.

— Question d'habitude.

— Et le sujet de ces panneaux que tu as transportés en Suisse, t'en souviens-tu ?

— Ça c'est pas mon affaire. Et puis, comment dirais-je, c'est contraire à ma religion. Ne jamais regarder ce que l'on me confie — discrétion professionnelle. En cas d'ennui, mieux vaut en savoir le moins possible : de qui c'est, de quelle région... à quel moment ça a été fait... J'entends pour toujours l'ignorer. De même les sommes qu'ont pu décaisser mes clients, ou les bénéfices qu'ils retirent de leur industrie. Tout ça n'est pas l'affaire de Toto. » Et de conclure : « Mais n'est-ce pas mieux ainsi ? Tout de même, ce que je peux dire c'est que ce tableau est de la même farine que ceux qu'il y a bientôt huit ans j'ai chargés sur la route de Parme.

— Ces gens qui t'ont confié les tableaux ?

— Bien banals. Une camionnette immatriculée à un corps diplomatique africain, normal, faut bien qu'ils s'emploient, tous ces ambassadeurs, tous ces consuls. A tout hasard, j'avais retenu le numéro : Ambassade du Zaïre à Rome. Bidon ! On n'a jamais vu un nègre au musée. Gardien peut-être.

— Serais-tu raciste, Toto ?

— Difficile quand on est déjà de la Calabre. Le chauffeur, il a évité de mettre le nez dehors. Pour l'autre, qui a fait la navette entre sa voiture et la mienne, ses mains n'étaient pas celles d'un déménageur. Bien mis, au poignet une Patek Philippe en or.

— Il a parlé ?

— A peine desserré les dents. Du bon italien mais comme on l'entend à Brooklyn. Sinon qu'il a insisté. Si j'étais pris, je devrais dire que je les avais trouvés en retrait de la route, à un mètre de là où je m'étais arrêté pour pisser. Si on prétend les saisir, ne rien dire, l'air de s'en foutre. Comme le bonhomme s'étonnait de mes exigences — j'entendais qu'il retire les bâches qui enveloppaient ces tableaux, j'utilise toujours les miennes —, il m'a demandé pourquoi. Je n'ai pas répondu.

« Le lendemain, à l'heure précise, à Zurich après avoir fait le tour de la place, m'être assuré que personne ne me suivait, j'ai stoppé. L'homme est monté à côté de moi, nous avons roulé une cinquantaine de mètres, jusqu'à l'entrée du buffet. Il est alors entré dans la camionnette, il a changé mes bâches contre des enveloppes en plastique ; tout ce bricolage, moi, ça ne me regardait plus, sinon qu'ayant déposé sur son siège le temps d'emballer ses trucs un certain nombre de notes, j'ai pu discerner une carte de la ville de Sienne et que l'avant-veille il était descendu à l'hôtel *Minerva.* Poussant un peu les papiers j'ai vu la note acquittée. Aucun nom. Il a dû régler la somme en espèces. Il m'a compté mes dollars, en petites coupures ; à voir sa nervosité j'aurais pu en exiger le double.

— Au dos des panneaux as-tu pu voir quelques marques ? Des étiquettes d'expositions, ou des cachets de douane ?

— Rien de bien précis, sinon gravés en chiffres romains sur l'un un I, sur l'autre un III. Même tracé, même gabarit sur celui que je viens de vous porter, où est gravé le chiffre II. »

Tout ça Toto l'exprimait du ton le plus naturel, comme s'il paraissait normal que deux tableaux qu'il avait ainsi emportés à Zurich il y a des années se retrouvent finalement complémentaires de celui qu'il venait de porter jusqu'ici.

« Ah, j'oubliais sa paupière, toute noire, clignant tel un phare déréglé. Peut-être à cause de la tache de vin qui la couvrait entièrement. Jamais vu ça auparavant.

Un drôle d'effet quand ça bouge, c'est comme un rideau plissé.

— Noire ?

— Comme de l'encre. Dans mon pays, il y a encore peu de temps, ce type on l'aurait étranglé, son corps on l'aurait retrouvé au fond d'un puits.

— Une paupière noire ! La droite !

— Oui, la droite, mais ça a l'air de vous dire quelque chose.

— Eh oui, dit Marano.

— Donc ce monsieur vous le connaîtriez ?

— Cette canaille, si je la connais ! Toto, je te le dis, je vais bien m'amuser. Brumerer il se nomme. En as-tu déjà entendu parler ? Que de fois je l'ai vue battre dans son orbite cette paupière teintée, qui au Louvre lui avait valu ce surnom de " Sombre accueil ". Sacré Toto !

— A votre bonne santé, Professeur !

— Chancelante, mais meilleure depuis que je t'écoute. »

« Catherine, le morceau de bois est bien arrivé. Mais avant tout autre, je dois te dire que je lui trouve une mine superbe. Sassetta sans nul doute. Il y a là tous les accents du peintre, son inspiration. Encore faut-il le prouver...

— Votre autorité !

— C'est bien là que réside le problème. De ce Siennois je ne suis pas, comment dirais-je, le berger. C'était là l'enclos réservé à Berenson. Depuis sa mort, il y a déjà plus de vingt ans, ses travaux, ses avis, sont mis allégrement en brèche. Il en est ainsi dans nos milieux.

« Si notre tableau n'est pas encore répertorié dans ses ouvrages, du moins existe-t-il peut-être quelques traces dans ses notes. Le fait est fréquent : un historien d'art, un monographiste, à peine a-t-il publié son ouvrage que des renseignements fusent de tous côtés complétant souvent son entreprise. Devant ces photographies, ces documents, conservateurs et marchands s'agitent, certains prétendant découvrir dans les greniers ou les arrière-boutiques de quoi compléter la récolte. Demeuré en bons termes avec les dirigeants d'*I Tatti*, le centre de recherche laissé par Berenson après sa mort à l'université de Harvard, je vais les interroger discrètement. Fais-moi confiance. Toutes mes amitiés à ton bel ami. »

Chacun se débrouille pour faire noble figure à la belle au crâne ivoirin, et l'idée que, peut-être, dans cet empyrée réservé aux élégants précieux de son espèce il allait retrouver l'ombre de Berenson, fit sourire Marano. Il l'avait bien connu ce fragile vieillard, le corps serré dans des costumes de surah repassés comme la coiffe des Bretonnes, l'air d'avoir été trempés dans un extrait de maïs. Il fallait avoir une tête bien sèche, des orbites creusées, empruntées à quelque cadavre déterré dans le sable après des millénaires pour arborer un panama qui devait peser moins lourd que les nuées qui traînent dans les cieux de Giotto, sur lequel le vieux se penchait si volontiers.

Savant à l'ancienne mode, « conseiller » des plus grands marchands, des collectionneurs les plus avisés, voilà des années que cet homme rieur, attachant et quelque peu roublard, s'en est allé rejoindre les Vierges souriantes sur fond doré, laissant en gage de son esprit, de sa sensibilité, sa maison située sur les collines de Florence, sa bibliothèque, ses collections, ses archives, que depuis un quart de siècle des chercheurs s'emploient à dépouiller.

« Chère et bonne amie, parmi les notes encore inexploitées, en existe-t-il à propos des Siennois du $XV^e$ siècle ? Et plus particulièrement concernant Sassetta ? »

L'archiviste demeura un long moment au bout du fil.

« Apparemment, peu de chose, dit-elle. Sinon un compte rendu daté de 1957 où le patron dit avoir vu dans un grenier de Sienne deux panneaux représentant la vie de saint François. Toujours de sa main il ajoute : " Voir Brumerer "... Ajoutez à cela une note en date d'octobre 1973 où Mostyn Owen, qui fut l'un des derniers collaborateurs du maître, lui écrit que, de passage à Sienne pour le compte de Christie's, la maison de ventes publiques, il a retrouvé dans le même grenier les deux panneaux apparemment en bel état. Il était six heures du soir, le jour était à demi tombé, des détails ont pu lui échapper. Le lendemain, se présentant à nouveau, il trouva porte close et bouche ficelée. Des peintures qui se trouveraient au grenier ? On ne voyait pas. »

On raccrocha. Marano ne le savait que trop, il en est souvent ainsi dans son pays.

Le chef-d'œuvre, on le couvre du manteau de Noé : silence, dollars et discrétion. Ainsi s'explique-t-on la richesse insolite de tant de musées ou de tant de fondations américaines. Dans le même droit-fil, l'exode des panneaux de Sienne via Zurich et ensuite...

Écrire ou téléphoner à Brumerer ? Et que lui dira-t-il ? Qu'il y a quatre ou cinq ans il a fait sortir clandestinement d'Italie deux chefs-d'œuvre ? Et alors ? Il n'a pas de preuves, d'autre part — policier n'est pas son emploi. En outre se heurter à Brumerer, l'homme est dangereux. Ancien conservateur il a la réputation d'être à la fois fort savant et de caractère ambigu. L'un et l'autre ont pu s'affronter mais masqués — sans jamais se « rencontrer ».

Depuis quelques années Brumerer occupe un poste important — la direction d'une fondation richement dotée ; Marano qui collectionne ses catalogues, depuis ce matin les passe en revue : pas de trace de Sassetta. Demeure le négoce, Brumerer aurait-il cédé son trésor à quelque marchand de la planète ? Mais un tel tableau sur le marché, ça se saurait.

Sur le papier, le Romain jette des noms, des dates : viennent s'ajouter les marques tracées au dos de la composition, ce *gamma*, ce monticule, en même temps le visage de Brumerer resurgit, intrigant ; comment un homme aussi « considéré » que lui a-t-il pris le risque d'exporter une œuvre d'une telle importance ? En cas d'échec, on imagine le scandale et ses implications sur la carrière de cet ancien conservateur.

# VIII

## *Monsieur le Professeur,*
## *le potage est déjà tiède*

Il était huit heures du soir, quinze heures à Houston.

« Le dîner est servi », annonce Cella, veste rouge, boutons d'or et col officier.

Dix minutes plus tard, il s'en retourne.

« Monsieur le Professeur, le potage est déjà tiède. »

A la cuisine, il annonce : « Monsieur est toujours au téléphone. »

Depuis une heure c'était le septième appel vers les États-Unis... « Avez-vous vu Brumerer ? »

Jeux ! poursuites ! Brumerer venait tout juste de quitter la bibliothèque de Boston ; l'avant-veille, on l'avait vu feuilletant le fichier du musée de Toledo.

« Peut-être le trouverez-vous au Metropolitan ? Téléphonez donc à Montebello.

— Exact, cher ami, mais il n'a fait qu'entrer et sortir. »

Chez Getty à Malibu, pas plus de chance — Brumerer s'est envolé ce matin pour Montréal. Delavaivre, le conservateur, décroche, un vieil ami.

« Quel plaisir j'ai à vous entendre, cher Marano. Seriez-vous dans notre ville ?

— Pas dans la vôtre, dans la mienne : Rome ! »

On parla météo.

« Brumerer, que lui voulez-vous ?

« Ce forban ! Rappelez-vous jadis chez Getty, pris

dans une histoire de concussion. Oublié, paraît-il, une star dorénavant. La réputation — après la vôtre évidemment — d'être le plus éminent spécialiste du XVe siècle siennois. Avec ça, devenu le conseiller de la fondation Laduré — la chaîne Majortel, huit mille chambres réparties dans le monde entier, le plus gros chiffre hôtelier. Mort au mois de mars, Laduré a laissé des instructions pour que soit édifié un musée à Saint Louis, son bled natal. L'an dernier Charles Moore en a livré les plans : cinq mille mètres au sol pour abriter ce qui a constitué la collection du vieux monsieur : panorama de la peinture américaine des origines au XIXe siècle — une centaine d'œuvres ! bien choisies... Mais à peine de quoi occuper la moitié du bâtiment. Pour le reste, les trustees ont donné carte blanche à Brumerer.

« En moins de deux ans, celui-ci — le dollar n'est plus son cousin — a fait merveille. Profitant de ce que la Haute Renaissance n'excite pas particulièrement ces hauts messieurs de la brocante, il a raflé la crème : tel ce Botticelli, disparu depuis bientôt un siècle, et qu'à grands coups de cymbale il vient de présenter à la presse mondiale. Avec ça un sens de la publicité, de la sienne : pour l'inauguration on a dû affréter un *Concorde* ; embarquer pour une seule journée des cuisiniers français venus de Paris et de Mâcon, afin de nourrir la fine fleur des petits pois du jardin des Hespérides. On ne vous y a point vu, cher Marano. Pas invité ? »

— Savez-vous qu'au souper d'Artaxerxès, l'ortolan se servait à condition qu'il ne soit pas de l'avant-veille. Je date, mon cher.

— Brumerer, vous devriez le trouver à Londres, chez Sotheby's, sans doute sur les rangs pour le Masaccio. On parle de plus de dix millions de dollars... Habituellement il descend au *Claridge's*. »

Marano avait déjà composé l'indicatif de Londres,

lorsqu'il coupa, il avait déjà une belle donne en main : trois as — un brelan — il décida de continuer la partie mais différemment.

« Monsieur le Professeur n'est pas raisonnable, la cuisinière renâcle à l'idée de faire réchauffer le potage, la crème risque de tourner.

— Faites-moi des œufs brouillés.

— Monsieur sait bien que les œufs brouillés ne sont pas indiqués. Trop lourds le soir.

— Lourds ? »

Le panneau était posé sur la chaise face à la table et du fin fond de sa Toscane, saint François fit un petit signe à Marano : complices !

Sur le cadran, il fit le 33 et le 41.

« Monsieur le Baron et Mademoiselle ne seront pas au château avant dix heures du soir.

— Qu'ils me sonnent à Rome. Qu'importe l'heure. »

A minuit, Catherine appela Marano.

« Vous n'allez pas bien ?

— Au mieux. On augmente un peu les doses. Je n'ai pas mal. Enfin sur une piste, celle du chef sioux sur le sentier de la guerre. Ça m'énerve : il s'en faudrait de peu. A toi de jouer... File au plus tôt au Louvre, et presse le citron. Brumerer, tu connais : l'auteur de *Florence paradoxale* ? Débrouille-toi pour en savoir plus sur lui. Il y a des années, au Louvre, il a éprouvé quelques déboires. Dans cette maison on ne l'aime guère. Ça doit faciliter. Relève la liste complète de ses publications, de ses articles, de ses communications, consulte ses bibliographies, les tables ; obsessionnel comme on l'est volontiers dans notre univers, voilà qui nous permettra d'en savoir peut-être plus sur ses recherches et sur ce qui a le don de le faire courir.

« Mais quel rapport avec le tableau ?

— Laisse-moi respirer. A propos — et ça me changera les idées —, reviens... Et avec ton monsieur. »

Du Louvre, Catherine fila à la Sorbonne. A Doucet elle écuma les fichiers. Aux Arts Déco elle passa tout au peigne fin. Pas simple, tant ce Brumerer, en ces domaines, avait dû être partagé entre le plaisir de la découverte, les bénéfices qu'on peut en retirer, mais également la nécessité du secret.

Il fallut une bonne semaine à Catherine pour recenser les travaux du personnage dont sans nul doute le territoire préféré s'étendait jusqu'au cœur de la Toscane entre Florence et Sienne. Plus secret que Berenson et les chercheurs de la génération passée, l'Américain se veut plus réservé. Tout de même, et à plusieurs reprises, il revient sur un certain personnage à la tête de loup dans la peinture siennoise.

« A ce propos, en 1980, il annonce la publication dans la *Gazette des Beaux-Arts* d'un article consacré à saint François et à son iconographie. Au journal, pas trace de pareilles notes. Comme j'insistais, dit Catherine, on me passa le rédacteur en chef. A l'entendre il ne voyait pas de quoi je voulais parler, puis il coupa net : décidément, tout ce monde avait l'air plutôt embêté par ma demande. Si Brumerer avait reculé à l'idée de donner ce texte sur l'homme à la tête de loup, c'est que probablement il s'était produit quelque événement entre ce moment et celui où il allait acquérir à Sienne deux tableaux égarés dans des greniers depuis peut-être la Renaissance. »

Le dîner n'était toujours pas desservi, et Marano demeurait l'œil fasciné par ce *gamma* et cette montagne.

A l'aube, tout habillé, il s'endormit dans le grand canapé piémontais, les pieds tordus tels ceux d'un basset, peu confortable, mais si joliment revêtu d'un velours rapporté de Scutari il y a trois ou quatre siècles. A dix heures, à l'odeur des toasts, du café, le Professeur s'éveilla. On frappait.

« C'est le facteur, des plis recommandés. »

Marano aimait ce vieux fonctionnaire qui clopine comme un mendiant de Ribera.

« Assieds-toi. Veux-tu un café ?

— Ça vient des impôts, dit le préposé. Il est toujours bon votre café. Et c'est quoi, ce beau tableau ? Pardonnez-moi si je suis indiscret.

— Bonne question, dit Marano, moi aussi, je cherche. Et le dos, regarde si ça t'amuse.

— Et ces signes ?

— C'est le *gamma* des Grecs, et à côté une montagne, peut-être l'Hymette, là où vivait Jupiter, Zeus. Tu connais ?

— Assez mal. Mais pour le reste je suis au courant. Votre *gamma*, pour moi, c'est plutôt une fronde, et la montagne, un tas de cailloux. C'est là toute ma prime jeunesse. De ces abords de Sienne, il ne reste plus grand-chose. En souvenir du jour où le Christ faillit être lapidé par le peuple, il était de tradition qu'à l'aube, aux portes de la ville, deux bandes rivales s'affrontent.

— Ainsi, tu es natif de Sienne ?

— Oui, monsieur le Professeur, et ça vous fait sourire ?

— Sans doute, mais continue.

— Ce matin-là, fronde au poing, cailloux en poche, en guise de casque coiffé de chaudron ou de casserole, chacun y allait de ses fragments de silex. Pas toujours sans dommage : de temps à autre arrivait l'accident. Une pierre malheureusement ajustée peut aveugler un homme, et même l'étendre raide. Ce grand jeu, on appelait ça, la sassaïola. Évidemment ça vient de sasso : caillou, de même sassetta, vous le savez bien, veut dire terrain pierreux.

— Toi, le facteur, dit Marano, envoyé du Seigneur ou du Diable... Qu'importe ! Ainsi, ce que je prenais pour une lettre grecque est plus simplement la silhouette d'une fronde, et mon Hymette la voilà muée en un petit tas de cailloux. Sassaïola, la fête des pierres. Et ainsi par un de ces glissements langagiers, chers aux philologues et plus encore aux emblématistes du temps passé, nous voilà arrivés à Sassetta. Facteur, prends ces cent mille lires ! A déchiffrer pareil rébus, tu les as bien gagnées. »

A nouveau Marano appela le Vatican.

« Cette manie, précisa Figieri, de dissimuler un nom pour le livrer aux seuls initiés est, sous la Renaissance, typique d'un certain état d'esprit, où à l'idée du mystère on mêlait volontiers celle du divin. L'emblème : Cranach avait le sien, et Verrocchio à l'idée d'avoir frappé à mort et à coups de fronde un de ses jeunes compagnons ne s'en remit jamais tout à fait. Obsession, remords, ainsi a-t-il représenté son David en lanceur de pierres. Et au dire de Bramly, un des plus grands connaisseurs de Vinci, la corde tortillée qu'on trouve volontiers sur certaines de ses œuvres signifie justement vinci, en italien nouer. »

A son brelan d'as, Marano venait d'ajouter un roi.

Le lendemain, à dix heures, en revenant de sa séance de rayons, il trouva un mot : « Monsieur Brumerer à l'hôtel *Hassler* attend votre coup de téléphone. » Brumerer à Rome ! et qui lui téléphone, était-ce là le deuxième roi, ou mieux encore le quatrième as. Le Royal !

Sur-le-champ, à Catherine, Marano adressa ce télégramme : « Le loup qui sort de la bergerie croquerait volontiers l'agneau de saint François. »

A treize heures, Catherine allait passer à table lorsque Lucien lui remit le câble.

« Le loup qui croquerait volontiers... » On dirait un de ces messages que les Résistants échangeaient avec Londres pendant la guerre...

A l'*Hassler* on passa la communication à l'appartement 163.

« Cher Brumerer, vous m'avez appelé, mais quel plaisir ! Que puis-je faire pour vous ?

— Rien, sinon la joie de vous entendre. La semaine passée, paraît-il, vous auriez cherché à me trouver, et cela jusqu'au fin fond du Nouveau Monde.

— Moi ? Vous chercher ? Êtes-vous sûr ? Possible, ah, ma mémoire, ma pauvre mémoire, je suis un très vieil homme. »

« Marano mentir de la sorte sans vergogne, méfiance », se dit Brumerer.

L'Italien reprit :

« Si par hasard vos pas vous portent jusqu'à chez moi, j'aurais infiniment de plaisir à partager un repas. Quoi ? Vous êtes ici pour peu de temps ? Aujourd'hui ? Pourquoi pas ! A treize heures, je vous attends. »

A peine venait-il de raccrocher que Catherine l'appelait de France. Il lui conte l'affaire, le secret du rébus dévoilé, l'appartenance du panneau de Livry au triptyque exécuté par Sassetta dont les deux autres faces se trouveraient entre les mains de ce fameux Brumerer.

« Mais, là-dessus, Catherine, silence ! l'archi-silence ! »

Comme le soleil brillait, que le panneau était exposé de face à ses rayons, les trouvant trop ardents, Marano retourna le panneau. ASTA. Était-ce l'effet d'une lumière rasante, il lui sembla ce matin-là qu'avant la première lettre « A », il y avait la trace d'une autre, un D ou plutôt un S. Ce qui donnerait alors SASTA, mais qu'également entre le dernier S et les deux finales il y avait la place pour deux autres. ASTA... d'ASTA à SASSETTA. Incroyable ! Rien désormais ne manquait, du tas de cailloux, de la fronde, d'une signature.

# IX

# *Le miracle italien*

A une heure, pendant que Marano dépliait sa serviette, Brumerer d'un coup sec croqua l'extrémité d'un gressin.

« A ce que j'entends, le loup a de bonnes dents, dit Marano.

— Le loup ?

— Oui, je pense à cette tête de loup qu'on retrouve sur un certain panneau signalé par Berenson, qui évoque le monstre de Gubbio, un petit bourg près de Borgo San Sepolcro, où Sassetta peignit un tableau d'autel en l'honneur de Fra Agnelli ; à l'origine un brigand connu sous le nom de Luppo.

— Et pourquoi me racontez-vous ça ? »

Alors, se levant, Marano alla vers le chevalet et se saisit du drap qui le recouvrait.

« Apparaissez muscade ! »

Brumerer s'approcha, frôlant la composition d'un œil si brûlant qu'encore un peu on pouvait redouter qu'il la réduisît en cendres. « N'est-ce pas beau ? », dit Marano.

Brumerer restait planté, sa moitié de gressin à la main.

« Finissez-le, ou déposez-le sur la table. »

Pendant près d'un quart d'heure, le temps que la mozarella jaunisse, centimètre après centimètre, sans dire un mot, loupe à la main, Brumerer, regard acéré du myope, semblait dévorer la tête de loup et le corsage de la Bienheureuse.

« Au dos maintenant ! dit Marano. Approchez-vous, ça vaut la peine. D'abord ces quatre lettres A S T A. J'ai cru d'abord que ce panneau avait été au cours du temps l'objet d'une vente publique. Erreur ! Nous allons y revenir. Et puis, ce loquet de bois mobile qui dévoile ces deux signes gravés. Là-dessus que de temps j'ai perdu, j'allais abandonner, jusqu'à ce qu'au cours de la tournée faite par mon facteur, — il est de Sienne — il m'en apprenne plus long. Une leçon d'étymologie, mon cher, en même temps d'observation. Ce que je prenais pour un *gamma* n'est finalement qu'une fronde, et à côté ce que je prenais pour l'Olympe, un petit tas de cailloux : la sassaïola, jeu au dire du facteur qu'il a lui-même joué lorsqu'il était enfant. De sassaïola on est arrivé à Sassetta. Leçon de modestie d'un simple employé des postes qui apporte à sa manière une solution à ce prodigieux rébus.

— Me direz-vous pour quel motif vous m'infligez ainsi ce cours d'étymologie ?

— Pour vous distraire, également pour vous éclairer. Achevons la démonstration par ces chiffres romains, le II qui se trouve gravé au dos de la composition qui est là devant vous, qui vient compléter le I et le III qui figurent sur les vôtres : autant de preuves de la parenté qui unit ces trois œuvres. Grâce à ce faisceau de conclusions, vous voilà comblé, possesseur de deux bien beaux tableaux. Plus tard, lorsque nos affaires seront réglées, vous me révélerez peut-être de quelle manière vous avez acquis ces deux chefs-d'œuvre, pris tant de risques, jusqu'à les expédier à la sauvette en Suisse. Main dans le sac ! Vous connaissez les tarifs : cinq ans de prison et une amende monumentale. Serait-ce pour ces deux motifs que ces deux peintures vous ne les exposez toujours pas ?

« Dans dix ou quinze ans on les aura tous oubliés. C'est bien ça ? » Brumerer resta un moment sans répondre, puis reprit : « Pas exactement. Cet achat, je me suis engagé à le tenir secret jusqu'au décès du propriétaire. Or il vient de mourir.

— Ainsi, rien ne vous empêche dorénavant de les exposer. Deux Sassetta découverts dans un grenier de Sienne. Quelle merveille... Seulement voilà, toujours la même histoire, leur authentification, ces rats qui volontiers se nourrissent de contradiction infirmeront vos propos. Évidemment le style de la peinture, la qualité de l'exécution parlent pour le maître : Mais, ils sont si nombreux ceux qui en ces temps-là de Florence à Sienne avaient " la main ", le savoir-faire du patron. L'authentification ! Indiscutable, mais nos avis " péremptoires " sont souvent si fragiles. Alors que le certificat est ici gravé sur le dos de mon tableau, du même coup validant le vôtre.

— En quoi cela peut-il m'intéresser ?

— Parce que je suis avec mon panneau le seul à détenir la marque de l'auteur, sa signature en quelque sorte. Elle est là. Pour l'avoir, mon tableau vous est nécessaire. »

Brumerer tourna à nouveau autour du tableau, puis s'arrêta devant Marano, assis devant son assiette à demi pleine.

« Combien ? demanda-t-il.

— Deux millions de dollars, et on ne discutera pas. »

Marano eut l'impression, tant parut vif le bonheur de l'Américain, qu'il allait se mettre à grimper, tel Job sur son échelle de soie, jusqu'au ciel et crever le firmament.

Il revint à table, reprit un gressin qu'il croqua de fort bon appétit :

« D'accord, dit-il.

— Eh bien ! il ne vous reste qu'à signer ce contrat. En tant que mandataire des propriétaires — ce sont des Français —, il a été rédigé conjointement par mon ami Durso, le meilleur avocat de Rome et le maître Sciclounoff, ce qu'on peut faire de plus sourcilleux aux abords du lac de Genève.

— Trois pages pour un tableau, dit Brumerer. Est-ce bien nécessaire ? Trois lignes suffisent, j'emporte le tableau ; ma Banque à Genève fait le nécessaire, ni vu ni connu.

— Lisez », répéta Marano.

Cela prit du temps. Lorsque Brumerer leva le nez, il n'eut que la force de dire : « Professeur, vous vous foutez de moi. Un contrat de location pour un tableau : pareille chose, je n'ai jamais entendu. De plus, deux millions pour, disons le mot, un bail !

— Je vous le répète : sans le tableau de nos clients, l'attribution à Sassetta sera toujours problématique. Encore dans un siècle, on continuera à discutailler ; résultat : vos volets, tels qu'ils sont, superbes mais anonymes, à tout casser se vendraient quatre cent mille dollars ; certifiés de Sassetta, dans ce marché des chefs-d'œuvre en proie à l'hystérie, ils pourraient bien s'envoler à plus de dix millions de dollars. Ajoutez, cher ami Brumerer, le prestige, la gloire, car dans ce contrat il est précisé qu'il vous reviendra, à vous seul, le privilège d'avoir non seulement découvert le chef-d'œuvre, mais mieux encore, vous jouant de la symbolique, vous avez su décrypter la signature de l'artiste. Tout cela les propriétaires français vous l'offrent. On dira en prime.

« L'acompte vous le verserez à Genève : un million de dollars, le solde vous l'acquitterez à la livraison du panneau, la veille de l'exposition. Je l'entends d'ici la conférence de presse : un triptyque de Sassetta retrouvé ! Brillant, c'est votre emploi, vous révélerez au monde ébloui, et nul ici ne vous contredira, que deux de ces tableaux vous les avez dénichés, où ? derrière les chutes du Niagara, à Panamá, dans les Highlands.

Qu'importe... Que le troisième, vous avez su le débusquer dans une collection particulière en France.

— Marano, vous m'étranglez !

— Je ne vous veux pas de mal. Vous refusez ! le tuyau on le passera à Zeri.

— Ce type, je le déteste.

— Possible, mais une fois encore, il apparaîtra le plus grand découvreur de ce temps. »

Brumerer posa son verre : « Bon Dieu, c'est fort, ça.

— De la grappa : du marc, et de nos meilleurs raisins.

— Je dois le reconnaître, ajouta Brumerer.

— De plus, ça met de bonne humeur, dit Marano... Déjà trois heures, je dois me reposer. Ce panneau, on dira que vous ne l'avez pas vu. En revanche, mon cher, au lendemain de nos accords, il vous attendra dans un joli coin de France. On vous indiquera. »

Le surlendemain, Toto au volant d'une break 304 s'arrêtait devant le portail de Livry. On était prévenu. Pas plus loquace que la fois précédente, le porteur cette fois prit le temps, en se retirant, de jeter un coup d'œil à droite et à gauche. Sait-on jamais, pour lui les joies de l'art consistent en d'éternels va-et-vient.

« Le voici de retour, ton tableau. Je n'ai jamais éprouvé autant d'angoisse de ma vie. Qu'il se perde, dit Catherine, je ne sais pourquoi, tant est curieuse cette affaire, tant tout semble s'imbriquer depuis Waterloo jusqu'à ce matin, ma vie entière, je m'en sentirai responsable. Pas chômé, le Professeur. Il nous attend après-demain, par un avion qui part de Paris au début de l'après-midi. Il insiste, il dit que c'est indispensable, qu'il va tout nous dire sur le tableau. Surtout qu'il serait temps que nous fassions tous trois connaissance. »

A voir Marano tourner dans sa galerie, virer entre les pierres gravées, entraîner Bertrand dans ce vertigineux tour du propriétaire, le prendre par le bras, Catherine en était dorénavant certaine, ces deux-là allaient s'entendre. Sur les rapports des hommes entre eux, les femmes, les vraies, se trompent rarement. Le Romain, du bout de sa chaussure, tapota une stèle : « Datée de 220 avant Jésus-Christ, cher comte. Une attaque en règle contre l'Ordre des Chevaliers. Prenez-la en main, vous avez les paumes sèches, signe de bonne naissance. L'humidité du corps, mieux que l'eau-forte, dilue les patines du temps. » Puis, comme si Bertrand lui appartenait déjà, Marano se saisit de la gauche, la retourna, et la montra à Catherine, entendant par là lui faire juger de leur beauté. « De belles mains d'homme, ajouta-t-il, cela se fait rare. »

Bertrand, aussi élégant à Rome qu'à Livry, demeurait aimable, mais réservé. Un instant il arrêta son regard sur un plâtre.

« Possiblement de Verrocchio, cher comte. Peut-être une ébauche pour la monture du Colleone, vous connaissez, Venise. Ah, si j'avais eu la force, quel privilège pour moi de présenter à la Cité un gentilhomme français. »

Bertrand croisa le regard de Catherine, une lueur amusée : « Il se paie ma tête, ton monsieur, glissa-t-il.

— Le miracle italien, dit-elle.

— Une dizaine de minutes et nous passons à table. » Bertrand s'éloigna.

« J'en suis fou de ton homme, et si élégant, dit le Romain.

— Un Français élégant !

— C'est arrivé », dit Marano.

A l'instant d'attaquer la pasta faggioli, qu'à la cuisine on faisait tout aussi légère qu'à la table de la chère Lili Volpi, Marano dit :

« Évidemment parler d'argent, ma mère me l'a

appris, ce n'est pas comme il faut ; mais tout de même la vie est dure : ce matin, au marché, la truffe blanche a encore augmenté. » Et sans hâte, comme pour faire durer le plaisir, il allait expliquer à ses hôtes l'étonnant contrat qu'il venait de concocter au nom de Bertrand avec Brumerer.

« Joli travail, dit Catherine en pouffant de rire.

— Pas possible ! dit Bertrand.

— Voyez plutôt là le fruit d'une entreprise commune. Vous, cher comte, vous avez su conserver ce panneau. Toi, Catherine, tu l'as " levé ", comme disent du lièvre les chasseurs. Pour le reste nous ferons des libations à Ulysse, notre bon patron.

— Deux millions de dollars, dit Bertrand, simplement pour détenir mon tableau six mois. Ça fait bien cher le prix de la journée. Si je comprends bien, il s'agit ni plus ni moins de...

— Que chacun y trouve son compte. N'oubliez tout de même pas le prix du sang : les deux jambes de votre glorieux aïeul. Deux millions de dollars qui vous serviront à faire et refaire des tas de voyages de noces. Et pour votre château, imaginez la publicité. Admirez le plus beau Sassetta du monde, vous allez faire, comme on dit au cinéma, cinq fois les entrées. »

L'avvocato Durso recueillit successivement les signatures de Bertrand et de Brumerer avec en guise de témoins Catherine et Marano.

On décrocha les téléphones, vingt minutes plus tard, la Banque Privée de Genève confirmait à titre d'acompte le versement d'un million de dollars.

« Où pourrais-je prendre possession du tableau ? demanda Brumerer.

— A Livry, chez mes amis, un bien bel endroit. »

En sortant de chez l'avvocato, Bertrand se retourna

vers Marano : « Je n'ai guère l'habitude des affaires, mais qui saura me dire ce que je vous dois. Le mal que vous vous êtes donné, le prix de vos connaissances.

— Vous voulez peut-être parler de commissions ? Inutile, je suis payé, et largement. Si finalement c'était moi qui vous étais redevable. Tout cela m'a bien amusé. Au diable, mon cancer — réduit à la taille de ces diablotins, qui, dans les compositions médiévales, s'échappent du corps du malade à la vue d'un Bienheureux. Pour arriver à nos fins, il a fallu croquer dans le fruit souvent amer de nos connaissances, tels des policiers nous avons développé notre esprit de déduction ; enfin et surtout la chance nous a favorisés. Jung, ce Zurichois qui donna du fil à retordre à Freud, son maître, avait forgé un mot bien laid, qui, traduit, résonne d'une façon plus exécrable encore : la synchronicité, entendant par là définir le moment où certains événements, par leur coïncidence et dans un laps de temps court, peuvent donner l'impression qu'il existe entre eux des liens de cause à effet, apparemment assez obscurs, mais finalement évidents. C'est ce qui s'est passé avec ce panneau qui, peu à peu, sans nous donner trop de mal, nous a livré ses secrets, jetant au passage comme les cailloux du Petit Poucet — ici quatre lettres — là un loquet, puis une fronde — ajouter le facteur des postes, et enfin comme au tarot, un homme à la paupière tachée de noir. Payé parce que également j'ai gagné l'affection de Catherine. Ça n'a pas été simple, parce que simple, elle ne l'est pas, ce qui pour moi ajoute à son charme. Ah, si j'étais vous, je ferais tout pour m'en emparer... en gardant mes distances. Ah ! les femmes, cher comte.

— Vous vous obstinez à me donner du comte, je ne suis que baron.

— Entre nous, en Italie, baron ça fait un peu suspect : banquier autrichien. Politesse vaticane.

— Vous avez l'air de bien vous amuser tous les deux, dit Catherine, qui venait de les rejoindre.

— Je lui parlais de notre Sassetta, notre enfant ; un jour il faudra lui redonner la joie de retrouver son pays natal. A trop le faire vivre loin de l'Italie, on risque de le priver d'une fraction de ses charmes ; en souvenir de moi, un jour, pour quelques heures, vous le porterez jusqu'à Borgo, près de Sienne, lui faire respirer l'air du pays. »

Au comptoir d'embarquement d'Alitalia, Cella dit à Catherine :

« Revenez vite, mademoiselle. Monsieur, il y a si longtemps que je ne l'ai pas vu si heureux. Décidément, s'en aller ne le tracasse plus. »

Six mois plus tard, la maison Chenue est venue chercher le tableau : un camion, deux motards — le chef de cabinet du ministre de la Culture s'est dérangé en personne : pensez... un Sassetta.

A l'instant où le convoi allait s'ébranler, une voiture est arrivée.

Brumerer s'est présenté, il venait saluer les propriétaires, les inviter à venir aux États-Unis pour l'inauguration de l'exposition. Et puis, sans vergogne, à Bertrand il a offert quinze millions de dollars pour le tableau. « On pourrait peut-être faire mieux », a-t-il ajouté.

On appela Marano, on lui raconta tout.

« Ne lui dites pas non. Attachez-le, comme la carotte à la trogne du mulet. Chaque année, il ajoutera quelques millions. »

« Au Château, c'est bien fini pour moi. Odile pour la deuxième fois vient de se casser le col du fémur. S'en relèvera-t-elle ? Cette maison n'est plus rien. Mes souvenirs, Marie, César, le grand-père Jules Hardouin. C'est comme si vous aviez décidé de les héberger ici.

— Manière de trancher du problème du régionalisme, remarqua Bertrand.

— Ne vous moquez pas de moi, vous êtes mon château fort, au sein duquel, si l'envahisseur arrive, je pourrais toujours me réfugier. Ne suis-je pas de ces femmes dont vous me parliez, amoureuses de vous, du témoin que vous êtes d'un temps passé qui jamais ne cessera de m'émouvoir. Au point de confondre volontiers mes sentiments à votre égard avec ce goût irrésistible qui me porte vers les choses d'antan. »

Elle se leva.

« Restez assis, lui dit-elle. Mon plaisir... toujours vous regarder de plus près, comme si ma myopie à votre endroit ne cessait d'augmenter. A Marano, vous avez proposé une commission, il a refusé. Moi, qui également ai quelques droits. Shylock ! Moi aussi je veux ma livre de chair. Vous devez bien peser dans les soixante-dix kilos : cent quarante livres ; depuis lors les monnaies n'ont cessé de fondre, ce n'est donc plus une livre que j'exigerai, mais cent quarante. Gardez-moi pour toujours. A prendre, ou à laisser. Vous refusez, qu'adviendra-t-il de Catherine ? Sans vous, bien vite, je me retrouverai errante, bientôt épave. Vous êtes le quai où je peux raccrocher ma barque. Je suis encore assez jeune, jadis j'étais grosse, j'étais laide ; il m'arrive encore de redouter le retour de ce temps, et tel le vulcanologue penché sur la faille la surveille redoutant qu'elle ne s'entrouvre, je me regarde dans les glaces, heureusement votre visage me tient là de miroir.

— Catherine, bientôt je vais atteindre les soixante. Et alors devant ce miroir dépouillé de tain, vous pourrez lire : “ Fermé : le miroitier ne travaille plus. ”

— C'est Lucien, Monsieur le Baron. On demande Mademoiselle de Rome. »

« Il est arrivé un malheur, Monsieur s'en est allé. Comme ce matin, je trouvai la porte de la chambre ouverte, sa préférée, celle des incunables, j'ai pénétré. Il était couché, les yeux fermés, les mains jointes sur son ventre, à croire que de lui-même il avait pris la position. Déjà froid. »

Quelques heures plus tard, Catherine et Bertrand pénétraient dans la maison. L'avvocato Durso les attendait.

« Il a dû s'éteindre au petit matin. Chaque jour son état s'aggravait ; le médecin voulait qu'on l'avertisse. Les uns et les autres nous avons jugé qu'il ne fallait pas. Hier soir on l'a sondé, du sang est venu. Depuis lors je me débats avec l'Administration, car notre ami souhaitait être enseveli dans le cercueil de pierre qui avait recueilli la dépouille du Romain Verres : contraire à la loi ! Heureusement, en fin de matinée, le ministre a donné des ordres. Il sera inhumé ici, dans son jardin, au milieu de toutes ces dalles, de tous ces marbres. »

L'avocat s'en revint vers quatre heures, une enveloppe à la main : « Voici les dernières volontés rédigées il y a une quinzaine de jours à peine. Je vous en donne connaissance. " Au Baron de Livry, mon nouvel ami, je laisse le quart de mes avoirs en Suisse ; le reste, ma demeure, mes collections, je les lègue à notre ville, à charge avec les revenus du capital d'entretenir la villa telle qu'elle était de mon vivant. " Vous, mademoiselle, vous héritez d'une grande composition, un paysage exécuté par Visentini. Il paraît que vous le connaissez bien, de plus Bulgari livrera ce matin un collier en rubis et brillants, superbe, paraît-il, qui a couvert le décolleté de la reine Amélie.

« Je dois ajouter, dit Durso, qu'après avoir rédigé ces codicilles, il me les a donnés à lire. S'il a avantagé M. de Livry, c'est parce que, m'a-t-il dit, il est un vrai monsieur. Que d'autre part, souhaitant ardemment que vous demeuriez toujours ensemble et unis, ayant plus confiance dans la vertu des hommes que dans celle des dames — ne prenez pas ça en mal — il a imaginé que de la sorte on vous tiendrait mieux. Il riait en me précisant cela. Ce n'est pas bien beau, n'est-ce pas. Mais, mademoiselle, il ne faut pas en vouloir à mon ami, il a toujours préféré les hommes aux dames. »

Catherine, assise au bord du lit, demeura un long moment sa main droite posée sur celle du mort, comme si elle tentait en vain de lui redonner un peu de sa chaleur. Un moment, elle se retourna vers Bertrand : « Qu'ont-ils donc tous à me quitter ?

— Un peu votre faute. A choisir des gamins, on prend moins de risques. »

Bertrand et Catherine se firent déposer à leur hôtel.

« Passons la soirée en tête à tête. La disparition de mon monsieur me désespère. Nous nous étions peu à peu l'un à l'autre attachés. J'avais un rhume, il avait une crise d'asthme, on échangeait quatre coups de téléphone par jour. Si l'asthme se transformait en bronchite, moi je prenais l'avion. Encore un peu, moi, Catherine... pleurer. Même Chardin s'en est allé. Lorsque je l'ai perdu, il avait déjà treize ans, et dans mes rêves il continue à faire le jeunot. Pour m'amuser, et dans la forêt où je me promène, de fourré en fourré, dissimulé à ma vue, sans me perdre des yeux, il glisse sous le feuillage. »

Catherine se réveilla tôt. A la pointe de l'aube lui sembla-t-il. Sans bouger, elle attendit. A sept heures, il ouvrit un œil. Trop tard pour monter à cheval.

« Vous dormiez si bien, et à ces moments-là vous m'apparaissez si fragile, à la fois si jeune, si vieux, avec de temps à autre sur votre visage comme le passage d'un vilain nuage. Comme je tendais le bras pour regarder l'heure, j'ai arrêté mon geste, et dans la même position j'ai dû me rendormir pour me retrouver le bras ballant, encore toute remuée par un songe pour le moins curieux. C'était bien votre visage, mais vous étiez devenu l'aïeul, c'est-à-dire privé de jambes — debout, couché ? je ne sais pas très bien. Un cauchemar ? Absolument pas. Vous étiez sur moi, à califourchon, vous perdiez la tête, et j'éprouvais le plus vif plaisir. »

Ainsi, conclut Bertrand, le voilà donc réalisé le rêve de toutes les madames : cul-de-jatte ! Comment le monsieur pourrait-il encore courir, et jusqu'à la nuit des temps, sur votre ventre, Catherine, au rythme de nos sens, saute bonhomme, saute !



## DU MÊME AUTEUR

*Aux Éditions Gallimard*

LE SAINT OFFICE

POUR L'AMOUR DE L'ART

*Chez d'autres éditeurs*

LA VIE ÉTRANGE DES OBJETS, *Plon* (épuisé)

LA MAIN, *Julliard* (épuisé)

UN CARPACCIO EN DORDOGNE, *Julliard*, Prix Décaméron (épuisé)

LE CHEVAL D'ARGENT, *Julliard* (épuisé)

L'OBJET 1900, *Arts et Métiers graphiques* (épuisé)

LA SITUATION DE LA PEINTURE, *Éditions Bolaffi, Hazan*

L'ART 1900 OU LE STYLE JULES VERNE, *Arts et Métiers graphiques* (épuisé)

DICTIONNAIRE DES MOTS SAUVAGES, *Larousse* (épuisé)

LA VIE D'ARTISTE, *Grasset*, couronné par l'Académie française

LA SCULPTURE AU XIX^e^, *Arts et Métiers graphiques*

LE LUTHIER DE MANTOUE, *Flammarion*

MUSÉES DE FRANCE, *Hachette*

HAUTE CURIOSITÉ, *Laffont*

L'ENFER DE LA CURIOSITÉ, *Albin-Michel*

LES COLLECTIONNEURS, *Ramsay*

ATTILA, LAISSE TA PETITE SŒUR TRANQUILLE, *Flammarion*

HAARLEM NOIR, *La Différence*

*En collaboration dans la collection « Génies et Réalités », 1960-1966*

GAUGUIN

TOULOUSE-LAUTREC

DELACROIX

GOYA

REMBRANDT

CÉZANNE

*Impression Bussière à Saint-Amand (Cher),*
*le 23 mai 1990.*
*Dépôt légal : mai 1990.*
*Numéro d'imprimeur : 1142.*
ISBN 2-07-038261-3./Imprimé en France

49209